红土地上的寻找

阿良 著

目录

CONTENTS

第一章　// 1

第二章　// 27

第三章　// 37

第四章　// 61

第五章　// 76

第六章　// 89

第七章　// 99

第八章　// 117

第九章　// 129

第十章　// 149

第十一章　// 163

第十二章　// 186

第十三章　// 204

第十四章　// 214

第十五章　// 225

第一章

一

通往东固的道路上，一支穿着草绿色人民解放军制式服装的队伍骑着马疾行，"叭叭叭"的扬鞭声伴着马蹄声传出很远，惊飞道路两边山林中的栖鸟。

从部队营地去东固有一百六十多公里。挥鞭前行的是团长牛均田，他带着一行随员十余人，天蒙蒙亮就出发了。他不停地挥鞭抽马，还嫌马蹄腾空飞奔太慢。他恨不得如子弹脱膛，眼睛一眨就赶到东固。

东固，阔别整整十八年了。牛均田在策马前行中，不时看看道路两旁的山水。山，还是这些山，青青绿绿，连绵起伏；水，还是这些水，清澈见底，缓缓流淌，小鱼不时在水面翻腾出细浪。马背上的人却是两种心情：十八年前是悲愤泣别，不得不撤离；十八年后是神采飞扬，心舒情畅。

人民解放军在取得辽沈、淮海、平津三大战役的胜利后，解放全中国的号角已响彻长江两岸。百万雄师跨过长江，南方一些省会城市相继解放。一九四九年五月南昌解放，一九四九年六月吉安地区解放。牛均田的部队驻扎湘赣边界，待命增援衡宝战役。一九四九年八月湖南长沙宣布和平解放，十月衡宝战役取得胜利。牛均田的部队奉命西进，围剿国民党第十八兵团宋希濂所部。部队西进前稍做休整。瞅着这个休整的间隙，牛均田去师部请假，他要在部队开拔前去吉安东固为老首长黄公略军长扫墓。九月十五日是黄军长的忌日。十八年了，黄军长在那块土地上睡得安宁吗？他此去要报告黄军长，全国即将解放。他要告诉黄军长，当年的警卫员牛崽没有辜负军长临死前的嘱托，多次荣立战功，现在当团长了。

那天牛均田去师部贺师长那里请假时，正碰上师部开会，研究部队开往黔北的行军线路和作战方案。待贺师长散会后，牛均田找到贺师长，直截了当地说出自己想去东固为黄公略军长扫墓的想法。

贺师长上下打量，看了他很久，欲言又止。沉默了好一会之后，才回答："不行。"

"为什么？"牛均田很惊讶，不解地问。

"战争时期，不是扫墓时节。"贺师长坚定地回答。

"部队在休整，要三天后才开拔，为啥不让我去？"牛均田质问。

"三天休整是为下一步三十天，抑或三个月大战做准备，一个主力作战团的团长不在岗位守着部队，是什么行为？"贺师长的语气很严厉。

"在黄金洞打游击时，郭排长战死。当时来不及掩埋郭排长，但在深夜黄军长带几个人冒死抬回尸体掩埋。后来部队被敌人包围，突围前黄军长还去了郭排长坟上凭吊。你也参加了，忘啦？现在的处境没当时那么危险吧？"牛均田责问的声调高过贺师长。

贺师长还是不松口。牛均田的犟劲上来了，他拍着桌子叫道："准假要去，不准假也要去，背个处分也要去，不当这个团长，也要去。今天路过不去，日后还不知有没有机会去。枪子不长眼，谁知道哪场战斗结束后自己能活下来？安葬黄军长时的那么多人，还有几个活下来

第一章

了？红军离开东固地区十八年了，黄军长被黄土埋了十八年，当时匆匆掩埋，坟墓是否塌陷？骨骸是否抛于荒野？他太公、爷爷的坟墓被国民党派部队挖掘，骨头丢在湘江河里，黄军长的坟墓是否又被敌人毁坏？十八年来，只要子弹从头上飞过，我就想黄军长睡在那里是不是踏实，躺在那里是不是安稳。我每次争着要打硬仗，打恶仗，我每射出一颗子弹，都是想替军长报仇雪恨，都是为早点解放全中国，争取早点来看军长。今天到了这里不去，我心能安吗？你能忍心吗？"叫着叫着，牛均田号啕大哭。

贺师长也是黄公略的老部下。一九二八年七月二十一日，黄公略领导部队在平江嘉义镇提前暴动，部队集合向平江县城进发时，不愿起义的刘排长举枪向黄公略射击。贺师长那时正是黄公略手下的排长，他眼疾手快，一枪把刘排长击毙。刘排长是刘团长的亲侄儿，刘团长平时对黄公略的言论就很警惕，把侄儿安插在三营专门监视黄公略。自那以后，贺师长一直跟着黄公略在湘鄂赣边区打游击，先后组织了毛田暴动、鲁家湾暴动、老乌墩暴动。贺师长自己何尝不想去给老首长扫墓？南昌解放、吉安解放后，他就有这个念头，想去看望自己的老首长。他和牛均田一样，恨不得丢下部队去为老首长黄公略军长扫墓。但他不能去，一师之长，枪炮轰鸣，硝烟弥漫，战争还在继续，刀枪还没有到入库的时候，他就得坚守岗位。贺师长不同意牛均田去，还另有隐情。昨天妻子老夏告诉他，由于抢救伤员劳累过度，牛团长怀孕的妻子韩梅下身出血，被送进了野战医院，可能会流产。这是韩梅第三次流产。老夏说，流产多了会影响女人今后的生育。贺师长是想在部队向贵州进发前，让牛均田去医院陪陪她，至少在精神上对她是种抚慰。见牛均田这般死硬，贺师长只得将实情告诉他。谁知牛均田回答："她要流产，我也堵不住，我不是医生。再说有夏大姐在医院，我能放心。"

夏大姐就是夏元英，军区野战医院的副院长，是贺师长的妻子。韩梅嫁给牛均田，就是他俩做的媒。贺师长见牛均田执意要去，和政委商量后，终于准了牛均田一天假，当日去当日回。

烈日当空，地面烤得像蒸笼，闷热难受。上午十点，牛均田一行到达东固六渡坳。牛均田从马背上跳下来，汗水浸透了军装。他把缰绳交给警卫员，原地环顾四周，他对这里的一切太熟悉了。

村里有一条小河穿村而过，河上有一座六孔木桥。沿河有一条小路是吉安至兴国的重要通道。小路经过六渡两山形成隘口，隘口两边有两棵大槠树，有四个人合抱那么粗壮。两棵树就像门岗的两名警卫员，挺拔直立，瞭望着东西过往的行人，守卫着这一块土地。村上就因桥因坳给此地取名六渡坳。坳口前方直通螺坑。坳口的南侧是一个树木怀抱的山窝，山窝里有一栋两层的土木结构瓦房，土筑的围墙内有一个小院。小院的后山叫张家背山。房子的主人姓谢。现在是人去房空，谢家的人呢？坪里长着齐腰高的杂草。牛均田在屋前屋后、屋内屋外察看了一遍。房屋围墙上还有零星可见的子弹痕迹。坳口的北侧，山峰相连延伸远去，密密麻麻的槠树、松柏、翠竹、杉树把山峦包裹得严严实实，站在林中仰望天空，只有一线一线的缝隙漏下阳光。

牛均田站在坳口上，搜寻十八年前的印象和记忆。突然，从山上树林中贴着地面袭来一阵阴风，带着寒凉扑向牛均田。这穿心透骨的寒冷令牛均田全身颤抖，背上、四肢起了鸡皮疙瘩，几乎不能自持。他顿时朝谢家屋后的张背山跪下，一声嘶喊："军长，你在哪里？牛崽来看你了——"这是伤深的嘶喊，悲极的嘶喊，疼痛的嘶喊。山林中没有尘世的喧嚣，只有死一般的寂静沉默，牛均田的嘶喊在山林中穿越游荡。

牛均田嘶喊过后，泪如泉涌，长跪不起。

一九三一年九月十五日，红军取得第三次反"围剿"的胜利后，红三军奉命去瑞金、石城、于都、宁都地区，清扫根据地内的残余地主武装，把这些根据地打通成片，为反击国民党部队更大的"围剿"作准备。同时部队也要休整，筹措钱粮。

那天一大早，黄军长就要牛均田把文件清理入行囊，并特别提醒莫把他要看的书遗漏了。牛均田从床上爬起来，迟迟未行动。他吞吞吐吐地说："军长，我咋晚做了一个噩梦，梦见一只大鹏鸟凶猛朝你扑来。刘五爹说，做这样的噩梦要当心呢。我害怕。"

"小小年纪，心里装的东西蛮多啊！别怕。管它什么大鹏鸟，再凶猛的鸟不会比蒋介石更凶猛吧。蒋介石我都不怕，还怕什么鸟不成！"黄军长一边说，一边往挎包里放望远镜。这架望远镜是这次反"围剿"中缴获的战利品。

牛均田一早起来，感觉心里堵得慌，左眼狂跳不停。黄军长一番安慰，他又不便再讲，便按军长的吩咐作行军前的准备。

黄公略率红三军第七师、第九师和军直属机关从潭子坑出发，第八师从螺坑出发。太阳偏西时分，当黄公略率部经过山坳口时，天空中突然响起敌机"嗡嗡"的轰鸣声。司号员立即发出警报，部队迅疾隐蔽在道路两旁茂密的松林里，道路上一会儿就不见人影了。黄公略和身边的参谋、警卫员、通讯员一行躲进了谢宅。黄公略吩咐参谋拿出地图来看。正在这时，一个参谋慌忙忙地跑进来，向黄公略报告：第八师正从螺坑过来。

"糟糕，部队正行走在没有山林遮挡的平原上，如被敌机发现，损失惨重。"黄公略说完朝门外冲去。牛均田拦腰抱住他，另一个警卫员堵在围墙的门口不让他出去。黄公略掏出手枪挥舞："赶快松手，不松手老子毙了你们。是一个人的生命重要，还是一个师的安危重要？"正在警卫员犹豫的时刻，黄公略使劲推开牛均田冲到道路上。黄公略站在道路的中央，把隐蔽在树林中的机枪手叫出来，指挥他们朝天空中盘旋的敌机扫射。几挺机枪一齐朝天上开火，两架敌机立即被吸引过来，一轮又一轮倾泻炸弹。炸弹扔完，飞机转了一个大圈，又俯冲下来，喷出火舌，两边的树叶被打得纷纷散落，道路上的沙土被子弹打得四溅。因机枪是在第三次反"围剿"中刚从敌人那里缴获过来的，红军机枪手打飞机又是第一次，很不得要领，子弹都打在飞机后面。黄公略急得直跺脚，呼叫着："打提前点，朝敌机前头打。"天上飞机的轰鸣和地上的枪声掩盖了他的喊叫声。他箭一般冲到一名机枪手跟前，抢过机枪朝敌机射击。

牛均田和其他几名参谋、警卫员一边向道上冲来，一边喊："军长，危险，卧倒——"就在这时，黄公略向前趔趄几步，就像一棵大树轰然倒下。牛均田和几个人冒着雨点般的飞弹把他抬到谢家屋里。黄公略一边捂着流血的下腹，一边指挥机枪手继续开火，把敌机引过来，防止八师大部队受损。

飞机在上空盘旋了几圈，带着"嗡嗡"声远去了，消失在天边的云丛中。

黄公略昏过去了。

黄公略被抬到谢家的侧屋里，进行了简单的包扎后，由救护队的四个战士抬着担架送往黄陂背田村红三军军医处抢救。在经过路边的驿亭时，黄军长苏醒过来，叫担架停下来，把师团干部叫到跟前，嘱咐他们按总前委的命令继续行军。黄公略脸色惨白，对守候在身边的军参谋长说："你行使我的权力，带着部队继续行军，扫清根据地的地主武装势力，为更大的反'围剿'提供牢靠的后方，为红军未来作战诱敌深入提供更大的回旋余地。"声音微弱，但很坚定，说完又昏迷过去。

四名战士抬着担架拼命跑，很快就把黄公略送到黄陂背田村红三军军医处。担架后面跟着一行人。

听到黄公略负伤的消息后，红一方面军总政委毛泽东从方石岭的西面策马飞奔过来。他伏在黄公略耳边轻声地呼喊："公略，公略同志。"黄公略的眼睛突然睁开："毛政委……你来啦，我也许跟不上你的脚步……"说着想用手支撑着坐起来，又想抬手敬礼，都因无力又躺下，很快又昏迷过去了。毛泽东又呼喊了两声，没有反应，没有回答。毛泽东用手摸摸黄公略的脉搏，站起身来，眼眶湿红，两行眼泪顺着脸颊流下。

一九三〇年八月红军分三路二次攻打长沙，至九月中旬久攻不下，国民党军队重兵包围红军，毛泽东果断决策撤出战斗。部队往何处？毛泽东想起黄公略红六军在赣西南撤退。攻打长沙之前，毛泽东填了一首词表达内心想法："六月天兵征腐恶，万丈长缨要把鲲鹏缚。赣水那边红一角，偏师借重黄公略。百万工农齐踊跃，席卷江西直捣湘和鄂。国际悲歌歌一曲，狂飙为我从天落。"词韵犹在心头萦绕，词中赞颂的人倒下了。毛泽东此时悲伤不已。他对医务处的负责同志说："要尽一切办法抢救公略同志。"作过交代，毛泽东和警卫员向兴国方向奔去，很快消失在夜幕中。

毛泽东走后不久，黄公略又苏醒过来，断断续续对副官说："我是不行了，有几件事作个交代：前三次反'围剿'在总前委的领导下，取得了胜利，不能骄傲，要好好总结，迎接更大的反'围剿'胜利。蒋介石不会甘心失败，一定会组织更大规模的'围剿'。把我的意见转告毛政委。另就是请代我给家中的老母、妻子写封信。孩子应该出生了，估计有半岁了，不管是男是女，要把他抚养成人，好好活着，活到解放胜利的那天。妻子玉英还年轻，我走后她可再嫁，这些年做我黄公略的妻子，苦了她。父亲去世后，母亲独自抚养我，吃尽了苦。我对老母亲没有尽到孝，自古忠孝难全，请她老人家原谅。"他用视线扫了一圈守护在他身边的警卫员、医务人员和副官参谋，说："无论遇到再大的困难，你们都要坚定地跟着共产党走，跟着毛政委朱总司令走，死也不要离开红军队伍，这是信念。毛政委最了解农民，熟悉农村，也最能打仗，中国革命的希望在他……我死后请把我埋在白云山，我在那里盼你们传来胜利的喜报。"说完又昏迷过去。因伤势过重，流血过多，抢救的医疗设备有限，至太阳落山时分，黄公略军长停止了呼吸。

这次被敌机扫中的还有九位红军战士。当场中弹牺牲的五位红军战士，就埋在坳口西侧的半山腰上。另外四位重伤，留在医院继续抢救。

晚十一点，军医处的同志和黄公略身边的工作人员二十多人，还有当地几位党组织负责人趁着夜色，将黄公略的遗体秘密安葬在村头西北岩石峰山上。黄公略的坟墓前面有一块大麻石，坟头有一棵大松树。不远处还有一条很深的战壕。

当时发生的情况，牛均田脑子里像放电影一样，一幕幕历历在目。他率一行人先看了六孔桥，在谢宅里里外外看了一遍，在坳口的两棵大萪树的道路中间停留片刻，然后上马直奔黄陂背田村岩石峰。他们一行把马拴在山下，步行爬上山头。从山下到山上，从东面到西面，由北面至南面，都没有找到黄公略军长的坟墓。茂密的树林里有数个坟堆堆，大都被人毁坏了。牛均田环顾四周，摸摸脑袋，自言自语："应该是这个地方，黄军长的墓呢？红军撤退后军长的坟被敌人毁了？"当时大部队西进，又是深夜，牛均田记得很清楚，抬着黄军长的棺木只走了二三里路，爬上村头的半山腰就掩埋了。牛均田反复寻找，没有找到与记忆中墓地相应的地方。牛均田下山进村子问老乡。有的摇头，有的讲听说山上埋过红军，还有的说红军离开井冈山后，国民党部队在这实行"三光"政策，听说上山毁过红军的墓。但没有听说山上埋过黄公略军长。有一位没有门牙的老者说："村上红军时期的支部委员说过，国民党五次'围剿'前，苏区政府的负责人把黄军长转移迁埋到六渡坳口西侧的山上去了。"

"那个支部委员现住哪里？"

"被国民党兵抓住活埋了。"

牛均田辞别老者，立即策马来到六渡坳口，发动大家上山寻找黄公略的墓地。当时牺牲的几位红军战士就埋在山上。牛均田他们穿过树林，拨开荆棘，爬上半山腰，找到了掩埋红军战士的墓地。他们以此墓地为中心，向四面扩大寻找范围，但没有发现其他坟墓。

牛均田记得非常清楚，秘密安葬黄军长一个多月后，毛泽东亲自主持了追悼大会，撰写挽联：

广州暴动不死、平江暴动不死，而今竟牺牲，堪恨大祸从天降；

革命战争有功、游击战争有功，毕生何奋勇，好教后世继君来。

追悼会非常隆重，会场情景历历在目。

太阳贴近西边的山顶，山的背阳面已阴沉下来。一名警卫员提醒牛均田回部队。贺师长交代必须在下午六点前赶回部队营地。牛均田一看怀表，望着眼前的大山，极不情愿下山。在警卫员的再三提醒下，只好上马往回赶。

牛均田回到师部，向贺师长作了汇报。牛均田显得特别的内疚，话没说完就哽咽了，说不下去。贺师长拍拍牛均田的肩膀，深情地说："当时中央有秘令，黄军长的遗体要在晚上十点前安葬好，当地百姓当然不会知道。为防敌人破坏，是不是当地党组织在红军大撤离前将黄将军换地安葬了？黄军长临死前不是说要安葬到白云山，你当时在场。"

"是的，黄军长是说过，可当时来不及，大部队开往兴国方向，不可能抬着棺材到白云山去埋。留下来的四名伤员要安顿，上面催得急，时间很紧。岩石峰离军医处近，只有二三里路，我印象很深。黄军长应该是埋在岩石峰山上的。"牛均田回答。

"不排除当地党组织遵照黄军长遗嘱，在红军大撤离前，怕敌人破坏，已秘密转葬到白云山上。全国即将解放，到时我和你解甲归田，专程来找黄军长的墓，为他立一块碑。时间不早了，你快去医院看看韩梅，过两天部队开往西南。"在送牛均田出门时，贺师长递给牛均田两盒阿胶，是夏院长托人在南昌城里一个老字号药店买的。韩梅已经流产，身子虚弱，阿胶是补血的。贺师长和夏院长是在井冈山时期结的婚，膝下无儿女，对牛均田韩梅关爱备至。牛均田离开贺师长，来到军区野战医院看韩梅。

"你来干什么？"韩梅非常恼怒。

"部队要西进了，我特地来看看你。"牛均田有些歉疚。

"你心里还有老婆？"韩梅把脸撇一边，背朝牛均田。

"这是贺师长夏大姐送的两盒阿胶，给你补身子。"他本想说是自己买的，又觉得对妻子说假话不妥，就如实说了。

牛均田把两盒阿胶放到韩梅的枕边。谁知韩梅把两盒阿胶往门外一扔，蒙头大哭。牛均田告诉韩梅，今天一大早去东固为黄公略军长扫墓，没有找到他的坟墓，心里很郁闷很内疚。他和贺师长共同约定，等新中国成立后，他们解甲归田回东固，要再寻黄公略的坟墓，守护黄公略的坟墓。

"那你现在就去东固好了。"韩梅蒙在被里嚎叫。

牛均田从门外捡回那两盒阿胶，放在病房的木柜上。他坐在床边，默然承受韩梅的怒火。他何尝不希望保住他们的孩子呢？全国就要解放了，他又何尝不想要自己的孩子呢？枪林弹雨中穿越，拼命打下江山，当然想要有个家。有老婆孩子那才叫家。再说夺取的政权也需要后代去建设呀。

二

一个风雪交加的夜里，一位母亲用尽最后一口力气把腹中的孩子挤出体外。一声婴儿的啼哭带着母体孕育的力量，穿透破败的茅草屋，响应屋外的风雪声。

一个五十刚出头的男人，冒着风雪，高一脚低一脚朝茅草屋走来。

他是专程来送信的。茅草屋的男人抬轿子送人去县城返，回时抄近路，因路面结冰打滑摔下了悬崖。他不知该用何种口气和方式告知茅草屋里的女人。他站在柴门外犹豫徘徊不前。风雪咆哮中忽听到屋里传来婴儿微弱的啼哭声，他推开虚掩的门，眼前的一切让他惊呆了。血泊中一根脐带连着婴儿和母亲。母亲咽气了，婴儿发出微弱的啼哭声。男人没有片刻犹豫，他用牙齿咬断带污血的脐带，用衣物裹着沾着鲜血的婴儿冲出茅草屋，消失在风雪交加的夜色中。

男人叫刘五，单身，在本村本姓大户刘老爷家做长工。他把婴儿抱回自己家，冒着风雪去刘老爷家的牛栏屋挤了点牛奶。刚好母牛生崽才几天，有奶挤。刘五自此把孩子带在身边，孩子父亲姓牛，他就给孩子取名牛崽。出生时无爹无娘又无奶吃，靠几口牛奶活下来，苦命。当地还有一说，孩子取名越贱越易长大成人。用牲畜名字来叫孩子是最贱的。刘五想把孩子拉扯大，一来自己老将有靠，二来给牛家留根苗苗。牛家是外地人，逃难来到这里落脚还只有三年。那个风雨难遮的茅草屋还是上邻下舍凑合给搭建的。孩子在这里再无亲无故。

有一次牛崽病了，高烧不退，刘五用手摸他额头发现滚烫滚烫的。刘五用一块青布沾着鸡蛋清在牛崽的胸脯、后背、四肢及手脚掌心使劲刮，还是不退烧。用破衣服在井里打湿，敷在他身上也不管用。牛崽烧得嘴巴皮裂起白皮壳，不省人事，嘴里吐些含混不清的胡话，急得刘五直跺脚。万般无奈下，刘五硬着头皮去刘老爷家支领工钱。刘五在刘老爷家做工快二十年了，一直是这个规矩：一年里的端午、中秋、过年支领三次工钱，平时不能支领。孩子病了，刘五只能硬着头皮向刘老爷讲好话。

"老爷，孩子病得不轻，高烧不退，快不行了，想提前支领点工钱，带孩子去镇上看郎中。"刘五胆怯地提出请求。

"这孩子八字恶，爹娘被他克了。刘五你要小心才是，不是本家我才懒得和你讲这些折阳寿的话。再说这孩子又不是你自己养的，不沾亲不带故的，长大后还不定认你呢。养孩子像填深井，填进去一辈子心血汗水，看不见摸不着。你把自己辛苦几十年攒的血本填进去，黑洞一个，听不到半点回声，瞎忙乎了。刘五，我劝一句，你自己要留点底子，我这里不能养老。我看，把孩子送人算啦。"

刘老爷把长长的烟枪头在地板上使劲磕得砰砰响，深吸一口气后，再吐出几个烟圈。

哪里来钱留底子呢？我在你刘老爷家做了二十年，给孩子看病的钱都拿不出。刘五心里这么想的，嘴上却说："老爷说的是呢。孩子还小，眼下正病着，送人可怜呢，再养养。养大了，您家多个劳力呢。这孩子吃苦多，我将来教他田土的犁耙功夫，可调教出一个本分健壮的劳力呢。我提前支领点工资。"

刘五小心着把话题引导到自己上门的所求之事上来。

"听说你抱孩子回家后，夜里去挤过几次牛奶，可有这事？"刘老爷抬眼望着他。

"有呢，有呢。"刘五不敢正视。

"刘五，你晓得我家母牛喂的什么饲料，这饲料不是你去挤奶那么容易，要本钱呢。"

"那是，那是。要账房从我工钱里扣除。"

"你破了我发工钱的规矩呢。在我家做事的这么一大帮，哪家都会有点事。今天你支，明天他领，会乱套的。看在你跟我做事几十年为人本分的分上，你就去账房支领吧。"刘老爷终于答应了。

刘五终于在刘老爷家领了给孩子看病的钱。

牛崽在刘五身边一天天长大。刘五常常摸着牛崽的后脑勺，自言自语说：这孩子冬天未穿过棉衣棉鞋，身上的单衣都是有钱人家丢弃了捡回来的，吃的是我刘五省口下来的，有一顿没一顿的，怎么就长这么壮实呢？自早几年提前支领工钱给牛崽抓了五服中药，牛崽这孩子就再未见发过病，这孩子命贱。这世上的事就是这样的：有钱人钱扛，没钱人命扛呢。

　　刘五怕孩子有闪失，总把孩子带在身边。刘老爷说过刘五，带着孩子妨碍做农事。刘五不和老爷顶嘴，但仍带着孩子。孩子在眼皮底下晃着，他就踏实。邻居老朱家大人下田干活，让孩子自己一个人在家玩，结果掉塘里淹死了。刘五怕发生这样的惨事。他把牛崽带着，风里来雨里去，田土里耕耙，山冈上砍挖，学会放牛，学会扯草。他不让牛崽离开自己的视线。

　　有一次牛崽牵着刘老爷家的母牛去吃草。刘五指着这头母牛说："牛崽，你吃过这头牛的奶，牛通人性呢，你一定要善待它，顿顿让它吃饱，它要背犁呢。"牛崽把母牛牵到水坝边放养。开春了，水坝两边绿茵茵的草铺了厚厚的一层，这里的草母牛特别爱吃。牛崽在坝基上跳着蹦着，甚是欢快。这时，不远处有几个小朋友在玩。他们想爬上一棵树去掏喜鹊窝，却是怎么也爬不上去。他们一齐喊，谁爬上去谁就是山大王。牛崽在大家的怂恿下轻易就爬上了那棵大樟树，把鸟蛋装进了口袋。两只喜鹊绕着樟树盘旋，"叽叽喳喳"叫得惨。树下的孩子拍手欢腾。正在孩子们尽兴玩时，有大人在喊："谁家的牛在田垅里吃禾呢！"牛崽一看，母牛已进到田里吃了一大片青青的禾苗。

　　牛崽放养的是刘老爷家的牛，牛吃的是邻居家的禾。邻居家要赔，刘老爷不给赔，最后是刘五赔的。牛崽长得快过七岁了，刘五从未弹过他一根指头。这次刘五发狠了，脱掉牛崽的裤子，用一把竹枝条狠抽他的屁股，打得他满地爬滚，嗷嗷嚎叫。打了之后还让牛崽面壁跪着。棍棒底下出孝子，这是老话的告诫。穷人家的孩子不图大富大贵，只要孝顺不逆就好。刘五还有自己的想法，孩子不是自己亲生的，不树立威严，长大了他怕是使唤不动了。晚上，刘五又把牛崽揽在怀里，充满关切地对他说:"喜鹊一年才生一窝蛋,一窝蛋也就七八个,一天生一个,要生七八天。母鸟在窝里生蛋,公鸟外出找食。蛋生下来,要孵抱一二十天,怕日晒,怕雨打。小鸟出生,不是每只都能成活下来。有的病死,有的饿死,有的摔死,还有的被其他恶鸟吃掉,能活下来也就一二只了。活下来的是父母的心头肉,是父母的希望。父母付出千辛万苦,就是盼望它们一天天长大。你把喜鹊蛋掏了,它们又要奔食一年,辛苦一年。它们好可怜的,好造孽的。"刘五摸着牛崽屁股上纵横交错、密密麻麻的竹条痕印,望着那一双饱含泪水的眼睛,便把他出生前后的经过细细和他讲了。

自此以后,牛崽老实听话,喊东不向西。刘五开始细心调教牛崽耕种田土的功夫,扶犁掌耙,撒谷种秧。刘五在前驱牛犁田耕地,牛崽跟在后面学。"手艺能养家糊口。"刘五时常用这句话敲打牛崽。一年四季,二十四个节气,刘五要牛崽背熟,何时浸泡种谷,何时播撒种谷,何时插秧苗,何时施肥扯草踩田,心里一本账。"咱们穷人家,无田无地,靠什么挣饭呢?就靠心里这本账,靠手上的犁耙功夫。有了功夫,有钱人家,像刘老爷这样的大户人家就会要你做事。有地方做事,你就有地方吃饭。"牛崽满十岁那年,刘五跟刘老爷提过,牛崽是个很好的劳力了,是不是给他点工钱。刘老爷说:"牛崽没爹没娘的,是哪个把他养大的?你在我的锅里舀给他吃,是我的饭菜把他养大的。我现在给他开工钱,家里那么一大群给我做事的,我如何抹平?他们家都有孩子,他们都在用我家的农具操练手上功夫,我只能一碗水端平。等他长得再壮实点,我会给他开工钱的。"刘五以后再也没有给刘老爷提过给牛崽开工钱的事。

冬去春来,又是几年。到牛崽满十三岁的那年,从平江县城开来了一支队伍。据说这支队伍是湘军独立五师周磐的三团三营,营长叫黄公略。周磐是长沙城里有名的大烟鬼、花花公子,吃喝嫖赌样样在行。驻地百姓听说是周磐的队伍，个个人心惶惶。队伍驻扎地叫嘉义镇，就在汨罗江边，离刘老爷家大院二十多里。晚上刘五把牛崽叫到跟前，对他说："兵荒马乱的，枪子不长眼，莫外出，莫乱跑，莫乱讲。惹出祸，脑袋搬了家，你还弄不清是怎么回事。"

队伍驻防一段时间之后，传出这支队伍蛮守规矩，不偷不抢，不为当地百姓的难，对挨户团"清乡"队乱抓乱捕胡作非为的行为还有所震慑。驻地周围百姓才渐渐有些宽心，晚上睡个安稳觉。

又过了一段时间，到七月下旬，传出这支队伍闹暴动，改换旗帜。军阀混战时期，军队改换门庭是家常便饭。但据说这队伍是改编为工农红军，归共产党领导了。乡里的农民还是第一次听说，却不知道共产党是何许人。组织暴动的黄公略营长，带着队伍缴了挨户团"清乡"队的枪械，征收地主大户的钱粮，还枪毙了几个与挨户团"清乡"队捆在一起欺榨当地老百姓有血债的首恶分子。

刘老爷阴沉着脸，惶惶不可终日。他那根长长的烟枪总含在嘴里吐烟圈。刘老爷很焦虑。没过几天，令他担惊受怕的事找上门来了。

一支二十多人的队伍荷枪实弹，把刘老爷家的大院围住，门口有士兵站岗。为首的和刘老爷交涉，要征收他家的钱粮，要把他家仓库里的存粮分给当地的贫困农户。刘老爷望着那黑洞洞的枪口，浑身抖得筛糠。他清楚，自古在兵爷面前不能多嘴，不能打反口，更不是菜市场做买卖可讨价还价。命比撒泼出去的钱财更金贵。常言道：留得青山在，不怕没柴烧。刘老爷鸡啄米似的连连点头："要得，要得，按红军的吩咐办。"刘老爷全家人没受任何伤害。

红军走后的当天晚上，刘五把牛崽喊到自己床前，对他说："你跟这支队伍走吧。我活了六十多岁，看见过不少队伍，也听说过无数队伍，像这样把大户人家仓里的谷分给穷苦农户的队伍却是第一次看见。"说完，刘五连夜带着牛崽找到嘉义镇黄公略部队驻地。一名士兵把刘五和牛崽带到营部。黄公略放下正看的地图，接待二人。刘五把牛崽的身世家境向黄公略讲了，恳请黄营长把牛崽带到部队。黄公略一把牵过牛崽，前后仔细打量一番，拍拍牛崽的肩膀。"行！"，一个字决定了牛崽的命运。黄公略把牛崽留身边当通讯员，给他改名牛均田，并告诉他："共产党的队伍是穷人老百姓的队伍，枪口不能对准百姓。共产党要领导这支队伍，让天下的穷苦百姓户户有田种，家家有地耕。有了自己的田土，你干爹就不要替刘老爷种田耕地了。打垮了地主老财主，干爹能分到田土，你们村上的穷人个个都能分到田土。"

…………

战火纷飞的岁月里，牛均田没时间也没有机会把自己的身世告诉妻子。今天有必要把自己的过去告诉她了。了解了，或许才能理解。这天晚上，他也不管韩梅爱不爱听，就坐在床边讲到深夜。

韩梅起初蒙在被里，后来听着就坐起来，把背朝着牛均田，不吭声。后来她倒伏在丈夫怀里，双手紧紧箍着他的腰不停地抽泣。

一九三九年冬，牛均田在一次战斗中受伤，一个星期都处在昏迷中。军区首长在敌占区通过秘密渠道，冲破层层封锁，买来药品，下令一定要把牛均田抢救过来。韩梅当时是后方医院的护士，抽调来专门护理牛均田。她是在贺师长来后方医院看望牛均田时，才知道自己护理的是一位从井冈山走过来的老红军，还给黄公略军长当过警卫员。两人自此相识并结为伴侣。牛均田和韩梅结婚后，聚少离多，她从未听牛均田谈及自己的身世。枪林弹雨中她的职责就是救护伤员，也没有时间打听他的身世。现在听他细细地诉说，内心顿生一股酸涩，这股酸涩很快熔化成了怒火，令她全身使不上劲。

韩梅生气发火，牛均田能理解。结婚的第二年韩梅怀上了孩子，在日本鬼子的大"扫荡"中，她们医院连夜转移，急行军走了一百多里路，孩子流产了。当时牛均田正参加百团大战，没有在韩梅身边。现在全国也快解放了，韩梅又怀上了孩子。这次流产是她第三次流产，连日抢救伤员劳累过度，他又不在她身边。牛均田当时想，韩梅要流产，自己不是医生，没有办法。而路过吉安不去东固看望长眠在地下的黄军长，他不知道今后还有不有机会。他告诉怀里的妻子，没有黄公略军长，他仍然是刘老爷家的长工。没有像黄军长一样的血性男儿一个一个倒下去，后来人又一个一个站起来奋勇向前，哪有他放牛孤儿娶女人生孩子的机会？只能像他干爹刘五做一辈子长工，打一辈子光棍。他把这些想法对伏在怀里的韩梅不停地讲。不仅要让妻子知道，更要通过韩梅让自己未来的后代知道。

"别讲了，等全国解放后，我陪你来寻找老首长。"

韩梅伏在牛均田怀里说。

三

牛均田的部队奉命北调。

美国纠集十多个国家，打着联合国的旗号，在朝鲜半岛仁川登陆，朝鲜军队节节溃退。美军的飞机已飞临中朝边境上空，炸弹爆炸腾起的硝烟弥漫到了鸭绿江边，丹东已听到炸弹的爆炸声。同时，美国海军太平洋舰队已进驻台湾。战云再次布满天空，笼罩大地，威胁着刚刚站起来正在喘息的中国人。中国政府已多次提出警告，美军不能越过三八线。可美军根本不把中国政府的警告当回事，骄横的麦克阿瑟指挥着联军，迅速跨越三八线，向北推进。平壤告急，金日成向毛主席写信求援。唇亡齿寒。中央审时度势，决定出兵援助朝鲜。全国迅即成立了反对美帝国主义武装侵略台湾、支援朝鲜的运动委员会，中国政府已发布命令，组建中国人民志愿军赴朝作战。

此前，牛均田的部队奉命驻守黔西地区，参加剿匪，支援地方政府的组建，为新生的地方人民政府保驾护航。贵阳解放以后，在围歼宋希濂的部队时，有一个营的国民党残兵西逃到万峰山，与那里占山为王的土匪搅和在一起，成立了一个先遣纵队，接受国民党飞机空投支援，血洗了几个村庄，杀害了当地土改干部。师部命令他们团就地歼灭土匪。

牛均田接受任务后，对敌情进行了认真的研究。万峰山有类似兴国东固白云山的险峻，一条隐蔽山道出进，易守难攻。大部队进山剿匪摆不开，也易置自己于敌人的枪口下。最好的办法是引匪下山，布个口袋阵一举围歼。牛均田先是派出两个小分队，每队六个人，对万峰山地形进行了半个月的侦察。然后发动当地群众，控诉土匪的罪行，要求有男儿在山上当土匪的家庭户主尽快召其回家，宽大处理，既往不咎。牛均田自己带着几个参谋人员走访了十多户贫困农户和上了年纪的老人，了解山上的粮食供应情况和通向山外的小道。

有一位七十多岁的老人伏耳告诉了牛均田一个情况。山上原只有六十多个土匪，占山为王，抢劫万峰山四周的村庄。国民党部队上山的有一百多人，加在一起二百余人。吃喝拉撒，每天消耗很大。前段在山下抢劫了三个村庄，估计还能撑一阵。飞机空投，杯水车薪，救不了他们。要不了多久，他们会下山的。他们在山上扛着，是等他们的宋长官来救他们出山。牛均田笑笑，告诉老人，他们的宋长官已成为解放军的俘虏了。

牛均田回到团部，将掌握的情况及作战意图向师部作了详尽的汇报。过了两天，部队浩浩荡荡沿公路向西南开拔，传出的消息是部队奉调进西藏。这一消息很快传到万峰山。山上的粮食正告急，土匪只能趁夜冒险下山打劫。

这一天，夜深人静，万峰山上出现一路火把从山中向山下拥来。土匪大部队下山还未进村庄，已陷入人民解放军的包围之中。尾后的土匪听到前面枪响，想退回山中老窝，哪知老窝早被解放军占领。大半夜的功夫，万峰山的土匪被全歼。牛均田向师长汇报后，就接到部队北调的命令。

牛均田来到部队野战医院，和妻子话别。望着消瘦的妻子，这名身经百战的军人内心泛起一阵阵酸楚，泪湿眼眶。韩梅出身书香门第，父母都是教书的。小小年纪，在生死线上穿越，冲破层层封锁，来到延安，经过一段时间学习培训之后，分到了野战医院当护士。韩梅有文化，又知书达理，人也长得精致，牛均田非常爱她，总觉得自己亏欠她的太多。

"韩梅，我已向首长递了报告，你二妹不是学医的吗，军区医院正缺医生，把她招到医院来当医生，对你也有个照应。首长已在报告上签了字。"牛均田抚摸着妻子的脸说。

"你能不去吗？身上还有弹片未取出。"韩梅泪汪汪地望着丈夫。

"上级首长也曾有过考虑，贺师长当面征求了我的意见，但我还是递了报告，坚决要求去朝鲜。毛主席在天安门城楼向全世界庄严宣布：中国人民从此站起来了。可美帝国主义不想让我们站起来，又想要把我们打趴下。这一百多年来，在外国列强面前，中国人就一直趴下，没敢抬头平视看人，受尽屈辱和欺凌。如果我们又被打趴下了，老首长那一代人的血就白流了，为之奋斗的让中国人挺胸站直平视看人，就永远没指望了。"

"这我懂。"妻子拉着牛均田的手贴在自己的肚子上，贴耳告诉他，说，"一个多月没来了，估计又怀上孩子了，你去朝鲜，孩子出生时看不到爸爸。我不想要你去朝鲜。"

牛均田望着妻子一会，环顾四周无人，把手伸进内衣，摸摸她还扁平的肚子，又蹲下身想用耳朵贴在她肚皮上听。

"傻瓜，才一个多月哪有响动。"韩梅推开牛均田的手，嗔怪道。

牛均田两手搭在妻子的双肩上，细细地问："是那次中午怀上的？"

"讨厌。"责骂中充盈着女人的柔情。

牛均田望了一会儿妻子，之后深沉地说："一九三〇年十月，国民党对中央苏区和中央红军进行大规模'围剿'。黄军长知道一场恶战在即。他毅然把怀孕五个多月的妻子送回老家湘乡。临别时，黄军长对妻子说，孩子生下来，不论男孩女孩，取名'岁新'，让新生命迎接新的岁月。黄军长嘱咐妻子，自己如果牺牲了，希望她把孩子带大，将来全国解放了，带着孩子到他坟上看看，告诉孩子那一代人，父辈们的牺牲是值得的。穷人要翻身，要解放，每个人有田土耕种，总要有人去奋斗，去牺牲。黄军长的妻子裹着长带的小脚。黄军长要她回家后松带放脚，说将来解放了，要带领人民建设家乡，小脚走不得路，干不了农活。黄军长送别妻子时我跟在身后，当时不能体会老首长的心情，但他讲的那些话，我记得清清楚楚，至今犹在耳边。你现在的情况要比黄军长那会强多了。至于我嘛，刘五爹说我命大，死不了。你看我打了这些年的仗，身上多处枪洞，可黄军长就是不让我去他那儿，不同意我在那里继续给他当警卫员。黄军长托梦对我说：'牛崽，你不把美帝国主义赶回老家，你就不要回国。'"

停了一会儿，牛均田念出黄公略教会他的一首唐诗："秦时明月汉时关，万里长征人未还。但使龙城飞将在，不教胡马度阴山。"牛均田把目光从远处收回落在妻子的脸上，吻了一下，又说："明天部队就要北上了，你多保重。要不，我给孩子取个名？"

韩梅回想起刚才丈夫讲黄军长给孩子取名一事，心里"咯噔"一跳，忙用手封堵丈夫的嘴，深情地说："等你回来给他（她）取名。"

四

牛均田因伤势过重被送回国内治疗。

牛均田带着自己的一团人马，随贺师长率领的大队人马，跨过鸭绿江入朝抗美。他的团参加了一、二次战役。在第三次战役中，他的团担当正面阻击敌人的任务。被阻击的这支美军部队是奉命去增援另一支被围的美军王牌师的。据说那个王牌师的前身参加过八国联军，入侵北京，抢劫了很多文物。就是那个王牌师，在第二次世界大战欧洲战场上所向披靡，师长很骄横，不可一世。部队首长得知这一情况后下令一定要歼灭那个师。牛均田他们的任务就是阻止这一支美军翻越五○三高地去救王牌师。总部要牛均田团在五○三高地死守三天三夜。牛均田率部在膝盖深的大雪中埋伏了一天一夜，敌人派出飞机侦察，确认无埋伏后，美军的机械化部队大摇大摆地开了过来。当美军进入伏击圈内，牛均田一声令下："打，给老子狠狠地打。"雪地里突然倾泻出雷霆般的炮火。美军刚开始被打蒙了，但很快就稳住阵脚，利用炮火优势进行反击。在阻击战中，美军的飞机一轮一轮倾泻炸弹。飞机轰炸过后，就是大炮轰击。火炮融化了山上厚厚的积雪，把山头炸出几尺厚的尘土，可就是没有跨越牛均田他们部队的防线。在完成了总部战略大包围、重创美军王牌师大部的任务后，部队奉命撤退。牛均田的团伤亡惨重，他就是在撤退中负伤的。

牛均田失去一条右臂，被送回国在东北一个野战医院治疗了大半年。身体康复后，他在护士小李的帮助下，用左手一个字一个字练习着写字。小李教他写字时，脸贴得很近，他闻到她的青春诱人的气息。她的刘海在他脸上抚弄，痒痒的。他从她那稠稠糊糊的眼神中读到了当年韩梅的渴望。这是一个崇拜英雄的时代。牛均田决定用左手给韩梅写封信，然后把这封信给小护士看。信中，告诉妻子自己已经从朝鲜回到国内，组织上安排他去家乡的省军区工作，目前还要疗养几个月，待去了省军区报到后再来接他们母子。他在信中告诉妻子，他们的孩子无论男女都叫抗美，牛抗美。取这个名字就是要让子孙记住，武装到牙齿的美军，老子照样打趴他。牛均田在信中没有告诉妻子自己失去右臂的事。信写好后，他给护士小李看。小李看着信，表情有些不自然，手有些抖动。看完信，小李一个劲夸奖牛均田，说他左手写字都写得这么好，要是右手写那会更漂亮。

牛均田告诉小李，左右手的枪法是没有区别的，写字用左手，那就不如留在朝鲜战场的那只右手喽。自己能识字写字是两个老师教会的。一个是他的老首长黄公略。给黄公略当警卫员时，他一字不识，用他自己的话说是扁担横在地上，也不会念成"一"字。黄公略有一个大行囊袋，里面装着很多书本和纸笔。这个行囊一直由牛均田背着。行军打仗时，有点空闲时间，黄公略就教他识字。每天识三到五个字，不仅教会读字音，还让他照着写。黄公略对牛均田讲，你现在给我送信，信送谁，对方叫什么名字，信送达到什么地方，你要准确不误，必须认识字。你现在还年轻，不可能老留在我身边，将来要下部队带兵打仗，要识别地图，要掌握各方面的情况，没有文化是带不好兵的。古人讲的草莽将军，就是指没有文化的将军。没文化的将军是带不好兵，打不赢仗的。中国历史上多少次农民起义，浩浩荡荡拉起一支人马，为什么总是成不了大事呢？为将的没有文化。再说，将来我们胜利了，全国解放了，搞建设也要文化。牛均田在黄公略身边三年多时间，把《三字经》《百家姓》《千字文》上的字都学会了。一九三〇年九月间，中央巡视员潘心源到湘鄂赣边区指导工作。他和黄公略是平江暴动的老战友，患难之交，情同手足，无话不谈。当时正是"左"倾盲动主义发热时期，号召红军去攻打大城市。临走，潘心源赠了黄公略一首词，上面写着"捣魔窟，且慢着；夺五省，谈何易？挽狂澜未倒，有赖黄石"。待潘心源走后，牛均田问黄公略"黄石"是谁。黄公略停了一会儿，望着远方说："我父亲是一个秀才，他按旧时传统习惯，给我取名家杞，字汉魂。家杞是按族谱排序取的，旧时文人一般不直呼其名。父母多叫我汉魂。父亲解释说，汉魂，就是我大汉民族的灵魂，灵魂即精神。什么精神？发奋图强的精神。父亲希望我身上有这种精神。十五岁那年，我去永丰镇新学堂读书，给自己改名叫石，号公略。父亲从小教我读《黄石三公》，我从小崇拜黄石公。潘巡视员此时写诗是勉励我，希望我面对困难像巨石那样坚硬。"

牛均田的第二个老师就是妻子韩梅。妻子把带在身边的一本《唐诗三百首》一页一页地教，让他一首一首地背。战争年代，夫妻相聚时间极少，只要在一起，牛均田就跟着妻子学文化。新婚那天晚上，韩梅教他读李白的《望庐山瀑布》："日照香炉生紫烟，遥看瀑布挂前川。飞流直下三千尺，疑是银河落九天。"在读到诗中的"日"时，牛均田的发音很奇怪。原来他这"日"的发音是他的老首长教的，黄公略是湘乡人，字的读音有很浓的湘乡方言味。韩梅是北方人，教了几遍他还是读不准。在反复读到"日"时，谁知窗外听隔墙音的一群士兵突然发出"轰"的狂笑，臊得韩梅满脸通红。

牛均田把自己从回忆中拉回来，问：

"小李，你找好对象了吗？"

小李沉浸在牛均田的往事讲述中，对他的问话没入耳。"首长，你刚才问我什么？"小李视线从信纸上移开，有些不好意思地望着牛均田。

"我问你找对象了没有？"

"没有，没有，我还小呢。"

"今年多大？"

"女孩子的年龄是秘密，对外守口。首长你问这干啥？"

"我看有一个人和你挺般配的。"

"谁呀？"小李眼神里充满惊喜。

"我妻弟，他有文化，人也长得帅气。"

"他在哪？"

"他还在朝鲜战场，他当排长了，还没有找对象呢。"

小李望着牛均田那空洞洞的右袖，脸上浮现出疑问的神情。

"当然，他不死不伤，回国后你看上他再说。"

小李脸上露出红晕。牛均田判断，小李内心是默许的。战争年代过来的军人，找个伴不容易。组织牵线，首长战友搭桥，自己又看上了，就要果断发起冲锋。贺师长告诉他经验，胆大心细脸皮厚。他娶韩梅就是按师长教的，紧追不舍。牛均田娶韩梅为妻，打心眼里十二分满意。牛均田写信告诉韩梅，他在疗养院相中了弟媳，和韩梅一样贤淑漂亮。

五

牛均田在省军区司令部当作战参谋，工作了一段时间后，政治部主任找他谈话，征求他对工作安排的意见。牛均田说："参谋不带长，打屁都不响。"他要求下基层干点实事。主任告诉他，组织上考虑他是从井冈山走出来的老红军，在抗美援朝中又失去右臂，身体状况不是很好，留在省军区医疗条件要好些，居住条件也会相对好些。牛均田坚持要下基层。又过了两个月，牛均田被安排在常阳地区军分区当副参谋长，负责作训工作。组织上按规定安排了四间平房，前后一进一出两间为一套，两套并排，中间打通，把其中后面一间砌开二用，厕所、厨房都有了。牛均田很是满意。枪林弹雨里爬滚，炮火硝烟中穿梭，终于有一个自己的窝了。待后勤处交给他钥匙后，他即跟后勤处交代，请人把妻子、孩子接过来。

省军区通知，八月份要召开全军第一届运动会，要求送选手参加省军区组织的选拔赛。牛均田负责射击类项目。他在全地区十二个人民武装部跑了一圈，抽调十多个选手安排在军分区的训练场集训。射击项目有步枪、机枪、冲锋枪、手枪几个类别。牛均田是全军有名的神枪手，"百步穿杨"那是绝活。强将手下无弱兵，他按黄公略军长当年教他的那一套来训练运动员。抽调上来的人大都是解放战争时期入伍的，有的是抗日战争时期入伍的，枪法都是枪林弹雨生死场上练就的，加上牛均田两个多月的突击训练，在省军区的选拔赛中，二十个选手名额常阳军分区占据六个，四类枪手都有入选。牛均田得胜回营。结束省军区的选拔赛，他对司机说："走，打道回府，看老婆孩子喽。"

两个多小时的车程后，牛均田回到常阳军分区大院内。

门口有一个小男孩在玩，见到牛均田朝家里奔来，转身往屋里走去，口里不停喊"妈妈，妈妈"。看那样子小男孩有些畏生。

"抗美，妈妈在这里。"里屋传来了韩梅的声音。

"韩梅，老婆，我回来了。"牛均田人未进屋声音先进屋了。

"是你爸爸回来了，抗美。"韩梅的声音透着抑制不住的亢奋。

当韩梅望见已跨进门的牛均田，手上的洋瓷盆"哐当"掉到地上，愣了好一阵，不敢相信，又确确实实是丈夫站在她面前。旋即，韩梅冲上去一把抱住牛均田，两手紧紧地箍住他。

泪水浸湿了他的军装。

"哇……"孩子从未见过这样的情形，被吓得大哭起来。

突然，韩梅惊慌地放开两手："你还有一只手呢？你的右手呢？"

"老婆，你先哄孩子不哭了，让我抱抱小抗美。"牛均田用左手抚摸妻子的短发。

韩梅把牛均田扶到凳子上坐着，然后安抚小抗美止住哭，把他带到丈夫面前，对他说："这是你爸爸，小抗美乖乖，叫爸爸。"

孩子望着牛均田，还是不肯开口叫。牛均田等不及了，他伸出左手一把抱住孩子，在房子里走着"一二一"的步子，口里高兴喊着："我有儿子喽，我有儿子喽。"

出生入死的军人，他们为自己的孩子打出了一个和平安宁的生活环境。胜利后他们喊着自己的孩子，当然比战场上喊"冲锋"更有力量，更加豪迈，更显嘹亮。

晚上牛均田告诉妻子："在死守五〇三高地的血战中，全团仅剩二百余人。我们接到军部命令，阻击任务已完成，美军王牌师已大部被歼。被阻击的这支美军也处在战略包围中，决胜在即。军部让我们迅速组织部队撤退。在撤退中，敌人一颗炮弹落在我的附近，是一个叫姜地坤的战士扑到我身上，救了我一命。那战士也倒在血泊中。我被送回国内，但那战士是送回国内治疗，还是留在朝鲜战地医院治疗，抑或牺牲了，不得而知。回国后到处打听，没有找到姜地坤。今后有机会，我一定要找他，要找到救命恩人。"

牛均田讲到这里，长叹了一口气，说："老首长黄公略死时我就在他身边，我怎么就不晓得像小姜战士一样扑上去用身体护着黄军长呢？他冲出门时我要是死死抱住不放，不让他出门，黄军长是不会死的。"

牛均田搂着韩梅，言语中流露出自责。

第二章

一

湘江发源于广西东北部的海洋山，与湖南永州蓝山的潇水汇流，纵贯湖南，浩浩荡荡奔北流去。有湘江以来，两岸发生了多少往事？谁也不知道。有的事如石子扔进江中，泛起一层一层的涟漪，给人们留下些许印象。有的事如尘埃飘落江面，随水北流，没有弹起些微浪花。一九三一年清明前，国民党派军队去湘乡桂花高莫冲的老虎山挖黄公略家的祖坟，并把他太公、爷爷的骨骸带到长沙丢进了湘江。这件事被人捅上报纸后，引发惊天巨浪，湘江两岸一片哗然，民众极为不齿，此事也一直被人们用来掂量当权者的操守和德行。而参与事件的掘墓人心灵深处亦被炸开一个深洞，伤口久久不能弥合。

一九五二年的四月初，清明节前夕，有一名男子正在湘江岸边流连，他与一九三一年春挖黄公略家祖坟的那件事密切相关。那件事让他一辈子深陷恐惧、痛苦、自责和忏悔的旋涡，他叫江天健。

来长沙前，江天健去乡公所开证明，办公室的人问他去长沙干什么，他回复说走亲戚。江天健不敢实情相告。自从新中国成立以来，一波一波揪出隐姓埋名的日伪汉奸、特务，以及国民党时期的旧军官，有的被枪毙，有的被判刑，还有的被绑捆到台上接受批斗。江天健如热锅上的蚂蚁，行坐不安，魂不守舍。家人问他事，他总是答非所问。弄得家人莫名其妙。他无数次在深夜里揪扯自己的耳朵、头发，攥紧拳头，内心做出决定，要去向政府坦白、自首。红军时期，共产党还没有掌握政权，尚且能宽待俘虏，现在是共产党的天下，政权在握，墙上到处写着"坦白从宽，抗拒从严"的巨幅标语。人民政府的宽大政策应该不会变。可是当东边朝阳的光线从窗户射进来，洒遍他的全身以后，他又不敢迈出家门。他对自己晚上做的决定举棋不定。他在内心又安慰自己，那些揪出来被枪毙的都是有血债的，自己没有血债，他的枪口瞄准红军时都往高抬，子弹没撂倒一个红军。一九二八年七月底，黄公略所率红军第七团被重兵包围。黄公略率二百余人杀开一条血路，突破包围，从小路甩脱国民党军队。而江天健他们团正好在此设埋伏。江天健当排长，他命令士兵枪口朝天放。他参加过农会，在黄公略手下当过兵，只要是和红军对阵，他不冲锋在前，子弹总是朝天放。再说挖祖坟那件事过去了二十多年，自己隐名埋姓，应该不会被查出。江天健在这样的情绪中一天熬过一天，终于熬不住了，他便独自来到湘江岸边追忆、寻觅。他很想借一江河水洗刷内心的罪恶。他要找到那丢骨骸的地方，朝江面叩三个响头。要是哪一天政府查出来了，他也能向政府有个如实的交代。

在江天健的印象中，二十年前发生的那件事应该是在岳麓山下，橘子洲的上游，猴子石这一带。一条青石板路从堤岸通往江里，江边平水面还有一个码头，码头上还立着两个拴船的石桩。一天里有几趟渡船往返湘江对岸。驾船的是一对父子，父亲操舵，儿子划桨。那天特务队队长安排江天健在堤岸上警戒，自己带着几个人下船。那个麻袋也提到船上，船至江中，队长让船上的士兵把麻袋扔了下去。队长怕麻袋不下沉，还在麻袋里装了几块石头。

一九三〇年八月，红军五万多人，兵分三路围攻长沙。红军部队很快推进到大圫铺、龙头铺、菱仲铺、枫树河、新桥一线。长沙守军总司令何键命国民党军队从南郊猴子石至新开铺、石马铺、阿弥岭、五里牌直到北郊的捞刀河一线修筑防御工事。工事共分三道防线：第一道是巨型鹿栅，第二道是密布的竹签，第三道是高压电网。还修建了坚固的碉堡群，碉堡之间有暗道相通，可互相增援。国民党军守城部队达十余万人。江天健的部队当时正防守猴子石一带。红军向国民党长沙守军发起数次强攻，都被打退。红军还买来了一千多头水牛，在水牛尾巴上捆扎火把，蘸上煤油，点燃后驱牛打头阵。由于国民党军队的密集重火力，水牛攻城也未奏效。当时江天健他们接到命令，只坚守，不出击。围攻红军的国民党军增援部队已抵达湘潭。国民党军队拟夹击合围南郊攻城的红军。双方对峙一天，晚上红军撤离，消失得无影无踪。后来听说红军去了株洲。

江天健站在湘江堤岸上，望着滔滔北去江水，陷入沉思。

太阳渐渐西下，霞光洒满湘江水面。偶尔有几只水鸟掠过江面，发出清脆的叫声。江天健沿河堤往返走过几趟了，他在寻找二十年前的印象和记忆。愈走记忆愈模糊，自己不能肯定。江天健沿河堤走的这段路，通往江面的有三条青石板路，但都没有码头。那码头呢？码头什么时候没了？由于当时的任务特别，不可能去打听驾船人的姓名和码头名称，他一点头绪都没有。

江天健顺手抓了一把岸边的河沙用一块布包好，放进挎包。

江天健的挎包里还备了钱纸香烛，他想在确认当时事发的码头后，对着江水拜三拜，表达自己内心的愧疚、悔恨，恳请黄将军的在天之灵宽恕他。自从解放后，他就整天担惊受怕，经常晚上做噩梦。有时看到公安干警，他就生出莫名的恐惧。他看到政府人员在墙上写的"深挖狠打暗藏的反革命分子，坚决镇压暗藏的反革命分子"，身上就冒冷汗。

解放军早就有优待俘虏的政策。他想主动向政府坦白，应该会获得从轻处理。这次他独自来到长沙湘江边寻找当年的码头，就是想找到实地证据，主动去向政府坦白自首，争取宽大处理。

"老哥，你在这里干什么？"一个挑着一担箩筐的男子把江天健从思绪中喊醒。

"哦，哦，不干什么，随便走走。"江天健应付着。

"听口音，你不是长沙人？"男子疑心问。

"外地人，来走亲戚，随便走走看看。"江天健回复。

"我看你好一会儿了，你在堤上来回几趟了，走路的样子像被江里的水鬼勾去了魂似的。我怕你有事想不通，寻短见呢。解放了，日子好过了，有事想开些。"担箩筐的男子点明他的观察。

"好日子，好好过日子呢。我没事的，老弟你放心。"江天健顺着男子的话回答。

"你不知道呢，解放前这地方跳河投江的有好几个呢。水鬼勾魂拉人下去作伴呢。"男子把扁担横在两个箩筐上坐下说话，他没有走的意思。

江天健意识到，自己不离开，这男子也不会走。这男子是个善心肠的人，江天健内心涌出几许暖意。

"走，老弟，我们一起走。"

"这就对了嘛。"

江天健踏着落日余晖朝回路走去，那男子挑着一担箩筐晃悠悠向相反的方向走去。江天健想等到夜里，江边无人，再来烧香磕头。

江天健投宿在一个小旅舍里。服务员查看了江天健的介绍信。江天健掏出介绍信，服务员在旅客住宿登记本上写下"姜一夫"的名字。江天健就是姜一夫。他虽换姓更名叫姜一夫，但他一直牢记自己就是江天健。服务员并不知道江天健内心的秘密。服务台上一张小报纸的标题引起了江天健的关注。征得同意，他拿起报纸走向自己的房间。报上说，一九三一年春夏间国民党派部队去挖红军将领黄公略祖坟的那个特务队队长被揪出来枪毙了。

江天健像受了惊吓，全身哆嗦。他爬上二楼，每上一个台阶，腿都是软的。他躺在床上辗转反侧。这注定又是一个难眠的长夜。

二

杨树山镇住着一位清光绪时代的江姓秀才。祖上留下很大的家业，自己一门心思参加科举奔仕途。那时江秀才有自己的看法，家业再大，学问再高，身无半职官衔，是称不出人生分量的。孔夫子都说学而优则仕嘛，书读好了就要做官。郑板桥那样有学问，让他沾沾自喜的是当上了县太爷。命运不济，累试不第，江秀才对自己的仕途已完全心灰意冷。他五十岁喜得儿子，取名江天健，遂死了仕途功名的心，把希望寄托在儿子身上。江秀才在儿子发蒙后，每天给他讲述古代名将的故事：项羽以三万之师，奔袭千里，打败刘邦六十万之众；霍去病少年为将军，四次领兵出击匈奴，次次大获全胜；还有卫青、班超等军事名将的故事。江秀才要从小培养儿子的尚武精神。这年头，他看穿了，紫禁城坐龙椅的你下去他上来。兵荒马乱的，还是拿枪带队伍靠实。基于对时局的认知和判断，他把江家的发达寄希望于儿子身上。

有一次江秀才给儿子讲韩信垓下打败项羽的故事之后，问儿子："长大了想当多大的将军？"儿子回答："想当排长。"江秀才眉头一皱，厉声再发问："当多大的将军？"儿子有些哆嗦，回答："当连长。""为什么不想当将军？当将军可管很多的连长。"江秀才引导儿子。"韩信当将军前要忍胯下之辱，当了将军后还是被刘邦老婆吕后宰了。我不想被辱，更不想被人宰了。"儿子的话，使江秀才心里像泼了一盆凉水。他摸摸儿子的小脑袋，没有责罚他。人看细小，马看蹄爪，心向不远，居枝不高，听天由命吧。老秀才想起那句老话"儿孙自有儿孙福"。

一九二六年底，杨树山镇一带开始闹农协。江天健从省城弃学跑回来参加农会，气得江秀才吐血。不久，挨户团"清乡"队在当局军队的支持下，到处抓人，好些个组织农会的头头被抓去枪毙了。江天健吓得躲回老家。江秀才花了一大把银圆，江天健才躲过一劫。江秀才琢磨着，儿子闹农会的事记在挨户团的本本上，哪天挨户团没钱了，又会找上门来，还得花钱消灾。江秀才想，在这样动荡不安的时局中，儿子靠读书不会有出路，赶快把他送到队伍里去扛枪，或许还有出头之日，往后挨户团也不敢找麻烦了。就这样，江秀才通过远房亲戚关系，送了一袋银圆给长官才让江天健投入湘军，被分派在周磐的师里当兵。周磐的师不久成立随营学校，江天健被分配在随营学校。这个随营学校的校长是黄埔军校毕业的，叫黄公略。这个人很有学问，知天文晓地理，兵法于胸，深得师长周磐信任。江秀才听说后喜形于色，跟着这样的人扛枪，枪杆子指到哪里，哪里就是他的地盘哩。儿子江天健跟着黄公略一定会有出息。

不久，随营学校解散，黄公略下到三团三营当营长，把随营学校学员中的一部分带到了自己的营里。江天健参加过农会，又在省城读过书，黄公略找他详细谈过，认为他比其他士兵要灵泛活泼，就把他带到了三营。不久，三营奉周师长命令开赴平江嘉义镇驻防，参加"清乡剿共"。一九二八年七月二十一日，营长黄公略以闹饷为名，组织暴动，杀死团长侄儿刘排长，杀恶霸地主，解散挨户团，筹集军饷。黄公略带着暴动部队向平江城进发。部队到达童市烟舟小镇时，黄公略带着几个警卫随从进城，部队驻在城外等候。

按原来的约定时间，黄公略与彭德怀、滕代远同时于七月二十三日在驻地领导部队暴动。由于黄公略的地下共产党员身份暴露，抓捕黄公略就地正法的密令已下达，只能提前举行暴动。暴动后，黄公略决定把部队带进平江县城与彭德怀会合。可他突然想，彭德怀领导的部队正在暴动实施过程中，自己率部队进城，事先没有联系，而且自己部队穿的湘军军装，没有特别的标记，也没有事先约定，他担心两支队伍产生误会，自己人跟自己人打起来。他即决定把部队留在城外，自己先进城联络。

就在黄公略进城不久，他手下的一个连长贺仲斌一番煽动鼓噪把大部分人带走了。江天健就在贺仲斌带走的队伍中。被带离烟舟小镇后，连长集合队伍告诉他们："黄公略是共产党，何军长、周师长正调集各路人马朝平江县城赶来，黄公略这点人马，能敌过何军长、周师长的人马？那是以卵击石找死，跟着黄公略不是被抓杀头，就是逃往深山老林没吃没穿饿死冻死。大家出来当兵，父母希望我们发财，妻子希望我们升官。我把大家带出来，是给大家找条活路。想活命的跟我走。"

江天健跟随在反叛的队伍中拼命逃跑，害怕黄公略率人追来抓他们回去。正在拼命逃跑时，突然"轰"的一声炸响，一颗炸弹落在附近，他被炸了一身的血。

……………

江天健被一场噩梦惊醒，冒出一身冷汗，他翻身坐起，不停地出粗气。

"嗵嗵嗵"敲门声把江天健叫醒。他昨夜一宿未沉睡，接着做噩梦，天亮时才迷糊了一会儿。江天健连连答道："起来啦，起来啦。"

"你这人还真能睡，太阳到头顶啦。"店老板看看住宿的江天健并无异样，转身走了。

江天健穿好衣服，心想吃点早餐，还要赶回家。他在乡公所开的证明期限到了，他得回去销假。他想有机会再来寻找。

三

到长沙城里来干什么，江天健并没有告诉老婆。女人家嘴不稳，万一走漏风声，他江天健就没活路了，害了老婆孩子。

父亲原来替他找的未婚妻，因父亲去世而告吹。江天健自己的生母因是家里的侍女，父亲去世后被大娘赶出家门，不知去向。他脱离国民党部队，在邻县的小镇上买了几间破旧房屋，推翻重新建了，置了几亩田，改名"江一夫"，娶妻生子，过自己的安稳日子。他现在的老婆，是到小镇安住后娶的一小贩人家的长女，未读过书，但能干、贤惠，对丈夫百依百顺。

回到家里已过晚饭时光。他进屋就喊肚子饿，要老婆快进灶屋搞饭吃。

江天健老婆见丈夫一天到晚丢了魂一样，也要他出门走亲戚，散散心。见丈夫回来，她心里很是欢喜，忙停下手里的针线活，下厨房去做饭。老婆虽未读书，但很通情理，肚皮也争气，自嫁给江天健不到两年就生下一个带把的，这让江天健很有成就感，如同新兵连第一次打枪就中了十环。眼下，老婆肚子又见隆起，这让江天健特别欣慰。父亲有一大二小的妻妾，大的未生育，二娘生俩女孩，小的就他一个儿子。父亲生前常挂在嘴上一句话：不孝有三，无后为大。这一点，他可以告慰父亲了。江天健比那个老秀才厉害。

老婆进灶屋做饭前，递给江天健一封信。江天健接过来一看，是儿子的信。

儿子出生时，江天健仍然在《周易》里找名字。自己的名字是父亲在《周易》里找的，取名天健，意即江家后人要像宇宙一样生生运转不息，儿女强大。自己做父亲后，他给儿子取名地坤，期望儿子长大以后做人有德行。他曾经挖人家祖坟，做过缺德的事，江家后人以后永远不要做无德的事。为这事父亲给他的那一巴掌，至今心里还有烙印。去年底政府征兵，江天健送儿子去报了名。体检合格后，儿子穿上了新的解放军军装。江天健把儿子拉到跟前，郑重地对他说了一句话："军人，站着死，躺着埋，至死不能当逃兵。"他把自己的教训，凝成一句话送给儿子。儿子当然不能体味老子的内心苦楚。江天健常常暗自叹息，当年不离开黄公略，跟着共产党、红军干下来，今天不会落为小镇山民。当然，江天健把儿子送到部队还有内心深处的盘算。

老婆把做好的饭菜端上来放在江天健的跟前，问是不是儿子写信回来了。江天健告诉老婆，正是地坤从部队来信。老婆问他信中写了些什么。

儿子在信中告诉父母，他们经过三个月的新兵培训，已分到部队。他们团的团长姓牛，听老兵讲，是从井冈山走过来的老红军，战斗经验十分丰富，很有威望。部队即将向北开拔，准备赴朝鲜参加抗击美帝国主义侵略的战争。听说部队要赴朝作战，大家情绪很高，每个人都写了参战决心书，坚决要求上前线打美国鬼子。他自己也写了参战决心书。

江天健心里打了个寒战。二战后美国可是世界老大，他们拥有的飞机大炮坦克是世界上最先进的武器，还有原子弹。日本人死不投降，两颗原子弹一丢被打趴了。解放军打国民党的部队，打日本鬼子，那是没得说的，这和美国人交手，恐怕是凶多吉少。江天健担心儿子跨过鸭绿江，还能不能再跨回来。

江天健没有把信中实情相告，他怕老婆受不了，影响肚子里的孩子。他轻描淡写地告诉老婆，儿子在部队长高了，长胖了，在新兵训练中枪法打得准，部队首长多次表扬了他，要他们二老放心。儿子参军时还不满十八岁，老婆当时不同意，儿子坚决要求去，自己也支持，老婆只得顺从。儿行千里母担忧。做娘的对儿子的思念与担心远甚于做父亲的。

听街坊邻居说要成立抗美援朝志愿军，镇上到处都贴有标语，敲锣打鼓在宣传。"儿子会不会去朝鲜打仗？"老婆小心地问江天健。

江天健没有回答。他心里琢磨，儿子上战场，生死有命。战死，为国捐躯，他家是烈属；不死就立功，立功就更好，他家是立功军属。万一将来政府挖到他过去的陈年老账，儿子的荣耀或许能罩着他，获得宽大处理呢。他是军属"老太爷"哩。他望着渐渐被夜幕吞噬的旷野，自己在给自己不平的心理寻找平衡点。

第三章

一

一九六四年五月，牛均田率司令部的参谋人员正在高粱山训练场组织大比武训练。来自全区人民武装部十二支民兵分队正在进行百米半自动步枪移动靶射击。下个月，省军区要举行全省大比武，军分区组织集训就是为大比武做准备，选拔单人射击手、分队射击手。开训前，军分区开会，司令、政委都希望牛均田牵头负责。那次全军大比武，为军分区争了名誉，这次非他莫属。牛均田当仁不让。月底，军分区司令、政委率司政后全体机关人员要到现场观摩选拔赛。为了在全省的大比武中取得优异的成绩，牛均田吃住在训练场已经一个月了。

牛均田已提拔为常阳军分区参谋长。比武预演的休息间隙，很多人民武装部的干部和民兵围上来，嚷嚷着要求见识牛参谋长的枪法。他们早就听说牛参谋长双枪"百步穿杨"的故事，百闻不如一见，他们要亲眼看看。

牛均田用左手拍拍右手空袖筒，说："美国鬼子怕我的双枪，用炸弹炸掉我一只手，我只能单枪穿杨了。"

参谋人员按牛均田的吩咐，在百步外用三根细麻绳在架子上吊三个小沙袋，架子来回移动。

牛均田站在百米开外，一路小跑走着"之"字路奔来，在划定的射击线上立足未定，只听"叭叭叭"三声枪响，子弹穿断麻绳，三个沙袋应声落下。在场的人武部干部、民兵、参谋人员个个惊呆了。待回过神来，全场响起一片欢呼声。

牛均田吹吹枪口，对围着的训练人员说："战场上就是你死我活，讲的是快、准、狠。我的这点功夫一是我的老首长黄公略军长教的，二是敌人追逼的。枪口相对，你不撂倒敌人，敌人就撂倒你。"

牛均田停了片刻，在围观人员的一再恳求下，给大家讲起了黄公略一手好枪法的故事：

"井冈山第一次反'围剿'你们听说了吧，那次龙冈战斗活捉敌师长张辉瓒。那次战斗最大的收获，就是缴了敌人的大批武器，武装了我们自己。红军那个时期最缺的是武器，有的一个班才一两支枪，两三个战士轮流使用，其他都是大刀梭镖。国民党兵使用的都是汉阳兵工厂造的，有的兵还扛着美国、德国、法国人造的洋货。黄军长总是对战士们说，要集小胜为大胜，哪怕是只缴获一支枪、一颗子弹，对红军来说也是胜利。

那次战斗缴获了大批新式武器，战士们拿着这些宝贝，这里瞅瞅，那里摸摸，不会使用，干瞪眼，愣着急。红军抓的俘虏兵中，有一个班长会使各种武器。这家伙是个老兵油子，已当过一次俘虏，知道红军优待俘虏的政策，不会把他怎么样。有个营长出面请他教红军战士使用枪械的技法时，他装模作样摆着臭架子，夸大技术难度，说这些枪是刚才从法国、德国买来不久，复杂得很，他学了一年多才会摆弄。他不屑地看看眼前的红军战士，身穿破烂的军装，脚上套的是草鞋，有些蔑视地说，就你们这个样，怕是要两三年才能学会。有个老兵看不惯他的这一套，一把揪住他的领子，想揍他。正在争吵时，黄军长正好路过，他停住脚步。

"黄军长问明情况，没有呵斥那个俘虏兵。而是把缴来的新式轻机枪、新式冲锋枪、新式步枪各拿来一支，把连、排、班干部喊拢围一圈，他动作快捷地把三把枪的部件一一拆卸下来，蒙着双眼又一一组装好。然后叫大家练习装卸。大家很快就掌握了。这时他朝天上一望，正好有只鸟飞过，他举起步枪，'砰'的一声枪响，飞鸟应声落下。黄军长又拿过一挺机枪，说这是法国造的，叫哈齐克斯，这家伙性能好，打得准，好使唤。他把机枪架在一个高墩上，选择一个山的死角，叫战士把三个钢盔吊在一根小树枝上，战士们站在黄军长的身后，看他操作射击。黄军长趴下身子，紧握机枪，瞄准目标，只听得'嗒嗒嗒——嗒嗒嗒——嗒嗒嗒'三个快速点射，那挂在树枝上的三个钢盔随枪响落地。战士们张大嘴巴合不拢，个个圆瞪着眼睛望着黄军长发呆。待黄军长走后，那个俘虏兵小声问排长：'这打枪的是谁呀？'排长告诉他是黄公略军长。俘虏兵听后愣了，站在那里傻呆呆好久不动。此后那俘虏兵再没有摆谱了，情愿给红军战士当教练，讲解缴获来的新武器。后来那俘虏兵也参加了红军。"

牛均田讲得绘声绘色，人武部的干部、民兵听得津津有味。这时，司令部的通讯员来了，向牛均田敬了军礼，然后告诉他，要他明天上午赶到省军区政治部刘主任的办公室。

二

牛均田从省军区回来，分别向军分区司令员、政治委员作了汇报，把司令部的副参谋长、科长召集在一起开了会，安排布置了下段司令部的工作，特别交代参加省军区的大比武一定要进入前三名。回到家里要韩梅收拾准备出差的行李，带着一名司机、一名通讯员，开着一辆吉普车，急急向江西吉安进发。

省军区政治部刘主任原是湘鄂赣边区根据地游击队的负责人，成立红六军时，游击队合并到红六军，黄公略由红五军副军长调任红六军军长，刘主任任连长。在办公室，刘主任把组织上下达的任务详细跟牛均田讲了。这次去江西吉安东固镇，是寻找黄公略的坟墓。寻找黄公略的坟墓是中央下达的特殊任务，毛主席、周总理非常关心，这是一项很严肃的政治任务，司令部的工作暂时都放下来，全力以赴配合，无论多长时间，要完成好任务。内务部长谢觉哉亲自写了信来，要牛均田参加这次行动，要省军区全力支持配合。另外，刘主任告诉他，省军区已上报他任军分区副司令员的请示报告。组织上既考虑他的能力、资历，更是考虑他的身体，参谋长日常工作多，又具体，副司令员要轻松些。牛均田向刘主任表态，一定完成好组织交给的任务。至于个人提拔，他说自己是一个孤儿、放牛娃，是老首长黄军长把他引上了革命道路，他很知足。今后无论在哪个岗位，他都会把工作做好，请组织放心。

老井冈留下来的那批人中，和牛均田资历差不多的战友，甚至还有比牛均田资历浅的战友，有的到了正师级，还有的到了副军级，牛均田在副师级参谋长这个岗位上原地踏步踏了多年。妻子韩梅经常在沙发上、餐桌上、枕头上嘀咕，牛均田不吭声，装聋子。嘀咕到心里生躁时，牛均田就回一句："黄公略军长牺牲那么多年了，他得了什么级别？元帅？大将？什么都没有。我一个孤儿、放牛娃，黄军长把我领上革命路，现在老婆孩子热炕头，知足了。"

吉普车一路颠簸、摇晃，车轮卷起一路沙尘。道路两边的房屋、树木转眼被甩在车后。牛均田还是嫌车子开慢了，他不停地催促："快点，快点。"好在司机小马和通讯员小刘都知晓他的脾气性格，出门时副参谋长又特别吩咐，任由他怎么催，吉普车的速度始终没有超过五十码。

通讯员要牛均田在车上躺一会儿，打个盹。牛均田一丝睡意都没有。脚下的车轮声似乎把他带入了那个战火纷飞、战马嘶鸣的年代……

三

黄公略率领红三军离开吉安，准备去阜田、彭城、彭家洲、地河等地休整，筹措给养，做好根据地的群众工作。临行前，黄公略去毛泽东那里辞行。毛泽东对黄公略说："公略同志，我们打下吉安，中央命令我们接着去攻打南昌、九江。我很揪心。中央的命令要执行，如果去攻打南昌、九江，我们这点力量会拼完耗尽，不执行又违抗中央命令。据报纸上的消息，国民党军阀中原大战已结束，我分析蒋介石马上会腾出手来打红军。我们也即将离开吉安，移师北上，摆出攻打南昌、九江的架势，但行动要迟缓些天，以观蒋介石调兵遣将的局势。你们红三军在峡江、新余、分宜等地休整，补充兵员，筹足粮食，充分发动群众，依靠群众。你们在那里等总前委的通知再行动。"

局势的发展正如毛泽东所预料。

一九三〇年十月，蒋介石坐镇南昌，调集十一个师、两个旅，共计十余万人马，对中央苏区发动了第一次"围剿"。

黄公略接到总前委的通知，要他到罗坊参加紧急会议。黄公略有一个习惯，凡是上级召开的会议，他总是提前赶到。开会前，毛泽东单独找了黄公略，交底说："公略同志，据我摸底听取大家的意见来看，这次会议会很激烈，原因是面对强大的敌人如何打，有的主张把战场摆到白区，怕打烂家里的坛坛罐罐，有的主张红一、三军团分开，摆在峡江两岸迎敌，与敌决一死战。我和朱总司令主张后撤，东渡赣江，把敌人引导到根据地来，山熟水熟，路熟人熟，发动人民群众，依靠人民群众保卫自己的家园，军民团结痛击敌人，消灭敌人。公略同志，你的意见呢？"毛泽东说完，望着黄公略不眨眼。

"我听您和朱总司令的。"

"好。我们携手先统一大家的思想。"毛泽东握紧黄公略的双手。

罗坊会议果然开得很艰难，意见不统一，争论激烈。中间休会两次。休会时毛泽东又找到黄公略："你对彭德怀同志非常了解，说得来，请你做做他的思想工作，他有蛮犟。他主张硬碰硬，但我们还没有硬碰硬的本钱。"利用休会的时间，黄公略找到彭德怀，透彻谈了他对毛泽东诱敌深入作战方针的理解和看法。他说："诱敌深入不是怕敌人，是打击敌人的一种方法，巧借势力，如同太极拳，借势发力，看准了就势一掌，致敌方于死地。"黄公略是彭德怀的入党介绍人，彭德怀又是直性子，听黄公略一番分析，一通百通。罗坊会议很快在红军高层取得一致意见。

罗坊会议后，黄公略纵马连夜赶回分宜。黄公略回到部队，分别听取师团干部的意见，向他们透露罗坊会议精神。果然，团以下干部反响大，牢骚满腹。

"撤退就是逃跑。"

"红军一撤，千辛万苦建立的根据地，就完了。"

"我们的家在苏区，这里有父母兄弟姐妹，我们不要离开苏区。"

"红军不怕死，敌人来，我们拼了。"

黄公略把听来的意见做了分析，他决定到每个师去，集中连以上干部学习，面对面做思想工作。只有干部思想开窍了，战士才会脑通，思想通了才会打胜仗，才会正确执行总前委诱敌深入的作战方针。

这一天上午，红三军七师将连以上干部集中在一所小学，请黄公略传达罗坊会议精神。

黄公略来到教室，端坐在台上，一言不发。教室里沉默了一阵，然后他站起来转身在黑板上画了一头肥胖的水牛，又在水牛前画了一个小孩。他向教室里的干部开口发问："这么大的一头牛，这个小孩想吃牛肉。请问各位，小孩要如何才能吃上牛肉？"

下面众人左顾右盼，交头接耳，议论纷纷。有的眯笑，有的摇头。

"打死？"

"小孩能打死这么大一头牛？"

"毒死？"

"小孩自己要吃肉呀。"

"吊死？"

"笑话。"

各式说法都有。黄公略任大家发表意见。过了一阵，教室里才安静下来。黄公略在牛的前面画了一个大深坑，上面铺些枝条遮掩，小孩手上握青草。教室里发出会意的笑声。这时，黄公略认为火候到了，他对大家说："小孩想吃牛肉，其他办法都行不通。只有一个办法，就是在前面挖个又大又深的坑，用那把青草把牛引诱到坑里，摔死牛，就有牛肉吃了。"黄公略停顿一会儿，接着说："红军撤退就是小孩握把青草，在苏区我们占据天时地利人和，把敌人引诱到苏区这个大坑里，我们四万红军就能打败十余万的敌人，小孩就能吃上牛肉。"

教室里鸦雀无声。

"怎么样？你们想吃牛肉吗？"

黄公略反问话音未落，教室里响起雷鸣般的掌声。黄公略从掌声中感受到大家的思想通了。

四月下旬，黄公略率领红三军将士，经过二个月的筹粮筹款，接到总部命令，部队在龙冈圩集结待命。龙冈，是黄公略全歼张辉瓒师、活捉师长张辉瓒的地方。

蒋介石的十万大军摆出长蛇阵，由北向南，长驱直入。张辉瓒的第十八师处在长蛇阵的中路。其与谭道源的第五十师，均系鲁涤平的嫡系。蒋介石亲自点将张辉瓒和他的十八师，由永丰经古县、白沙，进攻东固，与第五十师、新编五师协调行动。蒋介石这样调兵布阵，有他自己的考量。张辉瓒是军中元老、湘军骁将，曾留学日本，赴德国军事学院深造，其麾下号称"铁军"，无敌天下。而鲁涤平一直压着张辉瓒不给升迁的机会。蒋介石想趁此战拉拢他到自己的旗下。万一拉不过来，也要利用红军削弱鲁涤平湘军的坐大趋势。由于红军实行的是诱敌深入的作战方针，部队已转移到根据地的周边，张辉瓒率部队在清江、新余、分宜南线扑空，又在吉安、吉水、永丰、乐安西线扑空。之后，张辉瓒龟缩在永丰县城不动了。黄公略派人侦察，在得知鲁涤平要修飞机场的情况后，迅即策马去沙溪总司令部向毛泽东、朱德报告，建议调整作战部署。在东园、南垄、龙冈苏区腹地布个口袋，利用红军人熟地熟的优势，消灭国民党中路主力部队。黄公略分析了国民党部队内部不睦，战斗生死时刻彼此不相顾的矛盾，对张辉瓒自恃才高、目中无人、建功心切的内心也做了详细分析，用红军一部且战且退把张辉瓒引入口袋，入囊之后扎好口袋，四面合围，张辉瓒就成了砧板上的肉。张辉瓒十八师武器精良，吃了他，可大大改善红军的装备。毛泽东、朱德采纳黄公略的建议，调整了作战部署。果不出所料，张辉瓒被活捉。

牛均田记得非常清楚，张辉瓒被五花大绑送到毛泽东面前，毛泽东叫战士给他松了绑，指着旁边的黄公略对他说："石侯先生，你可认识此人？"张辉瓒摇头。毛泽东说："你是被他的兵捉拿的呀。""黄公略？"张辉瓒不相信。"你别看他瘦瘦小小的，一肚子文韬武略，说不定哪天你们蒋委员长也要被他捉拿。你让人捎个信回去，让蒋委员长小心点。"毛泽东的幽默让在场的人都笑了。

"停车。"

牛均田突然叫司机停下车子，他要通讯员小刘去附近农民家里打听这个地方的名称。

"这个镇叫龙冈圩镇，这条河叫龙江河。"通讯员打听回来向牛均田报告。

"应该没有错，只是这条河面上新修了一座桥，让我不敢坚信。"

牛均田下了车，环顾四周，然后自豪地告诉司机和通讯员："这就是毛主席诗词里写的'前头捉了张辉瓒'的地方。"牛均田随口背诵："万木霜天红烂漫，天兵怒气冲霄汉。雾满龙冈千嶂暗，齐声唤，前头捉了张辉瓒。二十万军重入赣，风烟滚滚来天半。唤起工农千百万，同心干，不周山下红旗乱。"

牛均田告诉随行的两个战士："第一次反'围剿'取得胜利后，红三军接到命令，部队在这里集结待命休整。那天黄军长非常高兴，带着身边的几个工作人员一起爬上龙冈镇北的山头。黄军长爬得最快，他一个人冲在前面，爬上最高的一块巨石，放眼远眺，晴空万里，群山起伏，巍然耸立，树木苍荫。黄军长告诉我们，他的老家就是出门见山。小时候读书就是爬山过岭，从小练就了攀爬高山的功夫。黄军长还跟我们讲了龙冈的传说。他指向远处，说圩的东北一连五座山峰，相连相依，起伏延绵，像一条巨龙盘绕，这条龙怀抱一个小山，似口中含颗珍珠，当地人取名'五龙戏珠'。等全国解放了，老百姓过上安宁的生活，他要来这里画一幅'五龙戏珠'的山水画。"

牛均田从山上下来还兴奋不已，回到车上却突然不作声了。长长低低的抽泣声，让车上的两个战士感受到牛均田回忆往事引发的伤感。

牛均田又回想起那令人难以忘怀的一幕。

大约是四月底，牛均田等几人护卫黄公略参加在东固召开的苏区中央局的会议，讨论第二次反"围剿"的作战方案。红军三万面对二十万国民党军队，对这仗如何打，领导层又产生了严重的分歧。有的主张分散行动，以图保存力量。有的主张跑出去到根据地外的地方落脚找出路。朱德总司令、毛泽东总政委坚决反对撤离中央苏区，主张集中兵力，发挥红军人熟地熟的优势，就地歼灭敌人。之前已开过几次会，意见分歧严重。苏区中央局七个委员，毛泽东、朱德持一个意见，其余五人意见各异。大敌当前，作战方案还定不下来。毛泽东提议召开扩大会议，让各军军长、政委参加。在会上听了毛泽东对敌我情况的全面分析后，黄公略第一个站出来公开支持毛泽东、朱德的意见，他说："第一次反'围剿'取得的胜利，有力证明总前委诱敌深入作战方针是正确的，朱总司令、毛总政委提出的作战部署符合红军的实际。我们不能离开苏区，去不熟悉的地方打仗，我们不能动摇。"其他几个军长也都拥护毛泽东、朱德的意见。会议形成一致的决议，为取得第二次反"围剿"胜利奠定了基础。

牛均田记得非常清楚，散会以后，毛政委叫黄军长单独留下来，两人谈了很久。毛泽东是韶山冲人，外婆家是湘乡的。黄公略是湘乡县桂花人，两家相距不到一百里，彼此听对方口音都很顺耳，不费劲。牛均田在旁边看得出，二人谈得很投机。

黄军长不无忧虑地对毛政委说："国民党把我的老母和妻子抓到长沙，造谣说是我安排兄长黄梅庄差人送去的。"毛政委对黄军长说："纵观历史上有名的离间计，诸如周瑜离间曹操和蔡瑁、张玧，陈平离间范增和项羽，田单离间乐毅和燕惠王等等不下十多起，离间计累使累得手。什么原因？当权者昏愦。蒋介石的雕虫小计骗不了共产党人。党相信你，组织上相信你，这是敌人使的离间计，我们不能中计。我会尽快向党中央汇报，让组织上设法营救你妻母。"

牛均田他们站在不远处，看着两位领导人谈了很久，神情凝重。这是牛均田第一次见到毛总政委，内心非常激动。在回军部的路上，黄军长显得非常兴奋，对身边的参谋和警卫人员说，他特别钦佩毛政委对全局的谋划和具体战役的精算。

"停车，停车。"

吉普车突然急刹，车子前面几个农民拦住去路。

"什么事？"通讯员小刘下车问。

"有一个孕妇难产，要送吉安县人民医院。"通讯员回到车子上问牛均田怎么办。

"救人要紧，叫他们快上车。"牛均田吩咐。

孕妇脸色惨白，"哎哟哟哎哟哟"地呻吟叫喊不停，模样很是痛苦。牛均田坐到副驾驶位子上，后排挤上来三个人。通讯员小刘坐到后排被挤到一边。

"快，直接送县人民医院。"牛均田对一旁的司机小马催促。

车子开动以后，牛均田问他们是哪里人。其中一个回答是东固尾水人。

"哪里人？"牛均田未听清，回问了一句。

后排的孕妇"哎哟哟哎哟哟"痛得叫个不停。牛均田未再细问。车子加足马力快速前进。

四

只一个多小时，孕妇被送到医院的妇产科。由于送救及时，母子平安。牛均田怕他们还要用车，就在医院等着。听到母子平安的好信，牛均田准备离开。那家的男人握着牛均田的双手久久不松，万分感谢，他几乎要下跪了。牛均田连忙拦住他，问了他一句："你说你们是东固尾水人？"

"是的。"

"姓什么？"

"姓罗。"

牛均田还要细问，那男人被医生叫走了。

他们离开医院，回到车上，牛均田要通讯员看介绍信，看看他们报到地是县人武部还是县委招待所。

"县委招待所。"通讯员打开公文包，拿出介绍信看后回答牛均田。

不一会，吉普车到了县委招待所。坐了一天的车很疲劳，吃过晚饭，牛均田早早回到房间休息。工作人员通知，明天早饭后在二楼的会议室开会。牛均田躺在床上，两眼望着天花板，一丝睡意都没有。战争年代过来的人养成了能吃能睡的习惯。牛均田带部队要求战士要有站着都能睡觉的本事。今晚，自己怎么也睡不着……

东固尾水？姓罗？牛均田回想那男人的话。

一九三一年五月初，红军总部会议研究了第二次反"围剿"的作战方案。为了保密，作战命令由高级干部下部队当面传达。红三军的作战命令是由郭化若当面向黄公略传达的。接命令后，黄公略把红三军的第七师留在枫边、城冈阻击蔡廷锴的部队，自己率红三军的第八师、第九师到东固、银坑待命，阻击从富田来的国民党军队王金钰、公秉藩两个师。这次行动极为机密，作战命令由军长当面向师长下达。团以下干部出发时才知道目的地。之前有些作战命令是会议下达，或书面由牛均田负责送达，这次黄军长只叫他相随，由他本人面授机宜。

黄公略的红三军主力部队在东固山区已隐蔽埋伏二十多天，等待王金钰的四十七师和公秉藩的二十八师。由于第一次"围剿"中师长张辉瓒活捉后被砍了脑壳，国民党部队的师长、旅长极为震颤，个个心有余悸，害怕重蹈张辉瓒的覆辙，十分谨慎小心，轻易不肯离开自己的工事阵地。尽管蒋介石多次电令部队"进剿"，他们仍然寻找各种借口拖延。等到二十五天后，王金钰、公秉藩两师没有理由再拖延下去，才不得不向东固进发。红军及时掌握了情报，得知王金钰师沿观音崖、九寸岭向东固进攻，公秉藩师由中洞、桥头冈、山坑向东固进攻。

东固，是苏区，是红军主力活动的地区。蒋介石调集二十万人马围攻东固，就是想一举在东固消灭红军主力。东固的南面是蔡廷锴的十九路军，北面是郭华宗师，西面亦有国民党重兵把守。红军处在三面包围之中，回旋余地不到四十华里，这也是当时红军总部作战意见出现严重分歧的原因。这太危险了，无异虎口盘旋。毛泽东在下一步险棋，而黄公略又恰恰是第一个看到险境的妙处和险处背后胜机的红军高级将领。

牛均田正为黄公略掌灯。

黄公略摊开地图，他在寻找一条通往中洞的捷径。他一边看地图，一边自言自语："如果有一条小路通往中洞，先于公秉藩的部队到达，在那里伏兵，等于把敌人锁在口袋里打。由阻击战转化为伏击战，对国民党部队那将是一记重拳。""重拳打到要害方能致命。"随着声音进门，毛泽东乘着夜幕来到黄公略的指挥部。二人想到一块去了。在警卫人员、参谋人员的陪护下，他们在一个叫尾水的村子里找到了一个上年岁的老猎人，此人叫罗有春。黄公略听毛泽东讲过，他在一师读书时作农村社会调查，首先是问"三老"，即老中医、老农民、老猎人。给红军当向导的老猎人，引领黄公略的红三军走小路，抄山道，提前半天在中洞设下埋伏，摆好口袋。

牛均田记得那天晚上，毛政委和黄军长握手分别时，对黄军长说："公略同志，你大哥黄梅庄被红军杀了头。在大义与私情的处理上，你取大义舍私情，做得对。"

"我们虽是同父异母兄弟，父亲去世后，大哥是家里的支撑，大哥有恩于我和母亲。那天接到报告，说大哥携蒋介石亲笔信、光洋来劝降，我一晚上没有睡。大战在即，红军生存环境这么艰苦恶劣，处在生死关头，蒋介石遣大哥来劝降，动摇军心，影响红军战斗力，用心险恶。我是共产党员，只能坚守大义，舍弃私情。"黄军长回答。

"红军高层思想是统一的，是肯定你的。但国民党会利用这件事大做文章，说共产党六亲不认，黄公略杀害大哥。少数不明真相的群众也不一定能理解，跟着说三道四，你要有思想准备。"毛政委说。

"毛政委你放心，是非对错，由历史评说，我不在乎。"

"这一仗很关键，希望你轻装上阵集中精力打好。"

"请毛政委放心！"

公秉藩率部队向东固进发。他们没有发现红军可疑踪迹，队伍拉成一条长蛇，在两山的夹道上前行。当公秉藩的尾随部队完全脱离中洞后，黄公略一声令下，红八师、红九师从高山上横碾下来，排山倒海，势不可挡。公秉藩的部队被斩为几段，溃不成军，很快失去战斗力。师长公秉藩化装成营部书记逃走了。这次战斗缴获了一台100瓦的大功率无线电收发报机。有了这台发报机，红军总前委从此与上海的党中央有了直接电信联络。黄公略在此次战斗胜利后，对身边的参谋人员讲："老百姓躲着敌人，敌人是聋子瞎子。我们有老百姓带路，我们有顺风耳、千里眼，这就是苏区的优势。毛政委就是利用这个优势打胜仗。将来革命胜利了，我们不能忘记苏区人民对我们的帮助。"

牛均田印象特别深，黄军长要他拿三块光洋给罗有春，罗大爷硬是不肯收。两人推来推去，还滚了一块光洋到悬崖下。

尾水？姓罗？牛均田心里重复默念着。

五

小会议室里坐满了人。有北京来的，有省里来的，有地区的，有县里的；有部队的，有地方的，有公安的，还有专门从事考古研究的专家。内务部副部长主持会议。他传达了中央的指示，对这次来吉安东固执行特殊任务的目的、意义和如何顺利完成好任务作了详详细细的部署。他说：

"我党我军早期有一批领导人，为了民族独立和解放，为中国革命的胜利，为新中国的成立，有的惨死在敌人的牢里，有的倒在敌人的屠刀下，有的血洒沙场。他们中有的身首异处，有的尸抛荒野，有的匆匆掩埋。他们魂安何处，墓葬何方，不得而知。他们没有看到中国革命的胜利，没有听到毛主席在天安门城楼向全世界庄严宣告新中国诞生的声音。但我们不能忘记他们。为不忘记他们，中央对此非常重视，列出了一批英烈名单，逐一寻找，找到了，要将遗骸迁移北京八宝山公墓。今天，我们来吉安东固要寻找的是黄公略军长。黄公略参加过北伐战争，参加过我党领导的广州暴动、平江暴动，是湘鄂赣边区革命根据地的主要创建人，他当过红五军的副军长、红六军军长、红三军军长。第三次反'围剿'取得胜利后，在部队转移途中，于一九三一年九月十五日，因敌机轰炸，牺牲在东固六渡坳。安葬时已是晚上十一点。据当时参与安葬的同志回忆，有几种说法，但详细墓址不很清楚。这次就是要找到黄军长的墓址。"

说完之后，主持人特别介绍了参与这次行动的特别队员：一位是中国科学院从事考古研究二十多年的国内顶尖专家，叫王博珩。他把自己参与寻找方志敏遗骨的经验在会上作了详实的介绍，并提示大家，在寻找黄公略坟墓的过程中注意哪些工作方法和实地寻找中不能忽略的细微处。

主持人介绍完王博珩后，指着坐王博珩旁边的牛均田说："这一位就是黄公略将军牺牲时的警卫员，牛均田同志。我离开北京时，谢部长特别交代我，要多听听牛均田同志的意见。下面请牛均田仔细回忆，向大家详细介绍黄公略将军牺牲时的情景和安葬的时间、地点，以及地理环境、山形地貌、坟墓的大致朝向和周围明显标记性参照物，比如大树、巨石、水塘、河坝等。请工作人员作好记录。"

牛均田还未开口，已是满眶泪水，一张嘴就有些哽咽……

"国民党三十万部队第三次'围剿'进攻苏区，不但没有找到红军主力，而且自己四处挨打，部队被拖得疲惫不堪。这时南北军阀又掀起新一轮混战，蒋介石见后院起火，只得下令部队撤退。在围、追、截、打国民党部队中，黄公略率红三军在兴国通往泰和的咽喉要道老营盘打了一个漂亮的歼灭战。

"从这条要道上撤兵的是蒋鼎文的第九师。走这条险道撤兵，蒋鼎文是谋算好的，这条道是捷径，只需要近半日的路程，既可赢得时间，迅速摆脱红军的追击，避免全师被歼，又可以赶在撤退中的国民党部队另一个旅先一步，把那个旅作为肉丸子，抛给黄公略的红三军吃。在黄土坳宿营时，蒋鼎文就算好了。虽然黄公略的部队紧紧咬住他们，但半夜的功夫，就是插翅也难飞到他前面设埋伏，他可以大大方方通过要道。蒋鼎文还是不放心，怕自己命丧红军枪口，他于先一天坐飞机走了，他在红军包围圈外等候自己的部队。这条道在两山夹合中，两侧的山连绵起伏，陡峭险峻，树木葱茏。当敌人进入埋伏圈后，红军以山崩石裂的态势从两侧的高山上压下来，势如破竹。敌人猝不及防，全部被歼，战斗很快取得胜利。这次战斗缴获了敌人的大批物资。战斗刚结束，红三军接到总前委、红军总司令部的命令，要求他们在规定的时间内到达方石岭、张家背阻击逃跑的蒋光鼐、蔡廷锴、韩德勤残部。这次阻击战打得很残酷。由于敌人有武器装备的优势，战斗陷入拉锯状态。几度阵地失守，又夺回来。战斗胶着到黑夜降临，黄公略迅即调整兵力，调一个师迂回包抄敌人的后路，天亮时发起总攻，红军两面夹击，战斗很快结束。取得胜利后，红三军接到总前委、总司令部的命令，要红三军由西向东转移，开赴瑞金、石城、于都、宁都地区，一面休整，一面打击和清剿红军根据地内的地方敌对势力，把各根据地和中央苏区连成一片。

"下午三点，黄公略率红七师、九师到达东固六渡坳。

"黄公略去背田村红三军医院看望伤员，一个一个和伤员握手，询问伤情，表扬他们在第三次反'围剿'战斗中奋勇杀敌的表现，勉励他们安心养伤。之后，他回到部队。

"黄公略率部队到达六渡山坳口附近时，天空中突然传来'嗡嗡嗡'的轰鸣声，两架敌机俯冲下来，低空盘旋，捕捉目标。

"这时，黄军长命令值班参谋发出警报。司号员迅即吹响了部队隐蔽报警信号。部队立即隐蔽在道路两边的山上。正在这时，值班参谋向黄军长报告，八师的队伍正从罗坑朝这里开来。罗坑那里是开阔的平地，没有山林的遮掩，很危险。黄军长听到报告，立即冲向道路，指挥机枪手打敌机，将敌机吸引过来。我和另一名警卫员拦腰抱住他，没拦住。黄军长猛力推开我，甩开另一名警卫员，他一边冲向马路，一边吼叫'是一个人的命要紧，还是一个师的安危重要'。我和其他几人跟在后面。敌机向机枪发射地周围疯狂扫射……"

停了一会儿，牛均田喝了一口水，继续说：

"黄军长在马路上指挥几挺机枪对空射击。因机枪是刚从敌人手上缴获过来的，机枪手没打过飞机，子弹总打在飞机的后面。黄军长冲过去，抢过一挺机枪，高喊'打提前量，打提前量'。这时飞机呼啸着从头顶掠过，一梭子弹射过来，黄军长随即倒地，左腋下中了三颗子弹，血流如注……

"黄军长很快昏迷过去了。救护队把黄军长抬到背田村的红三军的战地医院抢救。在去医院的路上，黄军长苏醒过来，就在路边的驿亭停放了一会儿，黄军长要部队继续前进……

"由于医疗条件差，没有药品，流血过多，黄军长在晚上七点多钟就离开了我们。

"我当时只知道趴在黄军长身上哭，副官、参谋、救护队的医务人员，还有医院住院的红军伤员闻讯都过来了，一屋的哭声。大家很悲伤。哭了多久，我也记不清，后来副官把我拉起来，抹掉黄军长身上的血迹，替他整理好军容，几个人抬着放入一口暗红色的油漆棺材里。陪葬的有黄军长使用的那把他最爱的马牌手枪、几发子弹，还有一把黄埔军校学习时发的佩剑。军装很旧了，他有一套新军装，没有给他换，脚上穿的是一双破烂布鞋……还有他最喜欢看的几本书。"

牛均田说到这里，已无法克制自己，放声哭出来。会议室一片安静。过了好一会儿，牛均田止住哭，继续说：

"晚上十点多钟，由救护队的人和医务处的人抬着棺材进行的安葬。我记得墓址离村子大约两三里路程，坟墓坐北朝南，坟的上面有一块大石头，坟的下面有两株大松树。由于天黑，又是爬山抬棺，有几个战士还摔了跤，栽了跟头……"

牛均田断断续续述说着自己脑海深处的记忆。

六

寻找黄公略墓地的队伍由六十多人组成。从县人武部、县公安局、县民政局抽调来的骨干，和乡政府、村上的同志一起，还有考古专业队的四位同志。根据黄公略牺牲时和安葬遗体时在场人员的回忆，搜寻队伍分两个组，重点放在背田村的岩石峰和六渡坳口的张背山。牛均田被安排在背田村这个组。

沿小道爬岩石峰的路上，人武部的一个副科长试探性地问牛均田："牛参谋长，我分析，黄军长不太可能安葬在岩石岭。"

"为什么？"牛均田停下脚步问。

"背田村有红三军的战地医院，那里住过红军很多伤员，岩石峰离医院只有几里路，太显眼了。我听爷爷讲过，红军撤退后，国民党的部队进攻苏区，凡红军足迹到的地方，都遭洗劫破坏。国民党部队恨死了黄军长，会放过黄军长的坟？"

"你爷爷是谁？"牛均田追问。

"我爷爷在赤卫队干过，红军撤退，他没有跟红军走，躲到山里去了。"

"你分析得有道理。但我清清楚楚记得，棺材由救护队的人从医院抬出，后面跟着军部的副参谋长、黄军长的副官、医务人员、我们几个警卫员、通讯员，还有当地的两个老表，一行二十多人。那天夜里天空有半边月亮，又打着火把，看得路清，大致方向也摸得清。我记得，不会错。"牛均田不容别人怀疑自己的记忆。

"救护队的人抬着棺材上了山，墓穴事先已挖好。被国民党飞机打死的几名红军战士，他们没有棺材，就在地上挖个坑埋了。坟墓一字排开的，黄军长的坟居中。棺材放入墓穴，有的用锄头，有的用铁锹，还有的用手拌土，埋好后，副参谋长朝天鸣枪，大家脱帽敬礼。要离开时，我又伏在坟上哭，是副官拉扯我下山的。我拜了三拜，还哭喊着：'军长，等革命胜利了，我一定来看您……'"

"我的记忆不会有错。"牛均田反复强调。

岩石峰海拔有六百多米，北面岩石矗立，岩石间隙顽强地生长着一些马尾松，荆棘又围着马尾松。上山没有路，山势也很陡峭。山的东面临江，山的西面是悬崖峭壁。专家分析，坟墓不会放在这三面。山的南面岩石少，一层厚厚的黄土，适合各类植物生长。除了满山拥挤的马尾松，灌木覆盖了很厚一层。上山的坡度也不很陡。寻找的重点就放在南面。二三十人的队伍上山后展开地毯式搜寻。时近中午，搜寻人员在半山腰一处稍显平坦的地方发现了墓群，工作人员数了一下，有五十二座坟。当地村民介绍，这块墓地是明清时期就有的，属公共墓地，村里老了人很多就埋在这里。村上老人中流传这样一句话：要得后人发，古墓丛中插。但为防误拜祖坟，后人都会为之立一块碑。这个墓群有名有姓的坟有三十八座，其余十五座坟属无名坟。这些无名坟有的坟堆都快平了，有的坟凹陷进去了，有的露出穴坑。村民也说不清这些坟是谁家的。这里离红军医院不远，受伤救治不愈去世的红军战士是不是埋这里？黄军长是不是安葬在这里？

几十个人在岩石峰寻找了数天，仍没有发现与牛均田记忆中相似的墓地。这一天，太阳落在西山的峰顶，牛均田和人武部的几个参谋，还有小刘小马，一块下山回垦殖场住地。在经过一座四间茅草屋前，牛均田停住脚步，屋里传出小孩子的哭叫和大人的责骂声，引起他的注意。

"哎哟，哎哟，奶奶，我再也不敢偷了，我再也不敢吃了。"传来小孩的哭叫。

"还吃不吃？还偷不偷？打死你这个贪吃鬼。"大人在责骂孩子。

牛均田刚要往前走，屋里传出的声音又吸引了他。

"去，把钵子端稳，把鸡蛋送到垦殖场，送给黄军长的警卫员。"大人在吩咐。

"他姓什么？"小孩在问。

"他姓牛，黄军长喊他牛崽。"大人告诉小孩。

"表嫂子，你要小孩送鸡蛋给谁呀？"牛均田立刻进屋，按当地的习惯称呼大人。

被称表嫂子的妇女，有六十多岁了，手里握把竹枝条，那是她刚才教训小孩的武器。小男孩大约七八岁的样子，两手端着蒸钵，脸蛋上还挂着两粒泪水珠子。妇女见牛均田一行几人进屋来，有些腼腆，忙丢掉手上那把竹枝条。

"小朋友，你要把鸡蛋送给谁呀？"牛均田摸摸孩子后脑勺问。

表嫂子接过话说："听村上的人说，北京、省里、县里来了很多人，要找黄军长的墓，还听说黄军长的警卫员牛崽也来了。黄军长和牛崽在我家住过些日子呢。孩子他爷爷身体不好，躺在床上，就要我煮几个茶叶蛋送给牛崽。鸡不生蛋，家里只有六个，这孩子不懂事，偷吃了一个，气死我了。"

"表嫂子，我就是牛崽，您是？"牛均田一下子想不起对方的姓名。

"哇，你就是牛崽，不，叫错了，你现在是首长，牛首长。我是谷嫂，丈夫叫谷玉华。"

牛均田想起来了，谷玉华是红三军战地医院担架队的。第二次反"围剿"前，黄军长在他家住过二十多天，谷嫂每天煮茶盐蛋给他们吃。

"老谷呢？"牛均田问。

"他瘫在床上起不来了。"谷嫂把牛均田一行领到一间光线阴暗的房子里。

"老谷，我是牛崽。你的身体怎么啦？"牛均田上前握着谷玉华的手问。

谷玉华摇摇牛均田的手，脸上有惊喜，声音不大，回答说："第五次反'围剿'失败，红军大部队转移，留下来的红军上山打游击。我也跟着红军上了山。一次突出国民党军队的包围，大队政委负重伤，我背着他跑，滑下山崖，政委牺牲了，我受了重伤。"

"你两个儿子呢？"牛均田问。

"去鸭绿江那边打美国佬，都没有回得来。"谷玉华回答的声音更小。

屋里特别的安静。

"老谷，你知道黄军长埋在哪里？"牛均田想谷玉华一定晓得底细。

"方石岭伏击战时，我在红四军担架队。黄军长牺牲后的安葬，我不在现场。后来我听了几种说法，有的说埋在岩石峰，有的说埋在鹰隼山，有的说埋在张背山，有的说埋在苟树山，还有的说埋在白云山。几种说法，我最相信是埋在白云山。白云山大，国民党军队不易找。"

牛均田离开谷玉华家时，把五个茶盐蛋装进自己军装口袋，悄悄在餐桌的蒸钵下压了二百块钱。

第二天上午，一部分人员在岩石峰继续找，牛均田和另一部分人按谷玉华讲的，先上鹰隼山找，鹰隼山找不到，再去白云山找。找遍周围的山，总会找到。鹰隼山离岩石峰有几里路，是去白云山的一条线路上。

牛均田和考古人员上了鹰隼山，在半山腰发现五六座墓。牛均田来到墓前，观望四周，察看墓地。牛均田说："感觉与三十四年前记忆中的墓地有点相似。但我的记忆中没有鹰隼山呀，这是怎么回事呢？"

牛均田又回忆抬棺的情景：棺材是用绳索绑紧，救护队的八个人搭手抬的，一边四个。前面由两名地方党组织负责人带路，一路火把，牛均田他们跟在棺材后面。送葬队伍走过一段塘堤，沿着一条小河堤坝走了一段路，横过几丘干旱的田，再又走进弯弯曲曲、起起伏伏的山道，穿过一片林子，再往山上爬。抬着棺材上山很不好走，树木茂密，没有路，前高后低，牛均田和几个参谋、警卫员都上前搭个帮手，把后面抬高。一路走了多长时间，牛均田记不得了。大约爬上半山腰，只听到地方党组织负责人说："到了，到了，这里很隐蔽，不易发现。"

牛均田回忆当时的情景，晚上七点多钟黄军长停止了呼吸，此时夜幕把整个山区吞噬在黑暗中。由于军情紧急，大部队继续向兴国开进。当时留下来处理黄公略后事的是军部的副参谋长，他把救护队、医务处、警卫随从和当地党组织负责人等二十多人集合在一起说："黄军长牺牲了，我们万分悲痛，我们一定要化悲痛为力量，打败国民党反动派。"他讲到这里，放低声音："中央来电，要求我们务必在今晚十一点以前秘密安葬好黄军长。根据黄军长的遗言，他希望自己安葬在东固的白云山。"他嘴贴在军医处政委耳边讲了几句，两人相互对视一会儿，然后点头。

黄公略军长的遗体由救护队四个人用担架抬着，从红三军的战地医院抬出，在背田坳山坡停留了一会儿，当地党组织负责人抬来一口棺材，将黄军长装殓好，众人抬着棺材消失在夜幕中。牛均田跟在棺材后面，走了多久，他确实记不得了。

牛均田记得，黄军长生前多次流露出自己对白云山这个地方的喜欢。白云山地势险峻，四周群山相连，只有一条路通向山外。红军第一个兵工厂、红军疗养院就设在这里，隐蔽性好，也易设防。但黄军长是在医院去世的，离白云山有十多里路。

抬棺的战士和一行人在一条山路上急急行走。队伍中点燃几支火把照着行人。由于山路高低不平、坑坑洼洼，抬棺的战士跌倒几次，棺材险些从木架上掉下来。牛均田担心黄军长遗体在棺材内翻身，他和其他几个人在棺材两侧护着。他们经过一条小河，河水不深，一行涉水过河。过了河，他们又经过一片农田地带，然后又爬坡上山。走了近两个小时，他们爬上大坳山的半山腰，在两块巨石的旁边、距一条战壕不远的地方挖掘墓地。安葬完毕，牛均田和几个战士还在黄公略的墓旁栽了一棵松树。副参谋长掏出手枪朝天放了三枪，然后整合队伍带领大家脱帽行三鞠躬礼。副参谋长对大家说，要铭记住这个地方，等全国解放以后，我们要重新安葬黄军长，永远记住黄军长。牛均田临离开墓地前还跪地行了三叩礼。

按照牛均田的回忆和当地老人的传说，当地政府又增加民兵，还在大学调了一些学生，一共两百多人，在二十多天的时间里对有传说的几座山头又展开地毯式挖寻，最后在张背山的一个朝天墓坑里发现了两颗手枪子弹。经专家鉴定，这两颗子弹系马牌手枪子弹。黄公略生前使用的就是马牌手枪。安葬时，副参谋长在黄军长的灰色军装上衣口袋里放了两颗子弹。棺材呢？黄军长的遗骨呢？黄军长的手枪呢？黄军长的佩剑呢？

牛均田跪地嘶喊："军长，我是小牛子，全国解放了，国民党打跑了，我来接您去北京，您在哪里？"在场的听了无不落泪。

另一支队伍上白云山找，找了几天，也没有找到。牵头负责实地寻找的领导召集开会，要牛均田再认真回忆，结合当地群众提供的情况，再提出一个寻找的方案。有一位负责同志伏耳对主持会议的领导说："我感觉牛参谋提供的情况有些乱，前后自相矛盾，不太准确。这也难怪，他当时也就十四五岁，还是个孩子，又是深夜，又在悲痛中，几十年前的事，记忆有些模糊。我建议还要广泛发动群众，做深入调查。"

牛均田听得清清楚楚，脸有些红，但他没有反驳。他也感觉自己记忆中的地形地貌与现在实地寻找的地形地貌有很大的差距。这么多天了，动员这么多人上山寻找，都没有找到，牛均田感到愧疚，对不起老首长。

不久，上级来指示，暂停搜寻行动。

牛均田非常难过地离开了东固。他在心里对自己说："总有一天，我还要回来找。找不到您，我心不甘。"

第四章

一

江天健搭上了去湘乡虞塘镇的公共汽车。

湘乡位于湖南的中部。北达韶山二十多公里，东去长沙不到一百公里，涟水河流经湘乡县城汇入湘江。湘乡这块古老而神奇的土地，因走出过三国后蜀相蒋琬、两江总督曾国藩而久负盛名，有"以百里之地荟萃群才，以一军之威维系全局""以一县之兵，征伐十八省"的口碑。虞塘镇属湘乡县，地处湘乡县城西南与双峰的梓门桥镇接壤处，公路上通双峰、邵东、邵阳，下接湘乡、湘潭、长沙。江天健第一次来湘乡执行特殊任务前，长官就对湘乡作了有关介绍。他第一次对湘乡有所了解。

他从老家坐汽车经长沙到湘潭，再从湘潭坐汽车到湘乡，然后在湘乡转乘去双峰的公共汽车。公共汽车要经过虞塘，他的终点站就是虞塘镇。事隔三十多年，这是他第二次来湘乡。汽车经过山枣镇时，从停靠站上来几个人。其中一个四十开外的男子上车，一眼就瞄上江天健旁边还有一个空座位，他迅捷地奔了过来。原来车上乘客不多，江天健的一个帆布包就放在空座位上。见有人要坐，他忙把帆布包挪到膝盖上。包里东西不多，日常洗漱用具，几件换洗衣服，一点干粮，还有背着妻子准备好的一小包纸钱香烛。男子朝江天健微笑点点头，算是对江天健主动腾出空座位的回应。汽车离开山枣镇继续前行。沙石路面，汽车驶过扬起一路灰尘，公路两边的树叶覆着一层厚厚的灰尘。

坐了一会儿，江天健主动搭话："师傅，这里到虞塘镇上还有多远？""师傅"是对人的尊称，到哪儿都管用而不失礼。

"不远，还要将近一个小时。"男子回答后侧过脸问，"你去虞塘走亲戚？"

"是呢，是呢。"江天健点头称是。

"那好，我正是在虞塘镇下车。你是外地人？第一次来虞塘？"

"是呢，是呢。"江天健怕自己跑风漏嘴，不再搭话。

江天健闭上眼睛在心里琢磨，他旁边的这个男人相貌有几分面熟，自己与他是第一次见面还是在哪儿见过？

那次执行任务前，湖南省政府主席、第四路军总指挥何键的副官和特别行动队队长集合队伍后，对他们讲是去湘潭县的韶山冲、湘乡县的桂花高莫冲执行"酒瓶子案"特殊任务，这项特殊任务是何主席请示南京上峰同意后亲自下达的，对外严格保密，任务完成后有重赏。韶山冲离高莫冲有一百多里路，离荷叶塘曾国藩家里只有四十多里路。队长神神秘秘讲，高莫冲离荷叶塘不远，要他们问清楚了，拿准了再动手，千万不能出岔子。他们分乘两辆敞篷卡车从长沙出发，沿潭邵公路西行，在云湖桥下车，抄小路经银田镇步行去韶山冲。在车上他们还不明白要去执行什么特殊任务。队长先是带他们去韶山冲。到了韶山才知道是何主席密令他们去挖毛泽东家的祖坟。

据传说，韶峰山下有个滴水洞，洞的两侧有两座山，一山叫虎歇坪，一山叫龙头岭。滴水洞蕴藏天地灵物，龙头岭上有一条潜龙在修炼，虎歇坪有一头猛虎在修炼，身边各有一个童子，乃万年灵龟和千年丹鹤变的。一日，为采集峭壁石缝中的一株绝世灵草，二童相互撕打起来。潜龙和猛虎当然要出手助力自己的童子。潜龙和猛虎你来我往，直杀得天昏地暗，五百个回合不分胜负。时逢八仙云游南岳七十二峰，经过韶峰上空，只听得喊声震天，拨开云雾一看，龙虎相斗。八仙化作一团金光落在龙虎之间，铁拐李用杖制住猛虎，韩湘子以箫止住潜龙。几句劝说，潜龙猛虎不再争斗，握手言和，自此相安无事，各自回山修炼。

有一年冬天，毛四端从山上砍柴回家，看到路旁一乞丐昏倒，气息奄奄，遂丢下肩上的那捆柴，把乞丐背回家。乞丐腿脚不便，无处投靠，毛四端就把他留在家里养着，一住数年。乞丐临死时告诉毛四端，为报答他的收养之恩，用自己毕生所学，看了一块风水宝地。这块宝地就是经常有一只猛虎俯卧在那块草地，傲视群山万物，所以叫虎歇坪。后人葬于此地，三代内必出伟人。乞丐还交代，毛四端本人不能埋此地，天机不可泄露。毛四端临死前把两儿子毛德臣、毛翼臣叫到床前，嘱咐兄弟俩谁先去世就可葬于此地。过了几年，毛翼臣先于兄长去世，毛德臣就按父亲遗嘱把弟安葬于虎歇坪。出殡那天，风和日丽，万里无云。众人抬着棺材上了虎歇坪，突然间倾盆大雨，抬棺人放下棺材急忙避雨。待风停雨住，停棺处已凹陷出一块棺木大小的穴。众人就穴深挖，发现四周全是坚石，只有停棺处是松软的黄土。挖出黄土，石隙间正好容放毛翼臣的这口棺材。毛翼臣正是毛泽东的祖父。

何键令部队来韶山冲前，已派人探路打听。当听到当地乡民这些传说后，他更加坚定要来韶山冲，挖断龙脉，毁坏毛家祖坟。汀天健是听特别行动队队长讲的。何键的副官也说："毛泽东在秋收暴动后，带着队伍上了井冈山，已成为蒋主席的心腹大患。这是孽龙作怪，必须镇住。"

副官和队长带着几十个兵荷枪实弹进了韶山冲。刚搭地界，队伍正要爬山上虎歇坪，天空突然乌云遮日，暴雨袭来，山上山洪咆哮直泻，前进的路被突然滑坡的山体截断了。队伍险些被埋在泥石流里，吓得副官和队长脸色惨白。后来副官和队长商量，没敢上虎歇坪了，胡乱寻找了几个山头几个坡岭。询问当地百姓，有的装聋作哑只摇头，有的干脆回答不晓得，有的回答毛家是外地迁来的，祖坟不在韶山冲。副官和队长为向上级长官交差，获得奖赏，随便挖了几座坟，并厉声对众人说："刚才刨掉的就是毛泽东家的祖坟，谁也不能对外瞎说，违令者就地枪毙。"之后，副官和队长又把他们带往湘乡，要去桂花高莫冲挖黄公略家的祖坟。他们在虞塘镇上掳到一个做小生意的向导，姓赖，什么名字江天健已记不得了。队长给了那赖向导五块光洋。走了两个多小时的山路，到了黄公略的家里，屋前屋后，屋里屋外，楼上楼下搜查个遍后，没有找到值钱的东西。在兼作私塾教室的阁楼上，找到几张水彩画，署名黄石。黄石就是黄公略，队长命人把画和一些写了黄石名字的书籍一把火烧了，之后逼着赖向导带路上老虎山去挖黄公略家的祖坟。那向导明白过来后死活不干，刺刀架到脖子上，才不得不带路上了山。当士兵用铁镐去挖坟时，姓赖的扑到坟上阻止，声嘶力竭地喊："长官，不能挖人家祖坟。挖人家祖坟要遭报应的，要遭天打雷劈的。"他这样一喊，几个士兵不敢动手了。队长掏出手枪"砰"一枪，姓赖的向导应声倒下。江天健当时吓得两腿筛糠，有些站不稳当。"去，到那边挖个坑把他埋了。"队长发命令，又伸手在向导的口袋里掏出那五块光洋放进自己的口袋里。几十年了，那向导血流如注、死不闭眼的惨状，江天健还记得清楚。他感觉坐在身边的男人跟那赖向导挂相。莫非他是那向导的后人？

"老哥，虞塘镇到了。"男人推了推江天健。

"哦哦。"江天健连忙地跟着下了车。

"你要去哪个村？"那人很热情，主动问。

"我要去桂花乡的高莫冲。"江天健回答。

"高莫冲还有很远的路，你去那里干嘛？"

"走亲戚，我姑妈在那里。"

"你跟我走吧，我去峒山村，和高莫冲挨着，我们同路。"

"谢谢你，师傅。"江天健跟在那男子的后面，向桂花乡走去。走了一段路程，江天健忍不住发问："师傅，你贵姓？"

"免贵，贱姓赖。"江天健内心像抽筋，一阵紧缩。沉默一阵后，江天健还是憋不住，问："听说解放前有一年何键派人挖了黄公略家的祖坟，真有其事？"

"你听谁说的？"姓赖的男子警惕起来。

"哦，听我姑妈说的。"江天健不动声色地回答。

"真有其事。蒋介石、何键不是东西，当时国民党兵抓我父亲带路，后就没放他回家。我当时才三岁多，村上的老人有的说国民党杀人灭口，有的说我父亲当了壮丁被掳到台湾去了，现在还不知死活。老子要晓得蒋介石、何键家的祖坟，也要背包炸药把坟炸了。"姓赖的男子说起此事甚是愤恨。

江天健的心"嗵嗵"跳得厉害。他沿羊肠小路高一脚低一脚从山上往山谷迈，不小心踢着一块路面石，一个趔趄，差点摔倒了。他不敢细问下去，只埋头跟在赖姓男子的后面。果然是那赖向导的崽，造孽。

二人在起伏连绵的群山中爬上爬下，一路无语。

"老兄，这是分路口，往左是去高莫冲，我往这边走。"赖姓男子打住步，用手指指分路口的左边小道。

"谢谢你，赖师傅。"江天健显得有些紧张。

"怎么，你脸发白，出这么大汗，看来你在家没爬过山，有病？"

"没有，没有，我第一次爬这么陡的山，我们老家是平原地带。"江天健有些喘粗气，上句难接下句。

二人分手后，江天健沿山路继续前行。

二

江天健在部队接到父亲的书信，说是给他相了一门亲，女方是十里冲大户人家秦百万后人的千金，要他近期回家相个面，择吉日良辰把婚事办了。秦家在江天健老家方圆几十里是有名的大户人家，家有良田百亩、房屋百间，以及白墙青瓦占地几十亩的大院，百里之内无人不晓，老幼皆知，人称"秦百万"。只是后人多不肖，中道败落。江天健接到父亲书信，心想秦家声望远播，家底应还不薄，瘦死的骆驼比马大，娶了她有助于自己在军队干一番事业。但不知秦大小姐面相如何？总要与自己将来的地位相匹配。

第一次"围剿"失败后，国民党军队高层下令，从前线被释放回来的俘虏中抽调十多个人，会同何键驻长沙的特勤部队派出的人，组成一支特别行动队，执行蒋介石、何键下达的特殊命令。这次出来执行任务前，队长告诉他，团长已打过招呼，执行任务回去就要提拔他为连长。不经副连长这一台阶，直接提为连长，江天健知道父亲的那袋袁大头发酵了。执行任务后，江天健又塞给队长五十块光洋，告知父亲来信一事，队长很爽快地答应了。江天健便取道回家。

江天健的父亲饱读诗书，求功名不遂，一辈子不得志。娶三房妻只生他一个儿子，父亲对他极为怜爱。父亲曾对他说，倾其家业也要了却自己一辈子求而不得的心愿。自被父亲送到军队，几年的枪炮摆弄，他似乎一下子知晓了很多道道。这年头有枪就是王，有队伍就有地盘。他常对自己说，是时候努力为父亲争口气了。

江天健回到家里，父亲特别高兴。江天健给父亲买了一根长管铜质雕龙刻凤的烟杆。父亲接过烟杆，满脸笑意流淌。江天健忙替父亲在烟锅里装好烟丝，点上火。父亲"叭"地吸了个脆响，深深地吸进一口，再慢慢吐出一个一个轻飘飘的烟圈，咂咂嘴，一幅十二分惬意的表情。那不是对烟味的惬意，那是对儿子孝顺的惬意。队伍里历练人哩，父亲认定儿子朝着他指引的道在奔。江天健还有一件事也让父亲甚是满意，那就是他给自己的生母买的礼品和大娘、二娘的礼品是一样的，三个礼品袋放在一起，让父亲亲手送她们。父亲破天荒把全家人招到一桌吃饭。父亲以前只允许江天健和他同桌吃，待父子俩吃完，其他家人才能围上桌来吃。他到部队后，就父亲一个人先吃，谁也不敢吭半句。餐桌上，父亲拿出自己珍藏多年的老窖酒，先给儿子斟上一满杯，然后自己满上一杯，父子对饮。一桌子的家人都很开心，除了父子俩动筷子，其他人都是看着，笑着。酒过三巡，父子俩的对话就明显多了。江天健在一一回答父亲的问话之后，兴奋地告诉父亲一件事。他坚信这件事会成为他江天健从军界往上爬的一块重要垫脚石。

"爹，这个月初何主席的贴身副官和特务队长带着我们去湘潭县韶山冲挖了毛泽东家的祖坟。之后，又带我们去湘乡桂花高莫冲挖掘了黄公略家的祖坟，还把黄公略太公、祖父的骨骸带到长沙丢进了湘江呢。朱德、毛泽东、彭德怀、黄公略在井冈山闹得蒋委员长不安生。何键主席说，朱毛彭黄聚匪闹事，是他们的祖坟埋在孽龙龙头上作怪，报请南京同意，下令派人刨掉他们的祖坟。我这次就是完成何主席下达的任务后，上峰准假转道回家来看您的。队长还告诉我，这次回去就要提拔我。"

江天健乘着酒劲，讲得眉飞色舞唾沫四溅。

"你再讲一遍！"父亲放下手中的酒杯，酒从杯中溅出来，落在桌子上、菜碗里。

江天健没有观察父亲的脸色，他以为父亲爱听，又绘声绘色地重述了一遍。话未讲完，只听"啪"的一声闷响，江天健脸上被父亲重重地摔了一耳光，他顿时眼冒金星，未挨巴掌的另一边脸都是火辣辣的。酒杯也滚落到地上，摔得粉碎。这一耳光把江天健打蒙了，也把一桌子的人打呆了。这突如其来的一巴掌，打得大家不知所措。过了好一阵，父亲才甩出狠话："你赶快离开这个缺德的军队，回到家里来。这是什么狗屁军队，挖别人家的祖坟，干这样的缺德事，为世人不齿。一个没有德行的军队，是不可能打胜仗的，是不可能赢得天下的。你混在这样的军队里，哪一天会死无葬身之地。你赶紧离开！"父亲越说越激动。

"我国自古就有'亡者为大''入土为安'的民族礼仪，奉行'君子之仇，人死即休，事死如生，事主如亡'的俗成规则。曾国藩满口仁义道德，儒学雅士，却把洪秀全的尸体挖出来，下令戮尸，剁碎拌入火药，装入大炮轰射。残忍至极，人鬼共愤！曾国藩挽救了清朝的灭亡吗？没有，他干这事是折了自己阳寿的！"父亲说到这里，几近声嘶力竭地叫，"靠挖祖坟就能剿灭别人？当年项羽也只抓刘邦父亲，也不去动人家祖坟。李自成、张献忠打到京城，也没说要刨人家祖坟。袁世凯那样混蛋，倒行逆施，也不去挖人家满族人的祖坟。蒋介石、何键这是心虚的巫鬼之计，他们成不了气候，坐不稳天下，你赶快离开，我江家就你一根独苗！"

父亲话未说完，脸呈乌紫，口吐白沫，倒地身亡。

江天健草草料理完父亲的丧事，毅然决然回到自己的部队，当了连长。他不信这条道是黑的，即使是黑道他也要走出一片属于自己的光明天地。

江天健在去高莫冲的山道上，回想起父亲的那番话，摸摸至今似乎还火辣辣的脸，父亲比他看得远、看得清。他现在有些后悔，当初坚持在农会里干，不离开黄公略的红军队伍就好了，今天既不要担惊受怕被查出来抓去枪毙，又能了却父亲生前的愿望，尽到做儿子的孝道，光耀江家的门庭。他们那个县出了一百多个红军将领呢。

三

进高莫冲的路回回曲曲,弯弯窄窄的。一会儿穿过林子,一会儿横跨山谷。爬上一个山头,往前走,又跌落到另一座山脚。沿路零星散落着几户人家。江天健不熟路,逢屋便进,逢人便问,走走停停向高莫冲走去。

江天健来到一个岔路口,走哪条路他拿不准。岔路的右边傍山有几间茅草屋,一个留着长须的光头老者在屋檐下的阶级上坐着晒太阳。江天健走了这么远的山路,已有些口渴,就走上前去,说:"老伯,口渴了,想向您讨杯水喝。"老者手上拿本线装书,抬头看了一眼,顺手拖条小凳给江天健,对里屋喊:"娟子,给这位客人倒杯茶。"不一会,一个十一二岁的小姑娘端着一碗茶递给江天健。江天健忙起身弯腰道谢,转过身子又向老者表达谢意。茶是刚从热水瓶里倒出来的,有些烫。江天健把茶碗放在地上,主动搭话:"老伯,请问去高莫冲走哪条道?"

"两条道都可上高莫冲,走右边多绕几里路,但路好走些。走左边的路要近几里,但路不好走。"停了一会儿,老者问,"你上高莫冲去谁家?"

江天健心里想,老者能看线装书,不是一般的人,他对这一带心里有本账,不能乱说。镇上离这里有十多里,对方应该不会细问。他便回答:"姑妈住虞塘镇,听她说高莫冲出了个大人物,红军时期当军长,叫黄公略,现还留有他的房子,我有事去看看。"

"黄公略不死,地位不会低。历史上,硝烟掩埋了多少英雄豪杰。"老者合上手里的书,看着江天健说。

江天健喝了几口茶水,感觉老者不是一般的乡下老头,便和老者聊起来："您在看什么书？还不要戴眼镜。"

"《东周列国传》。闲来无事，用古人码的文字打发时光。这本书黄公略还看过的呢。"老者掂了掂手上的书。

"黄公略军长还看过？"江天健惊讶地问，他感到这里有故事。

"黄公略的父亲是个秀才，在家里开私塾馆。他们家楼上藏有很多的书。我是在他父亲手上发的蒙。黄公略从小会读书，记性出奇的好，过目不忘，有些课文能倒背。我比他小一点，我们同去永丰镇新学堂读书。他受新派思想的影响，在学校的墙报上画漫画，攻击袁世凯，拥护孙中山，校长把他开除了。这本书是他去投军前，我去看他，他送给我的。这书上的圈圈点点都是他留下的。"老者向江天健介绍书本的来历。

"那您和黄公略很熟啰？"好奇心驱使江天健问。

"岂止是熟，穿开裆裤一起长大的。"老者兴致勃勃谈起了他熟悉的黄公略。

黄公略父亲叫黄秀峰，是这一带的文化人。黄秀峰娶过两房妻室，共生育四个儿子、两个女儿，黄公略是继配彭氏所生，是黄老先生的满崽。黄老先生对满崽甚为偏爱，倾个人所学教育儿子。黄家有一个书阁，藏了很多书。黄老先生经常把满崽带进书阁，耳濡目染。黄公略四岁发蒙，父亲从《文字蒙求》入手，《三字经》《百家姓》《千字文》一本一本教他认，教他读，让他背，后来教他《大学》《中庸》《论语》，引导他读《史记》《黄石三公略》，给他讲历史上文臣武将的著名故事，还带他步行几十里路，去荷叶塘曾国藩家里看，给他讲曾国藩屡败屡战、攻打天京的故事。黄公略母亲贤惠、勤俭、手巧，知书达理，左邻右舍关系处理得好。父母的品质从小影响着黄公略。黄公略天资聪慧过人，从小文静、稳健、爱思考，什么事都喜欢追根刨底。他把从父亲那里听来的故事，又绘声绘色地讲给小孩子们听，孩子们经常听得如痴如醉，目瞪口呆。他的字写得好，画也画得好。村上一位老者人满七十岁，父亲带他去吃寿酒，他给老人当场画了一幅像，写了一副对联，在村里传遍了。

江天健认真听了老者的叙述，心里想，大人物往往自小就有不同凡响的地方。

江天健喝了水，谢过老者，沿着右边的山道向高莫冲走去。在山坳里又打听了两户人家，终于到了黄公略的故居。

这是一栋呈万字形分布的平房，土砖青瓦，据说是黄公略祖父所建。房子坐落在老虎山的后尾上，屋前有一口呈猪腰形状的水塘，一条小路从虎山尾巴上曲曲折折牵进来，一直牵拉到屋前的地坪里。

江天健站在屋的前坪，环顾四周。三十多年前没有时间细细打量，也无心打量。那次队长带他们上山，他带人在坪里做警戒，队长带着人冲进屋里，家里没有人，间间屋搜了个遍，也无值钱的东西。他们在兼做私塾的教室和书房里搜了一些书籍，还有署名黄石的十多张画，队长令人搬出屋外，一把火烧了。从那姓赖的向导口中得知，黄公略之前叫黄石。姓赖的告诉他们，自黄公略的大哥黄梅庄带着蒋介石的手信去井冈山劝降未果被杀之后，黄公略的母亲、妻子带着孩子回娘家住去了。

"你在这里干什么？"江天健在回忆往事中被人叫醒。他回头一看，是一个三十多岁的男子，便说："我是来走亲戚的，听姑妈说这个屋场出了个大人物，我特地来看看。你是他家里的什么人？"

"我是黄公略的族弟，政府要我负责看护这栋旧屋。"这位族弟把江天健引进屋里。江天健才发现他的左腿有些不方便，走路一拐一拐的。

"他的家人呢？"江天健问。

"黄公略母亲早死了，解放后，他堂客刘玉英和女儿黄岁新被北京来人接走了。"族弟回答他。

"黄将军威名远播，战功赫赫，可惜英年早逝。"江天健有些感慨。

"那当然，他不死，现如今也在北京城给毛主席打帮手。我们这一块那还不知要出多少大人物呢？"族弟也流露惋惜之情。

"黄老弟你先忙，我去老虎山上看看。"江天健在屋里看了一遍，出来对族弟说。

"你去山上干什么？"族弟有些警觉。

"随便走走，那边顺路我就去亲戚家了。"江天健搪塞。

"那边没有路，也没有人家。"

江天健自顾上山，不想再搭理他。他的印象中从黄公略家里到他家祖坟墓地，大约有半个小时的路程，小路被荆棘蓬刺遮盖着，很不好走。祖坟墓地就在老虎山的额头正中。虎头高踞，雄视群山。按风水学说法，这是一块百年难遇的风水宝地，三代后必出大人物。在上山掘坟的国民党军队伍中，有一个士兵入伍前跟父亲学过风水，他说："后人走顺风路时，祖坟是不能动的。黄公略在几年的时间内，由一名营长当上军长，这是祖坟灌气。把他家祖坟毁坏，他怕是要倒霉了。"

江天健爬上老虎山顶，出了一身汗。他凭借记忆和印象，找到了那个墓穴。三十多年的风雨岁月，尘沙已把墓穴填平，只显现一条浅浅的槽穴。但当时的情形他一直记忆犹新。

江天健随一队士兵爬上老虎山，在骗取赖向导的信用，确认祖坟之后，连长就下令挖掘。坟墓是用沙石拌石灰浆筑的，很坚固。连长命令士兵在坟墓四周挖坑，然后放上炸药，"轰"的一声巨响，棺材四裂，骨骸外露。队长命人把骨骸装进麻袋。赖向导被队长一枪毙命，就埋在不远的山腰里。

江天健歇息片刻，从坟地的周围揪扯一些野草花，捆扎一把，跪下庄重地献到墓穴里，然后从帆布包里掏出备好的纸钱，点燃香烛，行三叩首大礼。他在槽穴里抓了一撮土，用纸包好，放进挎包里。积压在心中的罪恶感，让他经常彻夜难眠。他想用这种原始的虔诚的方式来释放，来表达对自己当年缺德行为的忏悔。

江天健行礼完毕又寻到埋赖向导的坟堆堆。那坟已不显土堆，且野草丛生，已翻不出当年的印记。只是旁边一棵开三杈的杨梅树他记得很清楚。他扒开草丛，也烧了纸钱香烛，叩了三个头，准备原路下山。

这时，族弟突然站在他面前，厉声呵问："你到底是什么人？你怎么会晓得黄公略的祖坟埋在这里？你为什么要在这里烧纸钱香烛？走，你现在和我去派出所讲清楚。"

江天健被突然而至的呵斥声吓了一跳，心慌，手抖，脚打哆嗦，讲话有些支支吾吾。但他很快就镇静下来，枪林弹雨中滚过来的人，处变中能迅速稳住阵脚，寻求对策，离开险境。在随营学校学习培训中，黄公略在给他们上课时，要求军人要练就这一求生本领。江天健斜挎背包，若无其事地走上前去，试图细声作些解释。他知道，时间拖得太久，粗声大叫对他不利。跟眼前这个黄公略的族弟去派出所，那就是自投罗网，送死。他不能如实告知三十多年前参与挖黄公略祖坟的事，也不能如实交待他来烧香叩拜是释放内心的负罪感。他正琢磨如何编个没有漏洞的理由，让这个人相信他，放过他。

"走，跟我去派出所。"这位族弟一把揪住江天健的左手往山下拖，并且大喊大叫起来。

情急之中，军人的本能迅速让江天健作出脱离险境的决断。他毫不犹豫伸出右手，朝眼前的族弟一推掌。族弟顿时倒地，仰面朝天，不省人事。这一掌不会要人性命，过一刻钟就会苏醒，恢复正常。待他苏醒过来，凭他的跛脚是无法追上自己的。

江天健迅速朝山下奔跑。跑到半山腰，他又折转回来，在族弟身上留下一张字条，告诉他三十多年前的赖向导被国民党特务队长枪杀，就埋在离黄公略祖坟不远的半山腰的一棵杨梅树旁，坟的旁边应还有两把铁锹。冤魂要回家，后人要认祖，他江天健不能又带着遗憾离开。

从高莫冲黄公略故居到虞塘镇上，有十多公里，全是爬山翻岭。江天健没停半步喘口气，一路狂奔到镇上，已是晚上八点多钟。在一个小饮食店吃饭时，得知有一货车司机要回湘乡县城。江天健掏出五块钱塞给司机，他搭上顺风车回到湘乡县城。

四

江天健住进旅店，没有洗漱便和衣躺下。今天幸运的是碰上一个跛脚的人，要是碰上一个身体强壮的人，现在说不定就被关进去了。惊魂一场，现在躺在旅店还心有余悸。他感觉好累，但又无法入睡。他望着天花板，在心里反复追问自己：我江天健跨省问路，来桂花高莫冲为什么？为什么？为什么？

"咚咚咚！"门突然被人推开，两个公安干警拿着手铐站在他的床前，厉声吼道："好你个暗藏在人民中的国民党军官，好你个挖掘黄公略祖坟的千古罪人，你这个坏蛋江天健，今天人民要审判你。""咔嚓"一双冰冷的铁铐锁上了他的双手。江天健用尽全身力气挣扎，动弹不得。

"哎哟！"江天健翻身坐起，一身冷汗。他做了一个噩梦。

父亲甩了自己一巴掌，他并没有清醒。料理父亲的丧事后他回到部队，他还在路上，任命他为连长的命令就已下达。当时他对父亲的看法不以为然。他完成那次特殊任务之后，又回到国民党部队，参加国民党军队对红军根据地的第二次"围剿"。黄公略在东固六渡坳被飞机机枪打死的消息，让国民党部队一片欢腾雀跃。带队的特务队队长被提拔为团副，江天健也被提拔当了连长。当然，父亲去世后留下的银元，他带去一大袋也发挥了作用。也是从那时开始，他感到有一种莫名的恐惧像根绳索套在脖子上绞他。他总感觉红军哪一天会突然出现在眼前，一枪结果了他。他借那次全旅几乎全军覆灭的机会，携带扣下的士兵军饷逃脱了部队。他没有回到原籍，而是选择在邻县偷生改名姜一夫，娶妻生子，安身度日。新中国成立以后，江天健心里发怵，时常胆战心惊。他几次想去向政府坦白，又怕关进牢里，或被枪毙。可他窝在家里又一天比一天难受，脖子上的绞索一天紧过一天。那年去湘江岸边凭吊，这次来黄公略祖坟凭吊，都是想释放内心的恐惧和压力，让自己的日子过得安生些。可今天又遇惊险，差点出大事。

"哎——"江天健长长地叹了一口气，再也难以入睡。人生在十字路口，错迈一步，阴影终生相随。

第五章

一

牛均田阴沉着脸回到家里，往沙发上一靠，默不作声。表面上风平浪静，他内心却是翻江倒海。今天应是承受了打掉门牙吞下去的委屈，或是承受前所未有的压力，才会有这般模样。如同一种水草，从池塘里捞上来被太阳暴晒后，枝叶蔫了，只有那秆秆仍能体现其生命的存在。几十年的夫妻，韩梅对丈夫的习性摸透了。此时，无须去问探，只要泡一杯茶放在旁边，静静地陪坐就可以了。时间会在安静的环境里穿个小洞，把他肚子里怄着的委屈和压力流放出来。

"九·一三"事件后，军区政治部来了工作组，一行十多个人，在省军区党委会上传达学习了中央的文件，会上党委成员逐个表明态度，逐个揭发批判，逐个划清界线。牛均田是省军区的副司令员、党委委员。在重大的政治问题上，牛均田向来是态度端正，立场坚定，旗帜鲜明。事先又有北京的老首长电话打招呼，提醒他关键时刻嘴巴关风，不要犯糊涂。为慎重防差错，他提前在笔记本上写好了表态发言的内容。这么些年来，他见得太多了。会上发言，一激动就偏离了会议主题，一跑题就漏洞百出，一有漏洞就有小辫子，一旦被抓辫子，就有可能被打倒，一旦被打倒，爬起的机会就很小。贺师长曾多次提醒过他。这次会上，他就照着本子念，慷慨陈词，严情峻色，不多念一个字，也不少念一个字。这稿子是他和韩梅反复酌酌，修改了几次定下的。牛均田在发言中表示坚决拥护毛主席、党中央的英明决定，深入揭批林彪反党集团的阴谋和罪行，在省军区范围内彻底肃清流毒，坚定地站在毛主席无产阶级革命路线一边，与林彪反党集团划清界线。牛均田发现党委会上个个都是照本宣科式的表态。有一个省军区副政委当场被保卫部门的人带离会场，他不是发言偏题，会上宣布说是和林立果手下的人有关联。其他的发言都很顺利地过关了。党委会集中封闭学习几天后，接下来是司令部、政治部、后勤部三大机关分别组织学习讨论，深入揭发批判林彪反党集团的罪行。牛均田主管司令部的工作，司令部的揭批会议就由他负责主持。

第二天，揭批会议继续进行。牛均田主持会议，打了开场白后，会议室一度鸦雀无声。牛均田用眼光扫了一下旁边的郭参谋长，想要他打破会议室的沉默，见对方正低头写着什么，就没吱声了。揭批会连续进行了两个星期，会议愈到后期，发言的人愈是谨小慎微，与其发言出差错，不如闭嘴不吭声。牛均田心想，这样下去冷了会场自己有责任。他想引导大家继续深入开展揭批会。自己是老井冈的，对林彪的军事指挥才能是发自内心的钦佩。井冈山三次反"围剿"取得胜利，执行毛主席军事思想，贯彻毛主席军事部署，林彪是非常得力的干将。黄公略军长也多次在不同场合对其有过赞誉。但军功不能抵过，军功不能减罪。林彪另立中央，谋害伟大领袖毛主席，这是天大的罪，罪不容赦。我们不能以感情用事，要彻底与林彪划清界线。我们要结合自己的工作和生活，联系思想实际，在灵魂深处明辨是非。于是他开始作引导性发言：

"1930年底，蒋介石调集十万大军，气势汹汹向井冈山扑来，企图一举消灭红军。毛主席部署的是诱敌深入的山地伏击战。从两军对垒整体看,红军处在弱势。但在某一次战斗中,红军却是绝对的优势。红军在江西吉安的东固镇、龙冈镇,宁都县的东韶镇摆开战场。毛主席对红军的几大主力军调兵遣将排兵布阵,严阵以对。红军当时的四大主力军分别由彭德怀、林彪、黄公略、伍中豪领导,他们四人并称毛主席手下'四大战神'。彭德怀是红五军军长,林彪是红四军军长,黄公略是红三军军长,伍中豪是红十二军军长。四人中除彭德怀不是黄埔生,其余三人都是黄埔四期毕业。'四大战神'中数林彪最年轻,当时才二十三岁。红四军当时武器最好,装备最齐,是红军主力中的主力,精锐中的精锐。毛主席把这么一副重担交给林彪,是毛主席对林彪最大的信任。每次朱德总司令上提一级,毛主席都提议让林彪接位。在第一次反'围剿'中林彪的红四军担任正面主攻,这是毛主席亲自部署的,那时林彪能深入理解毛主席的作战意图,打仗那是很有一套的。尤其是龙冈伏击战,那是大获全胜,歼敌一万多,缴获敌人武器一万多……"

话讲到这里,牛均田准备扭转话题,回到主题上来。他意识到再这么扯下去会变味,与会议主题不符。正在这时,秘书进到会议室,伏耳对牛均田说了几句话。不一会儿,牛均田就起身离开了会议室。他交代旁边的郭参谋长,要他主持继续开会。会议记录上他的发言也就到这里。晚上,军区工作组的人检查司、政、后会议记录,发现牛均田讲话有重大政治问题,不是在揭批林彪的罪行,而是在替林彪评功摆好,宣传林彪在井冈山的战绩,这是对抗中央的错误言论。军区来的工作组连夜开会研究,作出决定:牛均田有严重的政治立场、政治倾向、政治态度问题,立即停职反省,接受组织审查。

第二天,省军区召开机关干部大会,军区工作组宣布了对牛均田的停职反省的决定。牛均田没有解释,也没有地方解释,他离开主席台,闷着一肚子窝囊回到自己家里。

二

吃过晚饭，牛均田要去院内散步。韩梅拉住他，说有要事要跟他讲。

"什么事，这么神神秘秘的。"牛均田问。

韩梅把牛均田拉进卧室，面对面站着，细声细气地说："我听政治部干部处的人说，中央有新的精神要下来，正军副军的任职年限不同，退休后的待遇也不同。这你不知道？"

"这与我有什么关系？"牛均田不解地问。

"哎哟，我的牛副司令，你的脑筋还没转过来？你到正军的职位上，工作时间就久些，听说正军副军任职年龄相差五岁。你现在是副军，还过两年满六十岁了，就要退休了。你去北京活动活动，找老首长诉诉衷肠，掏掏心窝话，说不定能干到六十五岁呢。"

"要我为正军去北京跑官？京城那么大，巷子那么深，我去找谁呀？"牛均田反问韩梅。

"去找你的老首长，听说他现在在总政分管干部呢。"韩梅提示丈夫。

"黄公略军长？"牛均田故意岔开问。

"呸，枪林弹雨，出生入死，混个副军，黄军长才不会要你呢。"

"那找谁呀？"

韩梅急得跺脚。她坚持认为那年揭批林彪反党集团罪行的会议是有人蓄意整牛均田。闲搁了几年，人变钝了，怎么提醒都不开窍。如同枪，枪膛年久不擦，发力再大，子弹也挤不出。她不再绕弯子，开门见山直说。

一九七一年牛均田接受组织审查，这一查就是几年。查来查去，也没有发现牛均田与林彪集团的任何成员有联系，但组织上也没有人来作说明。工资照发，但班不能上，又不能外出。那几年牛均田在家闲得无奈，行坐不安，动不动就甩东西、发脾气，放开嗓门骂人。儿子托人买回来一台十四寸的黑白电视机，没几天，因电视里一个节目看不顺眼，他便砸了。有一次，省军区机关大院礼堂放新的电影片，韩梅去问文化处的同志要电影票，处里的一位副处长回答，犯错误的同志不发票，气得她眼泪一下就出来了，过去电影票可是送到家里来的。牛均田在军分区任副司令员、司令员时，省军区政治部的刘主任也是老井冈，对牛均田非常了解。后来刘主任调任军区政治部，后来又调到北京。韩梅要牛均田上北京去找刘主任，他死活不去。要他给刘主任写封信，说明当时揭批会上做记录的情形，他也坚持不肯写。没办法，韩梅要儿子以自己的口气给刘主任写了封信，把他当时的情况和现在的心情作了详尽的说明，希望组织上审查后有个结论。再这么拖下去，牛均田没有死在枪林弹雨中，会憋死在自己的家里。这封信儿子托北京的熟人转到了刘主任的办公室。不久，北京对军区下了公函，说了三条：一是牛均田是井冈山时期参加革命的，紧跟毛主席几十年，和林彪集团无任何政治牵连；二是恢复牛均田省军区副司令员职务；三是军区派人去省军区召开干部大会，宣布复职决定。牛均田就这样又回到省军区副司令岗位履职，但他并不知晓个中内情，韩梅也从不提及。现在是关键时刻了，韩梅终于忍不住把这一切告诉了丈夫。

牛均田早已知晓了自己复职的内情。省军区召开机关干部大会前，刘主任已打电话告诉他。刘主任事先打了招呼，是怕牛均田一时激动，身体出问题。妻子当时要儿子写信，把自己的情况向刘主任反映，比自己出马要妥当些。所以，他装聋作哑，不闻不问，当作不晓得这回事。现在韩梅提出去北京跑正军，他不能不认真思考对待。正军职的岗位，凭牛均田的了解只有三个去向：省军区司令员、野战军军长、军区司令部副参谋长。自己是军事干部，这么大年纪了，身体又不好，前二者不适合自己。至于副参谋长，司令部一大把，是没有多大风险责任的闲职，有事听参谋长的。自己在军分区司令部副参谋长位子上干过，这倒是可以去的。如果组织有安排，那当然是求之不得的，也省得韩梅躺上床一个劲在耳边唠叨，哪个哪个老井冈又调北京升迁了，哪个哪个老井冈又调军区提拔了。自己一路过来，从未向组织开过口、伸过手，也从未提出要当什么什么，组织安排什么他就干什么。可现在要自己跑北京，开口伸手要正军，话怎么出口？黄军长在天之灵要晓得我去北京跑要正军，那还不骂死我？哪天我去了他那里，他问我，我如何回答？再说，刘主任已拉扯过自己一把，为这事又要他拉扯自己？自己已是被闲置了几年的人，闲着没事干很难受。要是再有闪失又被闲置，自己不嫌丢人，也会把黄公略军长的脸丢尽。京城大，巷子深，那不是省会城市比得上的，要复杂得多，哪天别害了自己更坑了别人。我是孤儿、放牛崽，是黄军长把我引上革命道路，当上省军区的副司令，算是军队的高级干部，九泉之下黄军长知道我跑官要官，到那一天我有何脸面见老首长？我给他当了三年多通讯员警卫员，老首长白教育我一场？我当初跟着黄军长，是为的要升官？他耳边又回响起黄军长的话："跟着共产党，跟着红军，跟着毛总政委，打下江山，夺取政权，让穷苦百姓过上好日子。牛崽，你永远牢记一句话：怕死莫当红军，发财请走他道。"不行！我牛均田要为老首长争光，不能给他抹黑。

晚上，牛均田把自己的想法告诉韩梅。哪知妻子不但不理解，反而丢下一句话："榆木脑壳！"她溜到另一间房子睡去了。牛均田长叹了口气，心里想，战争年代一天到晚想的是如何消灭敌人，夫妻见面除互相安慰，条件许可就只做一事，在对方身上寻找快乐。现如今刀枪入库，听不见轰隆隆的炮声，夫妻在一起就是叨念着别人的进步和升迁，在对方身上再也找不到战争年代那样的快乐了。牛均田在心里冲着黑夜吼叫:"把刀子架到脖子上老子也不会去!"

三

牛均田没有解决正军职,他是在省军区副司令岗位上退休的。牛均田也没有在满六十岁的时候退下来,而是满打满干到六十一岁。原因是他的档案中有两个年龄记载:一九二八年给黄公略当通讯员时有一处年龄填写的十一岁,另一处年龄是填写的十三岁。组织上按最早的档案记录办,牛均田满六十三岁才办离休手续。

牛均田满五十九岁时还在岗位上。按老家的习俗,男进女满,韩梅原计划在省军区招待所摆上几桌,把老首长、老战友、老朋友请来,既是庆贺牛均田的生日,也是答谢一路走过来大家的支持,同时也是联络多方感情。牛均田职务未上去,哪一年退下来,个人需关照事小,这么多子女的成长进步要关照事大。牛均田没有同意,答应韩梅办了离休手续后再做几桌。但不能收受任何人的情礼。谁知道牛均田满了六十一岁,组织上为其办好退休手续后,韩梅正为之张罗时,全国进入举丧期。毛泽东主席逝世,牛均田陷入极度痛苦之中。牛均田在自家的客厅正中支架起一幅毛泽东主席的半身像,在相框的上面披上黑纱,在相框的四角挂着用黑色绸布扎的花,背上黄公略军长弥留人世时送给他的那个灰色军用挎包,穿上抗美援朝时的军装,按老家的习俗,在毛主席像前摆上供品,泪流满面,长跪不起。他想起第一次见毛主席的情景。

一九二九年年底,革命形势发展很快,根据地不断扩大。为适应形势的发展,加强党对武装力量的统一领导,在中央巡视员潘心源的主持下,召开了湘赣边特委、赣西南特委、红五军负责人参加的联席会议。会议形成一致意见,决定把两个特委合并成立赣西南特委,把原属两个特委领导的游击队合编成立中国工农红军第六军。会上提出要红五军副军长黄公略调任红六军任军长。散会以后，各方着手工作时，遭到了江西省委巡视员的极力反对。他认为当前赣西南党的三大总任务有问题。他反对成立赣西南临时苏维埃，认为太草率；成立红六军未经中央批准；土地按人口平均分配不利于发展生产。新成立的赣西南特委工作无法开展下去。

到一九三〇年一月下旬，毛主席率领红四军从闽西转到永丰，赣西南特委立即派人向毛主席汇报。毛主席此时任红四军前委书记，他们请求毛主席出面帮助解决赣西南党内的严重分歧。二月初，毛主席在吉安陂头主持召开了有红四军前委、赣西南特委以及红五军、红六军军委负责人参加的联席会议。黄公略是红五军的副军长，又是将要到任的红六军军长，他有两个代表身份。牛均田随黄公略参加了这次会议。

毛主席在会上详尽地分析了国际国内的形势，提出在全国建立苏维埃政权前，江西的革命基础最好，完全可以首先建立苏维埃政权，在江西省建立苏维埃政权前，各地条件成熟的也可以率先建立。然后毛主席对自己的观点逐一进行阐述。毛主席对江西省委个别同志提出的三条逐一进行驳斥，把大家的思想引导到赣西南特委的意见上来。最后，毛主席拍板，把由中央直接指挥的红四军总前委扩大到红五军、红六军以及赣西南、闽西、东江、湘赣边区特委，红四军、红五军、红六军成立军委，受前委领导，毛泽东任书记，彭德怀、黄公略为候补常委。另外，将赣南、赣西、湘赣边三个特委合并成立赣西南特委。统一党的领导，把各个根据地联成一片，有力地推动武装斗争、土地改革和根据地的建设。会上，黄公略非常激动，他站起表示坚定支持毛主席的观点。

牛均田记得非常清楚，开会之前，赣西南特委书记刘士奇向毛主席介绍黄公略，二人是第一次见面，却像老朋友相见一样亲热、自然，没有半点生疏和芥蒂。毛主席右手握着黄公略的手，左手拍拍黄公略的肩膀，风趣地说："个头不高，能量很大。其貌不扬，谋略过人。今日得见，幸会幸会。"还把黄公略与拿破仑两人做一番比较，说个头不相上下，体型不相上下，胆识不相上下，不同的是拿破仑讲法兰西语，黄公略讲我外婆家那里的话。说得一圈人哈哈大笑。说完黄公略，又指着牛均田说："小鬼，你长这么壮实，以后跟黄军长时离远点啦，别人会把你当成黄军长哩。"又是一阵捧腹大笑。众人这一笑，牛均田被羞得满脸通红，但把先想见毛主席的紧张心情都冲散了。

第二次见毛主席是在一九三〇年八月份。红一军团根据中央的指示，拟定了攻打南昌的作战计划。在得知彭德怀的红三军团打下长沙之后，遭国民党重兵包围，正处在危险境地时，毛主席决定改变红一军团的作战计划，挥师湖南支援红三军团。两个军团会师后，总前委在大多数人的要求下，决定第二次攻打长沙。经过半个月的攻城，结果长沙未攻下，红军伤亡很大。在得知国民党军队几路人马向长沙扑来时，毛主席果断下令，取消攻打长沙计划，迅速把红军带出包围圈，向株洲、醴陵撤离。部队驻扎在株洲临江的小镇上。毛主席在这里召开军级以上干部会议，他说："半个月也没有把长沙打下来，主要原因有三点：一是敌人躲在城里，有坚固工事作防护，红军无法消灭敌人；二是群众基础不具备，红军打仗没有群众支持不行；三是武器装备不如敌人。鉴于这三条，再这么肉搏下去，只会消耗我们自己的有生力量。"毛主席建议，红军撤回江西根据地内，攻打吉安城，把各根据地连成一片。参加会议的朱德、彭德怀、黄公略、滕代远、林彪、罗荣桓、罗炳辉、谭震林、蔡会文、杨岳彬等一致赞成。九月十四日下午，毛主席率红一方面军总前委机关离开株洲。黄公略前去送行时，毛主席交给他一瓶豆豉辣椒，说："这是'打劫'来的，见面分一半，我这里还有一瓶。"又转过脸对牛均田说："小鬼，你监督黄军长，节约点，别一餐两餐就消灭了。"

牛均田在客厅里，面对毛主席像整天整天地静坐，不说话，不挪动，眼泪双流。他茶饭不思，夜不能寐，神情颓丧，几天下来人瘦了一圈。韩梅内心很焦急。

牛均田由于过度悲伤，昏倒在客厅里，被送到省人民医院的高干病房抢救。经过几天的抢救，病情稳定下来。牛均田怕自己难过这一关，握着韩梅的手说："昨晚我做了个梦，黄军长招手要我去，说毛主席在召集他们开会，要我去做服务工作。你把孩子们都叫回来，去卧室的衣柜里把那个小铁皮箱给我拿来，我有话要跟孩子们讲。"

牛均田和韩梅有六个孩子，四男两女。老大和最小的在地方工作，中间四个在部队服役。长大后六个孩子极少全聚在一起，即使是春节，也难同桌吃饭。不是这个要值班，就是那个要加班。兄弟姐妹不聚在一起，牛均田也有自己的想法。有一次老大对牛均田讲："爸，弟妹都在部队工作，穿着军装多神气，为什么把我留在地方呢？"牛均田没有把内情告诉老大，只说"地方工作也要人做，在地方干很好"。而实情是贺师长两口子没生小孩，老大五岁后就一直放在夏院长身边带。后来彭老总被打倒，贺师长受牵联，转业到地方工作，两口子在郁闷不得志中相继去世，而老大已参加工作。最小的没去部队，原因是批林批孔时期牛均田已靠边站，不在位，去不了部队。但牛均田一直不对子女讲这些，怕影响他们的情绪，他总是说在地方工作好。

韩梅以"父亲病危速回"的申报终于把六个孩子招到牛均田的病房。牛均田要韩梅打开小铁皮箱，取出那个灰色的军用挎包，环视六个子女，说："这个军用挎包是我参加革命的信物，老首长黄公略军长送给我的。他牺牲前亲手送给我的还有一套军装、一根皮带、一双草鞋。军装从井冈山经过长征到延安，穿烂了，一条牛皮带，长征过草地时没东西吃，饿极了当粮食吃了。一双烂布筋草鞋还没到延安就穿烂了。就剩这个挎包了。"说完，牛均田口述，要韩梅记录下来，六个子女都在上面签名。牛均田的规定是：这个军用挎包连同小铁皮箱作为家里的传家宝，由六个子女轮流保管，从老大开始，每人每家保管两个月，交接时间定在每月的十五日。无论多忙，这一天一定要参加。谁违反了这一规定，谁就不是我牛均田的孩子，九泉之下就不要见我牛均田。六个子女一看，这不是规矩呀，这是遗嘱呀。全家人哭成一团，还惊动医院领导来劝说。

牛均田看了韩梅的笔记，又看了六个子女的签名，如释重负，说："我累了，你们出去，让我休息一会。"六个子女哪敢离开，都守在病房外。守了两天两夜，牛均田渐渐地缓过来了。医生说，没事了，你们都回单位上班，牛副司令再疗养一段时间就可出院了。

四

牛均田在医院里住了半年，完全康复，医生准予出院。出院那天，在医院的前坪正准备上车时，碰上省军区的郭参谋长。牛均田忙上前握手打招呼。

"郭参谋长身体不适，来看医生？"

"牛副司令也在看医生？"郭参谋长有几分惊讶。

"住了半年院，差点去见马克思了。"

"我也进来半个月了，医生说还要检查观察。"

"人就是一部机器，时间久了，各零部件生锈喽。进了医院，医生给零部件擦擦锈，保养保养，又能运转一年半载的。"

"人不如机器哩，机器报废还能卖几个钱，人报废了就成累赘啦，只有火葬场收，还要出钱。"

二人说完哈哈大笑。寒暄几句，牛均田知道郭参谋长住了院，要韩梅提上一袋水果，执意要去病房看望。二人在一个班子共事十余年，牛均田又多年分管司令部，现在都退下来了，只是平日见面相聚极少。

郭参谋长见牛均田主动来看他，还提一袋水果，有几分不好意思，就主动提及往事。

"牛副司令，'九·一三'事件后的那次揭批会，我也是昏了头，胡说八道一通，对你不住。"

"陈芝麻烂菜叶的事不要提了，再说那时你有难处，怪不得你。退下来身体好就行。"

牛均田没有想到郭参谋长会当面提及多年前的那件事。那件事之后，牛均田官复原职，两人又在一个班子里，但他们尽量避开此类话题，免得大家尴尬。那事过去多年了，牛均田早已放下，看来郭参谋长搁在心里的结还未打开。那年揭批林彪反党集团罪行的会上，牛均田讲话的本意是林彪在井冈山是有战功的，但有战功也不只他一个人，一、二、三次反'围剿'取得伟大的胜利，那是毛主席运筹帷幄、排兵布阵的英明决策。再说居功也不能反毛主席，谋害毛主席。结果话讲一半他就离开了会议室。接下来的会议由郭参谋长主持。郭参谋长是个精明人，应该对作会议记录的同志交代，画个不留后遗症的句号。他也可以接着牛均田的话说下去，不留辫子。记录本没有作技术处理，也没注明牛均田讲到这里因事提前离开会场，就这样原原本本交上去了。后来军区工作组找郭参谋长了解情况，郭参谋长没有实情实说，更没有仗义为牛均田开脱，反而添油加醋说了一些话。郭参谋长心里的盘算是，牛均田捅了大窟窿，肯定会腾出副司令的岗位，自己可以顶上去。郭参谋长也是抗战时期参加革命的老资历了。哪知牛均田闲置了几年，这个岗位空缺几年，上级组织不配合他的谋划。后来在另一次"反击右倾翻案风"运动中，郭参谋长表现非常积极主动，也没提拔上去。他比牛均田小几岁，没干到六十岁，提前被免职了。

牛均田望着眼前的老战友、老同事，心里想这人脑瓜子灵泛好使，能讲会写，业务能力也强，就是心里少了点什么。牛均田也说不清。牛均田坐了一会儿，话不投机，病房里有些尴尬，就起身告辞了。心想，都是要进火葬场的人了，要卸下那些经意或不经意背上的包袱。出大门时，郭参谋长老婆告诉牛均田，郭参谋长得了不治之症，大家都瞒着他。牛均田听后，长长地叹了一口气："这人啦……"

第六章

一

　　天慢慢暗下来，细雨还在不急不慢地下着。寒冷的气息透过门窗往屋里钻，江天健喝了两杯米酒，准备洗脚上床睡觉。正在这时，有人敲门。江天健老婆打开门，迎进来的是姜宜生的大儿子姜水林。头上戴顶白布做的孝帽，胸前衣襟上的第三颗纽扣上挂了几根麻。进屋见着江天健就双膝下跪，叩头跪拜。江天健单膝微下蹲，回过礼，站起身问：

　　"宜生兄走啦？"

　　"走了。"

　　"啥时走的？"

　　"天擦黑走的。"

　　"我这就去看看。"江天健换过雨靴。

　　"姜叔，你不急着去。俺儿有话要告诉你，老爷子走时老咽不下一口气，我贴耳问他有什么要交待的，他说他的后事一定得请你来当都管。"

　　都管是村上红白喜事、婚丧礼仪上的总负责人。所有的事都由他安排，所有的人都由他调度，事件的全过程由他指挥、协调、督察、管理。都管一般由村上威望很高的人来担任，能写会算，脑子灵泛，思路清晰，为人正派。都管没有什么级别，也不拿什么报酬，却很受人尊重。江天健是外来落户到村上的。那年他离开国民党部队，到这里人生地不熟的，是姜宜生的父亲出面，把族上的一块公共地连同几间破败不堪的房屋给了他。在族人的帮助下，他建起了五间土砖瓦屋，三间正屋，两间横屋，呈"7"字形状。江天健在姜宜生的帮助下，就在这里安居下来。两家的关系一直很好。由于江天健能写会算，村上的婚丧喜庆主事的都管就一直是他担任。后来江天健年纪大了，视力也不济，就把都管主事的这一套礼仪程序传给了儿子姜地坤，宣布自己不再接都管主持任何婚丧礼仪。姜地坤从朝鲜战场复员回原籍。战争夺去了他的一条右腿，他装了假肢，行走不太方便，一直不能下田干重体力活。碍于江天健的面子，先任生产队长、后任村支书的姜宜生就安排姜地坤当了记工员，把生产队男女老少社员每天出工的情况逐一登记。男壮劳力每天满勤记十分工，妇女劳力每天满勤记六分工，老少劳力满勤记五分工。这个标准是生产队社员大会举手表决通过的。姜地坤还要负责看守队上的牛，干其他的活，的工分与男壮劳力同等。

　　江天健听后没打半句反口，爽快地应承下来。姜宜生父母亲的丧事办理是自己当的都管，宜生很满意。宜生咽气前托付这事，自己若推辞，将来在阴间地府见面不好说话，不好往来。江天健对姜水林说："宜生兄的后事我一定办妥。"

　　姜地坤把队上的四头牛从野外赶回牛栏里，怕它们没吃饱就又放了些草料。回到家里，听说宜生伯去世了，就从自己的房间里取出一个小木箱，里面存放有算盘、罗盘、毛笔、钢笔、皇历等都管司职要用的什件。这个小木箱父亲用了三十多年，传到自己手里也有好些年月了。江天健见儿子拿出小木箱，知道他的意思，就对儿子说："地坤，宜生伯的后事得由我来都管，他生前有托，最后一次吧。"

第六章

姜地坤知道父亲放弃多年的旧业又重操，掂量出轻重，也就不多言语了，递给父亲小木箱。

江天健收拾好东西要随姜水林出门。见姜水林先走远，老婆看看儿子地坤，就对丈夫说："宜生兄走了，地坤随人情是和我们一起，还是以他个人的名字另随个礼？"

江天健沉默片刻，老婆儿子谁也不看，对着消失在黑夜里的水林背影说："姜家与周围上邻下舍要有区别。地坤虽未成家，父子也未分家开树枝，但他一定要有单独的名字随一份人情，他还要去宜生伯棺前守灵，丧事办几天他守孝几天。人在掉进泥坑遭难时，那些伸手拉你上来的人，为你遮挡风雨，这是恩，你到咽下最后一口气时都不能忘记人家的恩。不但地坤要单独随人情，地厚、地润都要随礼，他们工作忙回不来磕头，礼我们垫上。人情不能少，纸钱香烛都要烧的。"

地厚是大女儿，地坤的妹妹，在省地矿局工作，是姜宜生推荐的工农兵大学生。地润是小女儿，在市水利局工作，恢复高考第一年考上的中专生。江天健夫妇原生了六个子女，有三个儿子因病早夭。为这事，江天健常内心自责，挖别人家祖坟造孽遭报应。

姜地坤是老大，从抗美援朝战场复员回来，一直和父母过。由于右腿是接的假肢，干不了重体力活，三十多岁了还没娶上媳妇。江天健有时望着儿子走路高一脚低一脚的步子，内心也是深一脚浅一脚不平坦的。

姜地坤不多言语，听父亲这么一说，拖着不平衡的步子跟在他的身后，牵拉着身后站在门口的母亲那忧伤的视线，消失在黑夜里。

二

姜地坤是一九五四年下半年秋冬交季的时候回到家里的。复员回家的氛围与应征入伍那会儿是两码事。入伍时敲锣打鼓，披红戴彩，全村人送他到村头口。

村头口有一棵大樟树，数人都合抱不下，枝繁叶茂，像一把巨大的伞。第一次反"围剿"拉开序幕后，黄公略率部队路过时，还在这棵树下召开营团以上干部会议，传达毛政委、朱司令的关于诱敌深入、打破敌人"围剿"的讲话精神。黄公略就是站在樟树下那块大麻石板上作的动员讲话。也就是在这个地方，当年全村人送姜地坤去当志愿军打美国鬼子，男男女女老老少少，个个脸上放着耀人的光彩。姜宜生当时也是站在那块大麻石板上对全村送行的人说："我们这里是红色土地，黄公略军长率领的部队在我们村每家每户都驻扎过，全村人都沾着光。今天，我们村的优秀青年姜地坤带着红军的精神，踏着红军的足迹，沿着红军的道路，志愿到朝鲜去打美国鬼子，这是我们上敖岗村人的骄傲。我们祝愿他多杀敌人，多立战功，为我们上敖岗村人争光。"

几年以后，当姜地坤沿着那条他走出去的山路回村时，没人迎接他，冷冷清清的。经过这棵樟树时，树下有几个孩子在捉迷藏，做游戏。他们都停下来，用异样的眼神看着他。穿着褪了色的没有领章帽徽的志愿军服装，一双旧胶鞋，背上背一个四方见角的旧军被捆扎的背包，挂着一个水壶，还有一个旧挎包，这是他复员后的全部家当。孩子们用异样眼神看他，主要是他走路一跛一颠的。装上的假肢他还不习惯，不适应。

姜地坤在县民政局复退军人优抚处办理了手续，证明上写着一级伤残。民政局的工作人员还是很客气的，派人替他买了回家的公共汽车票。他在县城没逗留，搭上班车回家。公路班车一天一趟，错过一趟就要在县城多住一天，多住一天就要多一天的费用，他袋里没有钱。一月前他写信说要复员回家，说不准具体时间，也不好要父亲来县城接。回到家里时，父亲和两个妹妹都下地干活去了，母亲正在菜园里浇菜。

第六章

他放下背包，走近菜园子，喊出了句异国他乡埋藏在内心深处几年的念想："娘——"

母亲听到喊"娘"，丢下手里泼菜的工具，扑上来抱住儿子，上下摸了个遍。当抚摸到那只生硬没肉感的右腿时，她泪水"哗哗"直落。一会儿，母亲就把父亲、妹妹叫回来了。姜地坤复员回乡的消息很快传遍全村。没有人上姜家来看望、问探。村支书姜宜生上门安慰了几句，出门时说："听说朝鲜战场志愿军牺牲了十几万人，隔壁村去三个，三个都没回来。能活着回来就好，能活着回来就好。"晚饭一家人围着桌子吃，显得有些沉闷。大妹说下敖岗村某某在战场上提了干，小妹说螺头村谁谁立了一等功，县上敲锣打鼓送锦旗上门。母亲一直双眼泪不停，抹了又涌出来。父亲一直不吭声，吃过饭放碗时说了一句："姜家丢一条腿在朝鲜不算什么，还有很多子弟把命丢在朝鲜，尸骨都回不来。他们也是父养母生的。姜支书说了，地坤能活着回来就行。你们以后少在外面咋呼。"

复员回家的那天晚上，姜地坤一宿没合眼。没有立功，从俘房营回国，回国后又在一个农场学习了半年。父亲送他入伍时说杀敌立功，他杀了敌，却没有立功。

日子在平平淡淡中过了些年月。

有一次只有父子俩在家时，父亲把姜地坤叫到跟前，十分凝重地突然问了一句："你是不是被俘遣返回国的？"

姜地坤一直讳莫如深、守口如瓶，生怕露半点口风，让全村人瞧不起，让父亲伤心，在村里抬不起头。现在父亲突然问一句，做儿子的有些惊慌，手足无措，不知该如何回答。

"村上的姜支书告诉我的。"

姜地坤无需再向父亲隐瞒内心的一切：

第五次战役时，姜地坤所在部队负责掩护大部队战略转移。战斗中他被美军飞机炸伤了右腿,当时就人事不省了,醒来时就到了英军战俘营。姜地坤的腿是在美军俘虏营治疗的,把溃烂的那截锯掉了。假肢是回国后接的。回国后学习了半年,天天有人找他谈话,之后就复员回乡了。

江天健听完儿子的述说,沉默了很久,然后说:"战场上有胜有负,当俘虏不等于怕死。留得青山在,不怕没柴烧。关云长当了曹操的俘虏,照样过五关斩六将,青史留名。只是你以后在村里少讲话,不要提战场上的事,言多必失。即使有人好奇问及,你也不要实情相告,搪塞应付就是。这运动一个接一个的,你要少吃些苦,做爹的无能为力,只能靠宜生伯庇佑你。"

父子谈话不久,县里来了工作队。

姜宜生父亲在红军第二次反"围剿"时,给黄军长的部队带过路,后被国民党枪杀。根正苗红,姜宜生从解放那时起就一直在村上负责。姜地坤是从美军俘虏营被遣返回乡的。当时县民政局就通过乡政府打了招呼,要村上严加管教、监督改造。姜宜生把这事一直放在心里,从未对外人讲过。

工作组来到村上的第一个社员大会上,工作队长就在会上公开讲:"现在阶级斗争还很复杂,国际国内的阶级敌人相互勾结,会通过他们的代理人不断向革命队伍渗透。我们要保持高度警惕。在我们上敖岗村就有一个从朝鲜战场美军俘虏营回来的。我们这里是红军根据地,诞生了红军精神。什么是红军精神?战斗到最后一个人,死也不投降。而这个人向美帝国主义投了降,这个人是谁呢?是姜地坤。这个人就是我们抓阶级斗争的牛鼻子,要紧紧抓住不能松手。他从美军俘虏营回来,谁知美国鬼子交了他什么任务?大家要瞪大眼睛看着。用乡下一句俗语说,就是瞎子打堂客松不得手。松手他就会跑掉。他遣返回乡这么些年了,表现得怎么样?是不是天天向村上汇报了思想,汇报了劳动改造的情况？我们工作队进村半个月了，还没看他来汇报。"

工作队长的话刚讲完，那带有几分狠劲的目光射向坐在会议室角落的姜地坤。全村人的目光也一齐在姜地坤和他父亲之间穿梭。

工作队长事先没打招呼，也不问情况，突然在会上严厉提出，既是警告姜地坤，也是恫吓全村社员，同时要提醒姜宜生。村支书姜宜生心里有几分不快，但又不便表露出来。待心情稍作平静，他忙站起来打圆场："姜地坤被遣返回乡后，一直在认真劳动，积极改造自己。他只有一条腿，田里土里重活干不了，但他从不偷懒，村上要他照顾几头牛，他把牛喂得膘肥体壮的，村上有几个水库，他负责看守，从未出过问题。还有护林防火，他及时把上级的防火通知送达家家户户。凡村上分配他的活，他都努力去做，认真完成。我看这些年来，姜地坤努力在改造自己。大家说是不是呢？"

江天健和姜宜生两家一直关系密切，江天健在村上人缘关系好，凡村民哪个家里婚丧喜庆、建房修坟他都帮忙。姜地坤复员回乡遵父亲教育，也不曾得罪人。姜支书在会上这么对众人发问，自然不会有人提出不同看法。工作队长听村支书这么一说，也不便继续揪住不放，只讲了一些阶级斗争如何如何重要的话，社员大会也就散了。

有年山洪暴发，村里的一口几十亩田大的水库堤坝垮了。堤坝下游的百多亩农田全部被冲毁，含苞的禾苗全部被泥沙覆盖。县里公社派人调查，最后把责任追到姜地坤头上。他是水库巡视员，没有及时向村上向公社报告水库险情。损失是巨大的，上级要追究刑事责任。其实，在连续几天的暴雨里，姜地坤每天都向姜支书报告了，就在水库堤坝垮塌的那天晚上，姜地坤还去了姜宜生家里，建议村上向公社报告，采取紧急措施救助，开闸排水，用树木沙石加固。姜支书凭自己几十年的老经验，估摸着这雨下两天就停了。若提早开闸泄洪，入秋就枯水了。堤坝几十年都未垮，这场雨垮不了。姜宜生没当回事，就打发姜地坤回家睡觉去了。事情调查到这份上，非常清楚了。姜宜生若不承认姜地坤来报告过水库的险情，又无笔写纸载，那姜地坤坐大牢是坐实逃脱不了的。可就在这时，姜宜生向县里承担责任，是自己失职，没有及时向公社报告采取紧急措施。最后的结果是姜宜生被撤职处分。过了大约半年，村上无人主事，只好又恢复姜宜生的支部书记职务。

作为一个从美军俘房营被遣送回乡的士兵，由于有姜宜生关照，姜地坤少吃了很多苦头。姜宜生去世，江天健要儿子去守孝，自在情理之中。

三

姜宜生的丧事在家办了七天。江天健和儿子姜地坤在姜家丧堂守了七天。江天健当都管，负责一切丧事的安排。上敖岗村有一个不成文的习俗，左邻右舍哪家有大事，不分男女老少都来帮忙。江天健干这一行又本是内行，在他的安排调度下，姜宜生的丧事井井有条在进行。江天健把办理丧事的所有人员分成几个组，如抬棺木多少人，挖墓穴多少人，厨房里多少人，端茶送水多少人，采购物资多少人，跑堂打杂多少人，账房礼仪收受登记多少人，先在本子上写好，然后用一张白纸誊抄贴在墙上，并明确每个组一个负责人，他只抓组上负责人就行。

姜地坤在姜宜生家没有其他事，只披麻戴孝，和姜宜生的崽女一样守孝。姜地坤想起自己被遣送回乡，几次运动中都被推到风口浪尖，是宜生伯这位老支书伸手把自己扯到岸边，才幸免卷入漩涡。没有宜生伯的遮挡，自己能否活到今天还得打个问号。当在宜生伯灵前，想起这些年来的风雨岁月，他眼泪不停地流。守灵七天，他眼泪没干过，一直到棺木放进墓穴埋上黄土，他都止不住流泪。这些眼泪是真真切切从姜地坤内心流出来的。

第六章

江天健办理完姜宜生的丧事，回到家里，全身像散了架。他不吭一声，躺在床上足足睡了三天三夜，一日三餐只喝稀饭吃面条。老婆把饭菜送到床边，他坐在床上吃完，放下碗筷倒头又睡。躺在床上的头一天一夜，他确切是入睡了，太累了，睡得很沉。中期的一天一夜是处在迷迷糊糊状态中，总是做梦，姜宜生站在一处深黑深黑的洞口向他招手，说："我们是好兄弟，几十年手足情深，是时候放下一切，赶快到我这里来逍遥快乐。"他还梦见自己的父亲，老秀才指责自己是不肖子，败家子、化生子、永远都不能谅解他，永远不要他回家来。他还梦见自己的母亲，说她被大娘赶出家门，流落到一个荒凉的山坡上，孤单一人，没有房屋住，没有衣服穿。他还梦见两具骸骨从河里浮出水面，四处流荡，发出一声一声恐怖的嘶喊："我要回家——我要回家——"后期的一天一夜，他没有入睡，睡不着。他躺在床上闭着眼睛想，宜生兄比自己小三岁，他走了。村上他们这一辈的人剩的不多了，下一个该是轮到自己了。俗话说七十三八十四，阎王不请自己去。该起床了，他要把自己未了的事做了，省得最后一口气咽不下。他使劲干咳两声，提醒老婆，他睡醒了，要起床了。

老婆听见咳嗽声，忙从堂屋来到房里，说："总算睡醒了，三天三夜睡床上不下铺，这还是头一回。"

"太累了，太困了。"江天健没有实情相告，只一句话搪塞老婆。

"我以为你病了，吓死我了。大白天讲梦话，含混不清的，怕是中邪了。"

"宜生兄一世宽厚不害人、不坑人，帮宜生兄料理后事，有什么邪中的。"

江天健起床穿好衣服，洗漱完毕。老婆把一大碗面条端到饭桌上，面条里还有两个荷包蛋，淡淡的香味被碗里冒出的热气扩散满屋。待吃完面条，江天健对老婆说："再休息两天，等身体元气恢复了，我要出

97

趟远门，你帮我收拾两套衣服。"

"出远门干什么？到哪里去？"老婆疑惑不解地问。

江天健望一眼老婆，欲言又止。

"七十不留夜，八十不留餐。你这一把年纪了出远门，别把老骨头丢到外面。"

老婆话里夹着"丢"字，让江天健全身颤抖。他待情绪平静下来后，回答老婆："自己的身体板结不板结，我心里有数，我能掐算得到，死不了。"

"让地坤陪你去？"

"不要。"

"我陪你去？"

"你守好我们这个家。听说隔壁村有个姓王的媳妇，男人走了，拖着几岁的孩子，日子过得艰难，如女方不嫌弃，托人撮合，让地坤有个家。"

"你到底要去哪里？"

"宜生兄走后，这几天我想了很多。地坤现在这个状况，怕是我走的那天眼睛都闭不了。我和你总有撒手走的那一天。我们不在了，他怎么办？我听人说，东固那边过去有人挖金矿银矿，又是红军占领区，乡间流散很多的'袁大头'和苏区的钱币和银票，收购这玩意很赚钱的，我想去那边碰碰运气。运气好，或许能为地坤留几个养老钱。"想起儿子地坤，夫妻俩心里如堵着一块铅，难受。江天健以这个为借口瞒着老婆要出门。

夫妻二人四目相对，默然无语。

第七章

一

江天健背着一个帆布袋，里面装了几件换洗衣服及日常用品离开了家。他把自己打扮成废旧物品收购商贩模样。

这个时期经常有商人去乡下走门串户，特别是居住偏远的那些老屋，散落着不被乡下人看重的"袁大头"、金银手镯、旧邮票、旧粮票、旧布票、旧瓷器、旧陶罐、旧纸币、旧字画等。废旧物中藏着"金矿"。据说很多城里大老板的第一桶金就是乡村民间淘的。江天健此行目的并不是收购这些旧物品。

他先到崇仁，后到南丰，再到永丰。江天健在永丰县城住了几天。这是国民党军队张辉瓒十八师当年"围剿"红军的线路。他沿着这条线路寻找当年的印象。

永丰是个老县城，历史悠久。东汉叫阳城，北宋改名永丰，城内文化古迹甚多：唐宋八大家之一的欧阳修、北宋天文学家曾民瞻、元代文学家刘鹗的足迹，还有新石器时代遗址、修于明代的古城墙、多座古刹旧寺。走进这座县城，就能感受浓浓的文化氛围和厚重的历史气息。一九三〇年十二月，张辉瓒在南昌领蒋介石之命，向红军根据地展开全面的"围剿"。张辉瓒率十八师就驻扎在永丰县城。部队驻扎一段时间，没有按总指挥部命令继续前进。张辉瓒按兵永丰不动，有几个原因：一是第九路军总指挥鲁涤平令他在永丰修飞机场，鲁涤平要把主任行营设在永丰，坐镇指挥"围剿"红军。二是对鲁涤平安排他担任永丰县"剿共"清乡委员会主任一职心存不满。他是日本陆军士官学校毕业的高才生，回国后进入军界，还受派赴德学习考察军事长达一年，是湘军名将，在军界算是元老级人物，北伐时战功卓著，带的军队号称铁军，现如今还只是个师长，不伦不类挂个地方小官的衔，心存不满又不便说出来。

城南的古长城下有一个茶楼，茶楼里有一个面如桃花的窈窕少女，弹得一手好古筝。有一天，江天健和几个连排长陪他们营长去这个茶楼喝茶。那姑娘弹奏的曲子如天籁之音把他们几个陶醉了。营长知道张师长于琴棋书画有特别的喜好，为拍马屁，第二天就把那个姑娘半请半挟拉到张师长住的小院里。那姑娘边唱边弹、"庐陵之东，邑名永丰，有山丛丛，有水溶溶，临流不济，怨夏愁冬，岂无仁人，哀此穷途。"把张辉瓒唱得泪流满面。营长吓坏了，要叫人把姑娘拖出去揍一顿，还要派人去砸茶楼。张辉瓒连连摆手制止。后来那个姑娘一直留在张辉瓒的官邸弹古筝唱小曲，一直到张辉瓒率十八师离开永丰才回到茶楼。江天健当时不知其情，后来才听说这首词曲唱出了张辉瓒当时的心境。

十二月七日，蒋介石飞抵南昌，召开军事会议，命令各路人马加快向红军根据地"围剿"进攻。江天健当时向全连传达的长官训令是：凡捉拿朱毛彭黄者一律赏十万大洋。在蒋介石的再三督令下，张辉瓒率十八师向东固进军。十八师进攻东固时居中，左路是公秉藩新五师，右路是谭道源五十师。

人到老了都是这样，眼前发生的事很快淡忘，像清水抹白纸，不留印痕；以前经历的事如刀雕镂刻，虽埋沧桑岁月深处，只要轻轻拂去掉落在上面的尘埃，仍然清晰可见、历历在目。江天健在永丰县城住了几天，早出晚归，遍访欧公祠、下西坊古街、汤家巷、梭罗巷、明代古城墙、曾家角古井、聂豹尚书府古井，寻找时间深处的记忆。十八师驻扎这里近两个月，官兵在县城寻花问柳、惹是生非，县警局不敢过问，市民更是忍气吞声，生怕扣上"通共匪"的帽子被拉出去枪毙。

江天健离开永丰县城，搭车来到东固镇。他住在镇上一家小旅社里。

东固，地处庐陵边境东面，与吉安、吉水、永丰、泰和、兴国五县交界。先人选择此地栖身繁衍，祈望子孙后代兴旺发达，生活之地日益巩固，故取东固之名。这里崇山峻岭，连绵起伏，地势险要，北有东固岭、钟鼓山，东南有"狐狸十八歇"，南有大乌山、方石岭、东周山，腹地有养军山。山峦重叠绵延数百里，周围仅有五条羊肠小道通向山外。这里土地肥沃，物产丰富，盛产大米、茶油、竹木、药材，是周围几个县中有名的富裕商镇。

十八师在进攻东固前，江天健向全连官兵传达上峰指令：东固是"共匪"的老窝，那里盛产黄金、名贵药材，还有"共匪"的银行，哪个师先占领东固，缴获的金银财宝就归哪个师。当时是张辉瓒的十八师、公秉藩的新五师以及谭道源的五十师包抄"围剿"东固。

江天健到达东固时，已是下午四点多了。他从旅社走出来，漫步在东固街头。这条横贯南北的街是东固镇一条主要商街，店铺一个连一个。街道两边仍然能看到当年苏区政府设置的平民银行、平民小学、平民合作社等旧址。墙上弹痕累累，清晰可见。他在这些地方流连，细细察看，耳边尤闻枪弹声。

十二月二十日，十八师、新五师、五十师约定凌晨五点进攻东固。当时得到的情报是红军主力都在东固，只有一万多人，朱德、毛泽东都住在东固。国民党三个师近四万人经过周密部署，企图一举消灭红军主力。张辉瓒是前敌总指挥，他频频发电报督促新五师、五十师加快进攻东固的速度，自己却有意延缓进攻。他知道红军的厉害。自己手上这些人马是向南京政府讨价还价的本钱。保存实力，有足够本钱，就能吃着碗里看着锅里。手上没有了部队，蒋介石、鲁涤平就会像踢一块小石子一样把他踢了。谁知新五师师长公秉藩早已得到密探报告，得知红军主力先一天就撤出东固，新五师按约定时间提前两个小时，不费一枪一弹，大摇大摆开进东固。那天整个东固镇被浓雾笼罩着，几米之外就看不清了。等张辉瓒率十八师到达东固发起进攻时，新五师官兵听到枪炮声，以为是红军反攻，十八师则以为是红军在抵抗，双方交火长达几个小时，等大雾散去，才知道是自己人打自己人。公秉藩气急败坏，攻占东固不费吹灰之力，顺利得手，却被张辉瓒的十八师打死打伤很多人。新五师是杂牌军，武器装备不如十八师。愤怒之下他抢先向南京蒋介石报告，虚报战绩，诬告张辉瓒延误战机，让红军大部队跑掉了，让朱德、毛泽东跑掉了，还误打新五师，死伤很多人。蒋介石信以为真，对公秉藩大加奖赏，取消新五师番号，改为正规军番号二十八师。公秉藩是陕西扶风人，任新五师师长时才三十一岁。他奉命率部队进驻江西"围剿"红军，有一种很强烈的愿望，就是想通过"围剿"红军建立殊功，以求摘掉自己杂牌军的帽子，更换国民党正规军的顶戴。他如愿以偿。而张辉瓒则遭蒋介石痛骂，"围剿"红军不力，通报全军，并限令他戴罪立功率部队寻找红军主力决战。张辉瓒怄了一肚子气没出处，下令部队把东固凡驻扎过红军的房屋、苏区政府的办公用房，包括平民银行、平民学校、平民合作社全部烧毁。立时的东固镇陷入一片火海。

江天健是张辉瓒部队的连长，奉命参与了当时的烧杀抢掠。

天色渐渐黑下来，江天健从一家小吃店走出来后，想起当年的事，浑身发抖。

二

江天健在东固镇住了几天，沿着山道向木坑村方向走去。他遇屋便进，逢人就问，一路打听，傍晚时分来到木坑村石冈岭下的一座农户小院。

"表老哥，天色晚了，我到你家借一宿行吗？"江天健进了院门，站在院坪的一棵桂花树下，试探性问。

"你是干什么的？这么大一把年纪了，一个人进山来游荡？"农院的主人是一个近七十岁的老人，他看着和自己年纪差不多的江天健，没有回答借宿，而是反问。

"我是崇仁的，进山收些废旧物品赚几个钱。我的独生儿子因车祸，有条腿锯掉后是接的假肢，干不了重农活，他又有一双儿女，生活有些难。有朋友是做废旧物品生意的，告诉我进山收些废旧物品他能帮着找销路。为儿孙我只好一个人出来。"江天健尽可能把自己讲得寒酸。

江天健的一番话果然让老头同情，让他住进了自己家里。江天健提出要付借宿费，老头连连摆手制止。

在闲聊中，江天健得知农户老头姓郭。红军在第一次反"围剿"中活捉了张辉瓒。在押往东固公审时，由于民愤极大，张辉瓒被砍头。张辉瓒的老婆带着国民党的军队血洗东固。郭老倌当时还小，和母亲出门走亲戚躲过一劫，父亲和两个哥哥却被杀害。母子没有再回东固了，就在木坑安了家。

郭老倌现在是老两口守着这个院子，儿子、儿媳带着孙子在城里打工。

江天健在郭老倌家吃过晚饭，两人抽着旱烟就闲聊起来。郭老倌问江天健收购哪些废旧物品，江天建一一相告。过了一会儿，郭老倌要他老婆从柜子里取出一张旧纸币，递给江天健看。江天健接过纸币一看，上面写着"东固苏维埃人民政府平民银行印制"，字样有些模糊，但还是能辨认得出。这张旧纸币面值一百文。江天健眼睛突然放亮，但很快抑制住内心的冲动，恢复平静。十八师进攻东固放火烧平民银行时，江天健见过这种纸币。江天健随即追问郭老倌这张纸币的来历。郭老倌告诉他，国民党军队进攻东固前一天，母亲带他走亲戚，就在商店买了三百文的食品，母亲给的是两张二百文的纸币，店铺老板补找了一张一百文的。母亲一直留在身上，临死时交给他，要他去东固商店买东西。过去几十年了，这张旧币也就成了废纸一张。因是老母的遗物，就一直保存下来。

"你家有困难，这么大的年纪为儿孙还在外奔波，这张旧币如能变换几个钱，你拿走就是。"郭老倌对江天健说。

江天健本不是做这个行当的买卖人，并不知道他手上这张旧币会有多大的价值，能不能变换到钱，但还是被郭老倌的慷慨大方所感动，内心涌出几分暖意。江天健看了看郭老倌，又愧于看他。当年烧他家的房屋，杀他家的亲人，自己就是那支队伍中的中尉连长。他忙从口袋里掏出五张十元的人民币塞给郭老倌。郭老倌死活不收，江天健只好作罢。江天健在郭老倌家里受到热情招待，还喝了两杯米酒，早上鸡叫头遍他还未入睡。

第二天江天健离开郭老倌家，沿着郭老倌指明的一条山路，打算去万功山看看。

江天健从龙冈乡穿插到君埠乡，再由君埠抄小道经上固到小别桥，沿山峦小路走了十多里路，来到万功山下。

万功山海拔只有五六百米，树木浓密，遮天蔽日。山上有座寺庙，因花了一万个工而取名万工山。张辉瓒被围时见大势已去，化装成伙夫，躲进半山腰的洞里，还是被活捉了，当地民众就改叫这里为万功山。山的左边建了一座纪念碑，碑的一面是朱德题词"中央苏区第一次反'围剿'打得好！"，碑的另一面简略记录了龙冈战斗活捉张辉瓒的经过。万功山的脚下是一片粮田，一条小路穿田而过。小道旁竖着一块牌子，牌子上写着"毛家坪集中缴械地"。

江天健先是站在牌子前驻足良久，再拾级而上，去看那块纪念碑。他绕着纪念碑转了三圈，看了又看。然后抬头望着远去的万功山峰，生出许多辛酸和感慨。

一九三〇年十二月二十九日，张辉瓒下达进攻龙冈的命令。他把五十四旅留在东固做接应，自己率师直属部队及五十二旅、五十三旅共九千多人进攻龙冈。张辉瓒进攻龙冈前，既没有认真研究龙冈的地域情况和红军分布情况，作为前线总指挥，也没有及时协调公秉藩的二十八师、谭道源的五十师一起行动，又听不进下属的意见。江天健所在的五十二旅旅长是张辉瓒很看重的兄弟，为人稳重，足智多谋，从不克扣士兵军饷，在士兵中有很高的威望。他多次向张辉瓒进言，阐明红军把游击战、运动战、集中优势兵力打歼灭战结合在一起，运用得炉火纯青，切莫大意。他建议让公秉藩率二十八师从右侧打前锋，自己居中，让谭道源的五十师在左侧协调齐进，令东固的五十四旅尾随大部队行动，随时接应。或是先派一个团打前锋，探虚实。特别是在进攻龙冈的途中，几次与红军部队交火，可红军部队枪响即跑，这不是红军的作战风格，他怀疑这是红军诱敌深入的计谋。旅长建议部队停止进攻，并斗胆进言："师座，我们单师冒进，已处险境，万一中了红军的埋伏，我师会全军覆灭，尸骨难还。"

张辉瓒向来高傲、专横、霸道，自恃军事才能无人可比，听不进副手、部属、参谋人员的意见。他得知红军主力在龙冈、君埠一带，认定这是建功立业、聚歼红军、获取蒋介石信任的千载难逢之良机。他怕重演攻占东固的脚本,让公秉藩出了风头,占了头彩。他要挽回在东固失去的颜面。他掏出手枪,朝天放了两枪,凶狠地对旅长说:"谁敢再进言,以动摇军心罪论处,就地枪毙。"这旅长是张辉瓒的亲信,他的话都不管用,其他人更不敢进言了。

江天健所在的五十二旅一步一步被红军诱至小别桥后,上午八点多钟,与黄公略的红三军七师交战了。龙冈战斗打响。这时,张辉瓒还在他的指挥部城功村蒙头大睡。听说遇上黄公略的红三军,他轻蔑而不屑地对师部的人员说:"他黄公略拿命来抵挡国军的机枪大炮?我精良武器装备的近万人是吃素的?战胜黄公略易如反掌。各位,传我的命令,这是名垂青史的良机,全师官兵切莫错过杀敌立功的良机,奋力拼杀,我会论功行赏。消灭了红军主力,我将报请南京政府、蒋总司令,为各位加官晋爵。"张辉瓒还陶醉在自己名垂青史的美梦中。

十八师很快陷于红军的四面包围中。进攻道路两边树林里全部埋伏了红军,红军居高临下,对敌人一览无余。张辉瓒以前敌总指挥名义电令公秉藩二十八师增援,得到的回电是二十八师正与红军交战,无力增援。张辉瓒又电令谭道源的五十师救援,得到的回电是五十师正处在红军的包围中,自身难保。张辉瓒急调留守东固的五十四旅增援,五十四旅回电:红军已切断通往龙冈的道路,寸步难移。此时,张辉瓒才美梦方醒。慌乱中命令师直属队的十多门重炮、几百挺轻重机枪,一齐向龙冈河上下乱轰胡射。正被红军压缩在万功山下,龙冈河岸边的国民党军两个旅的官兵,被突如其来的重炮轰击,四散逃命,溃不成军。战斗至下午四点多钟,十八师已完全丧失战斗力,除战斗中被击毙的一千多人,其余全部被指定在毛家坪集中缴械投降。当红军逐个清点俘虏时,没有发现师长张辉瓒。红军在万功山展开地毯式搜查,终于在寺庙旁的一个山洞里搜出了张辉瓒。张辉瓒被红军战士五花大绑,从毛家坪集中的俘虏队伍前经过。只见一个红军团长跑步到一位瘦矮个子红军将领跟前:"报告黄军长,我们抓到张辉瓒了。"

"好的,看管好,等下朱总司令、毛总政委会来,让首长看看我们红三军的战利品。"那个被叫黄军长的人就是威震国民党军队的黄公略,他抬手回礼后答复报告的团长。

那是江天健第一次看到黄公略,以其外貌,不敢相信他是红三军军长,更难相信是这个瘦矮的红军将领打败了身材魁梧的张辉瓒。张辉瓒耷拉着脑袋,一脸丧气,满面青灰色。那是江天健第一次看到自己的师长如此落魄,也是最后一次看见他。

红军清点过俘虏,逐一登记,发给每人两块光洋。江天健被遣送出红军根据地之后,召集本连的剩余人马向南昌方向行进,途中被公秉藩的二十八师收编。公秉藩的二十八师被红军消灭了三分之一,南京方面不给补充。公秉藩非常清楚,蒋介石就是利用"围剿"红军的战争,消耗非中央嫡系武装着了从红军根据地溃逃出来的国民党军队。

江天健被收编后仍然当连长。

三

江天健在万功山下的农户家里借宿了两个晚上。回想当年的战争,他发自内心地钦佩红军,他愈感到当年参与挖掘黄公略祖坟之罪孽重沉。他决定沿着这条线路去寻找后来自己参加的第二次"围剿"、第三次"围剿"战场,从那些硝烟散去的战壕里,从那些墙壁上留下的弹痕中,或能找到沉淀在自己内心深处的疑惑:红军为什么能以弱、以少、以劣打败武器精良、人多势众的国民党军队?红军用什么力量把根据地的男女老少动员组织起来,使国民党军队处处被动、挨打,受到阻击或骚扰?解开心中的疑惑,或在黄公略将军坟前更能真诚地忏悔和谢罪。

江天健离开万功山,一路打探问路,来到了富田。他仍以收购废旧物品的名义住进了镇郊的一户农家。

富田是一个历史悠久的古镇。镇上有唐、宋、元、明、清各个朝代的古建筑，祠堂、庙宇星罗棋布，条条小巷都有，特别是匡家娘娘祠、王家宗祠诚敬堂、文天祥祠庙等更是名声远播。

富田山清水秀林茂，风光旖旎，让人着迷。白云山、天马山、九寸岭群山延绵起伏，环抱小镇。清澈见底的富水河蜿蜒曲折从大山深处盘旋流出，绵延不绝，就像一根串联珍珠的丝线，把镇上的各个景点衔接在一起。

富田曾是中国共产党革命活动中心，中国共产党许多领导人在这里战斗和生活过。

江天健借住的这户农家姓谢，是当年毛泽东在富田时的租户。原来的小院在镇上的西头，国民党军队从富田败走时把房子一把火烧了。新中国成立后政府出钱把房子按原貌恢复做了纪念馆，谢家就搬到了现在的住地。谢家的人和江天健讲起毛泽东住在他家的情景，像在炫耀一笔巨大的财富。

江天健闲逛镇上街道，墙上当年留下的红军标语清晰可见。在文天祥祠的围墙上有三条标语：

"打倒大军阀蒋介石，活捉王金钰、公秉藩，欢迎白军投诚。"

"跟着共产党红军有田种、有地分、有屋住、有饭吃。"

"跟着蒋介石当炮灰，死路一条。"

江天健望着这些标语感慨良多，唏嘘不已。

蒋介石亲自组织部署的第一次"围剿"失败后，愈发感到共产党红军是自己一统天下的最大对手，朱毛不灭，蒋家的江山早晚会被他们夺去。他调兵遣将，立即组织第二次"围剿"。一九三一年二月，蒋介石派军政部长何应钦代行总司令职权兼陆海空三军总司令南昌行营主任，调集十八个师加三个旅，二十万兵力，分四路"围剿"。这四路分别是：由蔡廷锴任一路军总指挥，辖六十师、六十一师、十二师和三十四旅，从兴国向龙冈头、宁都进攻；王金钰任二路军总指挥，辖四十七师、二十八师、七十七师，从吉安、泰和、吉水、永丰向东固、藤田进攻；由孙仲连任三路军总指挥，辖二十五师、二十七师、骑兵一师，从乐安、宜黄向东韶、小布进攻；由朱绍良任四路军总指挥，辖五师、八师、二十四师、新编十三师，从南丰、八都向广昌、黄陂进攻。另外，还调集五十二师、五十六师、新编第十四旅、独立第三十二旅、四十七师从赣江、宁化、卢兴邦、长汀、连城、上杭、武平形成第二封锁包围圈，防止红军向东南逃跑。还抽调三个航空大队执行空中侦察机轰炸任务。这次国民党军队采取的战术是"厚集兵力，严密包围，稳步缓进"。三月中旬，国民党军队四路人马全部布署到位。

江天健所在连属公秉藩的二十八师，誓师会开过后，部队向红军根据地进攻。

四月初，王金钰率上官云相的四十七师、公秉藩的二十八师、郭宗华的七十七师占领富田。看到墙上这些标语，他们并不气恼，认为这是共产党红军惯用的政治攻势伎俩，富田已在国民党军队的手里，标语只能证明红军的败逃。王金钰、公秉藩、郭宗华还在那条活捉他们的标语下合影留念，发在报纸上，让南京政府知道富田到底是谁的地盘。

占领富田后，国民党下令部队在富田周围构筑坚固的工事，碉堡、战壕星罗棋布。王金钰、公秉藩认为富田是共产党红军的根据地，不会轻易放弃，一定会反扑。

南昌行营何应钦接连几个电报督促王金钰率部队向东固进攻。

公秉藩参与了第一次"围剿"，吃尽了红军的苦头，部队损失三分之一，南京方面又不给补充兵员和粮饷，想起张辉瓒被活捉砍头，心里发怵，夜里做了噩梦。他私下建议王金钰：四十七师、四十三师由左路进攻，五十四师、七十七师由右路进攻，王金钰亲率四十七师由观音崖、九寸岭向东固进攻，自己率二十八师从中洞、桥头冈、山坑向东固进攻。公秉藩内心考虑的是：这是一条不宽的山道，部队前进缓慢，进攻东固就不会冲在最前打头阵，可避红军锋芒。王金钰见公秉藩参与过第一次"围剿"，对地形较为熟悉，讲的也在理，就采纳了他的建议。

江天健的连队随二十八师行动。公秉藩借各种理由延缓部队开拔，到五月中旬，实在找不到借口，才下令部队向东固方向开拔。

国民党军队发起第二次围"剿重"点依然是东固。

部队从固陂经中洞去东固岭有一条山道。山道路面被当地游击队挖了很多深坑，用朽木、巨石设置了很多障碍。部队边填坑，边搬障碍物，推进缓慢。当行进到中洞时，公秉藩喝令部队停止前进。公秉藩十分谨慎，多次电报追问空军侦察的情况，得到的答复是：没有发现红军大部队行动迹象。国民党派往红军根据地的情报人员也反馈，没有发现红军规模部队调动。公秉藩还是不放心，又派小股侦察部队向两边山林搜索前进，得到的报告仍然是没有发现红军。公秉藩这才放了心，环视周围一圈，脸上释放出轻松的情绪，之后钻进大轿，下令部队继续前进。几千人的部队带着辎重，车马、驮队像虫子一样在崇山峻岭、悬崖峭壁挤压出的窄道上爬行。当二十八师的断后队伍完全脱离中洞时，前后左右突然响起猛烈的枪声，喊杀声震撼着窄道两边的山林。整个部队被切割为几段，首尾不能相应，处在一片混乱之中。

江天健有了第一次"围剿"当俘虏的经验，知道红军优待俘虏，不杀俘虏，遂下令全连不准开枪，就地缴械投降，以保全兄弟性命。

很有意思的是，就在长长的俘虏队伍接受红军逐一清点时，离江天健不远的公秉藩已脱去将军服，丢弃公文包，换上营部书记的服装。那套服装的前胸后背有几块血迹，当红军战士问他的基本情况时，他申言自己是营部书记官，并被前后排队等候清点的俘虏证实。红军依旧执行他们的优待俘虏的政策：每个俘虏发两块大洋作路费。轮到公秉藩时，发放大洋的一名红军战士手上的布袋里只有一块大洋了，就很和蔼地对他说："白军兄弟，你稍等会儿，去拿大洋的战士马上就到。"公秉藩连连回复："有一块就够了，有一块就够了。"他迅即消失在俘虏队伍中。

长长的俘虏队伍被红军押着从中洞那条山道走出，来到一块坪地，坪地靠山那边有一个土堆，土堆上站着几个荷枪实弹的红军官兵。俘虏队伍被集合起来听土堆上的红军长官训话。周围是全副武装的红军战士，坪里的俘虏被围得严严实实。

"白军兄弟们，希望你们回去宣传红军的政策，不要把枪口对准自家人。我们都是农家子弟，爹养娘生的，在家没田种、没地耕、没屋住、没饭吃。出来当兵就是为养家糊口，结果呢？有的没命了，有的受了伤，有的当了俘虏。是谁把大家害得这么惨呢？是国民党反动派，是蒋介石、何应钦之流，是他们逼大家当炮灰，逼大家丧命。共产党代表广大人民的利益，红军是我们农家人的子弟。跟着共产党、红军打天下、夺江山，保证大家户户有田种，人人有地耕。蒋介石、何应钦在南昌悬赏，活捉朱毛彭黄赏十万大洋。结果呢？朱毛彭黄没捉到，赏没领到，大家都成了红军的俘虏，有的还丢了性命，实在不划算。我在这里要向大家说明的是，不是朱毛彭黄有多厉害，而是国民党、蒋介石不得人心。你们跟着国民党、蒋介石没有前途，看不到胜利。希望白军兄弟早点醒悟，弃暗投明，希望白军兄弟记住我黄公略的劝告，希望白军兄弟把我的话转告其他白军兄弟。"

集合在地坪里的俘虏一听黄公略的名字，个个两腿筛糠，面如土灰。

"他是黄公略？"

"是他活捉了张辉瓒？"

江天健旁边有一位团长私下里说："毛泽东、彭德怀、黄公略都是曾国藩那个地方的人。曾国藩一个秀才行武，把太平天国洪秀全、杨秀清收拾得干净利落。那个地方的人会打仗，那个地方的人惹不起。"

俘虏兵在私下里嘀咕，被持枪的红军战士听到了。其中一个说话声音大的俘虏兵，被红军战士拖出队伍，用枪比着，要他交代私下里说了什么。这时黄公略走过来，询问发生了什么事。被拖出去的俘虏兵怕丢了性命，双膝顿跪，说出实情。黄公略听完，要那俘虏兵归队，他又重新回到土堆上，继续他的讲话："刚才这位白军兄弟说，我黄公略是曾国藩的同乡，那个地方的人惹不起。不错，我家离曾国藩家只有二十多里路，从小就听过曾文正公的许多故事。但同一个地方的人肩负的使命不同。曾国藩的湘军，效命朝廷，为皇帝老子卖命，镇压农民运动。我们红军是共产党领导的队伍，是广大工农民众自己的队伍，我们红军的使命就是要打倒国民党反动派、军阀的统治，建立工农民众自己的政权，确保人人有饭吃，个个有田种，家家有屋住。曾国藩镇压农民运动，不得人心，封建王朝还是被推翻了。我们共产党领导的红军是发动农民、依靠农民、支持农民起来闹革命，人心向我，红军战无不胜！"

这番掷地有声的话仍在耳边回响。江天健回想起几十年前的事。他当时站队不靠前，看不太清黄公略的面相，也记不太清楚了，但黄公略那浓重的湖南湘乡口音他记忆犹新。黄公略的话极有煽动性，江天健当时就有些动摇。又回想起父亲的那番话，他内心想，再在这样的军队混下去只会当炮灰走死路。

这是江天健第二次看到黄公略将军。

江天健他们被遣返，在往永丰方向走去的路上，碰了四十七师的残部。据溃败下来的官兵说，王金钰率四十七师从九寸岭、观音崖向东固进攻时，在观音崖遭到红军的伏击，王金钰率残部溃逃出来，险些被俘。

江天健离开中洞，凭着当年模糊的记忆，一路打探，他先后来到小龙冈、桥头堡，特别是在被俘集中听黄公略将军讲话的地坪上，驻足良久。

四

至五月底，国民党"围剿"军对中央苏区的第二次"围剿"宣告失败。国民政府军事委员会委员长、陆海空军总司令蒋介石，迅速组织了第三次更大规模的"围剿"。他亲任"围剿"军总司令，带着德、日、英三国军事顾问坐镇南昌，调兵遣将、排兵布阵，发动了第三次对中央苏区的军事"围剿"。为了一举剿灭苏区红军，蒋介石把嫡系部队第六师、第九师、第十师、第十一师、第十四师十万人马调入江西，这样连同原来从中央苏区溃败逃出仍滞留在中央苏区周边的非嫡系部队，总计兵力达二十三个师加三个旅，三十余万人。蒋介石采纳外国军事顾问的建议，采取"长驱直入"的作战方针，企图围歼红军主力，摧毁共产党中央苏区，然后再深入各根据地逐一清剿。前线总司令何应钦兼任左翼集团军总司令，指挥第一路军（第三师）、第二路军（第十一师、第十四师）、第三路军（第五师、第八师、第二十四师）、第四路军（第九师），从南城地区向中央苏区实施进攻，寻找红军主力决战。陈铭枢任右翼集团军总司令，指挥第一路军（第五十二师、第六十师、第六十一师）、第二路军（第二十五师、第二十七师）、第三路军（第四十七师、第五十四师），从吉安、永丰、乐安方向深入苏区，开展全面清剿。分驻南昌、吉安、樟树等机场的五个航空大队支援左、右集团军的作战。此外，第十师和攻城旅为总预备等，部署在临川地区待命。另以第七十七师、第二十八师和第十二师的第三十四旅，对吉安、泰和、万安、赣州等地，执行对游击队、地方武装、地方红色政权组织的清剿，维护后方，防止红军西渡赣江。以第四十九师、第五十六师和新编第四旅设防闽赣边境，防堵红军东进。为了实现自己的作战意图，他还将驻防河南的五十三师调至江西吉安待命。

江天健在中洞被俘，红军把他们解押出根据地。缴了武器的俘虏兵被分散到各个部队，江天健他们被国民党军第九师收编。被收编后江天健仍被委任当连长。为鼓舞士气，增加信心，部队向连以上长官传达了何应钦总司令的讲话精神。几十年后，江天健仍记得讲话的大意：第二次"围剿"失败后，国民党军队在根据地留下一些特务、线人，根据反馈的情报，红军取得第一、第二次反"围剿"胜利之后，从上到下都有些飘飘然，根据地军民都沉浸在胜利的喜悦中，认为国民党部队就是不堪一击的豆腐块。红军高层清醒的不多。在这种情况下，红军的作战主力部队被迅速分散到闽西北、闽西、闽赣边和赣南地区开展群众工作，宣传第一、第二次反"围剿"的胜利，完善根据地的基层组织，筹钱筹粮。红军高层预见到蒋介石会发动第三次"围剿"，但没想到会那么迅速。蒋介石想打红军一个措手不及。

江天健坐在通往泰和县的公共汽车上，颠簸摇晃得厉害。公路坑坑洼洼，汽车爬山越谷，一会似抛向山巅，一会似摔入山谷。他有些疲惫，炎热的空气让他有些昏昏沉沉，似有几分睡意。他靠着椅背，闭上眼睛想睡一觉。一阵山风从全部打开的车窗外吹进来，江天健的睡意似乎又被风卷走，想睡又睡不着。

江天健不禁想起如烟往事。

老营盘是兴国通往泰和县的咽喉要道，古代边检的关口，这是一个隘口，扼守着一条只有一米多宽，却有几公里路长的山道。山道两侧，森林茂密，群山连绵，势陡峻峭，有一夫当关、万夫莫开的险势。

江天健被蒋鼎文第九师收编后，安排在独立旅的新兵团带新兵。一九三一年的九月六日，遵左翼集团总司令部的命令，蒋鼎文将高兴圩的防务移交给蔡廷锴的第十九路军。蒋鼎文第九师两个旅六个团，加上

第七章

师直属部队上万人，浩浩荡荡地经老营盘向泰和县城开进。当部队到达老营盘村时，突然乌云遮日，狂风大作，暴雨倾泻而下。横在河面的一座小桥迅即被山洪冲垮，洪水暴涨，漫延小河两岸。部队只能留滞在老营盘村、黄土坳一带扎寨宿营。蒋鼎文属蒋介石最信任的"五虎上将"之一，曾在北伐战争中立功，被誉为"飞将军"，其所属部队是蒋介石的嫡系，武器精良、装备完整，战斗力很强。蒋鼎文于先几天从兴国坐飞机去南昌，得知部队因洪水受阻于老营盘，发来电报，督促代行师长职务的副师长，务必小心谨慎，严防红军趁水摸夜偷袭。蒋部宿营后，冒雨派遣侦察部队到四周侦察，并派人登高警戒。至拂晓一夜安宁，副师长令部队整装出发。近万人的部队被迫摆出长蛇阵，沿着几公里长的窄道向隘口移动。当部队中心队伍抵达高明山脚下时，突然枪声大作，杀声震天。左边牛轭岭，右边野猪岭，红军从两面高山上以排山倒海之势向窄道上的第九师压下来。只一个多小时的战斗，独立旅三个团和师直属部队被消灭，第九师所属二十六旅闻讯增援，被红军击溃，抛弃独立旅自顾逃命。江天健所在的团大多是新兵，未放几枪就缴械投降了。

"同志，你要去老营盘就在这里下车。"公共汽车上的售票员走过来，推了推正闭目回想往事的江天健。

"哦，哦，下了车怎么走？"江天健迷糊中回问。

"你下去问一下就知道了。"售票员和蔼地回答。

江天健下了公共汽车，经打探，步行数公里，来到当年的老营盘战场。这里仍保留着当年的遗址。他站在当年紧急垒筑的工事上，环顾四周地势，注视着那条窄道、那个隘口，深沟山壑，茂密丛林，红军即便不用枪炮，就是往窄道上扔火把，国民党军队也无路可逃。也是天助红军，要让黄公略军事生涯中写出以少胜多、以弱胜强最精彩的一章。没有那场突然的暴雨山洪，深谙兵法的蒋鼎文不会允许第九师在这个隘口前宿营。

江天健后来听说，黄公略率领的红三军一共才三千余人。一个近万人的一级正规师，蒋介石的王牌部队，仅一个多小时的战斗，就尸陈沟壑，伤员遍野，活着的放弃抵抗，纷纷缴械投降。黄公略率领的红三军是从哪里钻出来的呢？头一天还下着暴雨，山洪暴发，国民党军队往宿营地几里之外都派了侦察兵，派了岗哨。不亲历那场战争，凭任何人说江天健都不会相信。几十年过去了，江天健至今仍想不明白。

当时俘虏队伍中亦有议论，决战阶段，生死"分水岭"，蒋鼎文师长为什么要抛离部队，个人坐飞机先走呢？有人说："他是不是事先知晓老营盘有埋伏，怕当俘虏，提前脱身？"有人说："他是委员长的得意门生，其他人谁敢？"还有一位副团长说："蒋师长那两口癖好，谁人不知，无人不晓。"众俘虏都不吭声了，他们都知道自己的师长好赌爱嫖在国民党军队中出了名。

江天健在老营盘看了半天，离开时他似乎从旧战场遗址中悟出了国民党军队当年为什么会惨败。

第八章

一

　　江天健第三次当了俘虏，对国民党部队已心灰意冷。十万、二十万、三十万国民党军队，"围剿"的人数一次比一次多，"围剿"的攻势一次比一次猛，"围剿"却一次比一次败得惨。每次"围剿"除了丢些尸体在山里，送些武器给红军，接回两手空空、垂头丧气、袋里放着两块红军发的大洋的俘虏群外，别无所获。回想父亲当年的告诫，江天健决定离开国民党部队。可他不能两手空空离开。父亲不在了，亲娘不知去向，老家是回不去了。异地安家，需要一笔厚实的安家费。他决定克扣新兵连半年的军饷。

　　江天健他们被红军押送出根据地，回到吉安城后换了服装，配发了枪支，开始整训。江天健在回吉安的路上听说红三军军长黄公略被飞机炸死了。当时听到这个消息，他内心一阵颤栗，又有几分窃喜。自己当了三次黄公略的俘虏，作为军人，这是耻辱，这是悲哀。如今黄公略被炸死，算是雪了心中的耻辱。但黄公略不是死在对垒的战场上，而是死于空中偷袭，作为军人，未免不公。自己参与挖过黄公略的祖坟，这事要是被红军知道了，还会被放过吗？还会发给二块大洋让自己活着离开根据地吗？会不会像张辉瓒一样，把头割下来，丢进赣江，身首异处？江天健想起这些就不寒而栗。

江天健带着被俘释放的新兵在吉安城外整训。三个月了还未发军饷，士兵有些怨气，训练时任他怎么发狠，都提振不了精神。江天健去问营长，营长给了一半的军饷。江天健质问营长："为什么只发一半？那一半什么时间发？"营长一肚子怒火，砸一句话给他："你问我，我问谁？团长只发下来这么多。"江天健没有吭声，他领着那一半军饷回到连部。层层克扣军饷，士兵这枪如何打得准？这仗如何打得赢？士兵问他，他回答国民政府正在下拨中，再熬两个月就有军饷发了。又过了两个月，又只发下来一半军饷。这次江天健没再犹豫，军饷到手，他借故进城，连夜逃之夭夭。

江天健离开老营盘，坐车又回到东固六渡坳。回想自己这大半生的经历，感慨万千。

第五次"围剿"，国民党军队取得决定性胜利，红军被迫转移离开根据地。特别是红军转移途中强渡湘江，损失惨重。当时江天健隐姓埋名选择老家的邻县安了家，他从镇上的小报得知这一消息，第一反应就是后悔。据说国民党军队第五次"围剿"胜利后，想升官的升了官，想发财的发了财。江天健当时想，自己若不离开国民党军队，升营长是没有问题的，如参加湘江围堵战，说不定自己还能当上团长。毕竟他江天健在国民党军队中混了这么多年，人脉关系牢靠，军事技术也过硬。当时江天健几天都寝食不安，肠子悔青了。那会儿他常拍自己的后脑勺，说："江天健呀江天健，你有后脑勺没有后眼珠哟。要是自己当上营长团长，还要在这小镇上苟安偷生吗？"

斗转星移，岁月沧桑。也就十五年的光阴，新中国成立了。当时江天健要老婆去小镇上买了一壶米酒。他说全国解放了，喝杯酒庆贺庆贺。他内心却是庆幸自己早早离开了国民党军队。没有离开，说不定自己早已是荒野孤魂，或是又成了红军的俘虏。

"同志，东固到了。"江天健被售票员推醒。

江天健其实没有睡觉。他在摇摇晃晃的公共汽车上闭目想他的陈年往事、心路变化。他下了公共汽车，从东固问路要去六渡坳。

黄公略牺牲在六渡坳，他此行目的是要找到黄公略的坟墓。他要在黄公略将军的坟头上叩三个响头，他要向黄公略将军谢罪，他要把从湘江岸边带来的砂粒、高莫冲老虎山上捧来的黄土撒在黄将军的坟墓上。当年不去挖他的祖坟，把他太公、爷爷的骨骸丢进湘江里，黄公略将军也许不会牺牲。

江天健后来听说，人民解放军打到奉化，毛泽东主席发电报给部队指挥员，要求保护蒋介石老家的故居和祖坟。从这一挖一护也看得出为什么共产党能取得天下，蒋介石只能困守台湾海岛。

二

江天健来到六渡坳，借住在一位姓解的老乡家里。他不能以收购废旧物品商人身份去打探黄公略的坟墓，那样会让人怀疑他是不是要盗墓。他改口是黄公略的远房堂弟，受老家湘乡黄姓族人的委托，专程来寻访将军墓，在黄公略诞生一百周年时，黄姓族人要来扫墓。果然，解家人深信不疑，一家人对他甚为热情，好饭好菜招待着。

解家住的房子是一栋二层的楼房，解正刚老两口住一楼，儿子儿媳孙子都住在楼上。儿子在乡政府工作，儿媳在村上任支部书记，孙子在县城读书。江天健被安排在一楼靠西头的客房里。交谈中，江天健了解到解正刚的父亲和两个哥哥都参加了红军，在第五次反"围剿"中都牺牲了。他家原来住在螺坑村的樟树山山坳里，坳里住着七八户人家，红三军军部在那里住过。解正刚还见过黄公略。解正刚谈起往事，滔滔不绝，还配以手势，言行里无不流露出自豪感。他说："那会儿，我们这里家家户户都住有红军。黄公略军长就住在我隔壁邻居家里。我那会儿六岁多吧，常去黄军长住的那里玩。我还摸过他腰间系的钢环圆扣皮带和别在皮带上的那把短剑呢。黄军长挺喜欢逗小朋友玩，他还给过我两颗子弹壳。有一次，他摸摸我的后脑勺，问我长大想干什么。我回答说想当红军，他鼓励我说：'有出息，有出息。'"当江天健打探黄公略牺牲后埋在哪里时，解正刚肯定地回答："应该埋在白云山，应该埋在白云山。"他连说了两遍。

解正刚接着又说，那天下午黄公略带着部队从潭子坑过来，向螺坑进发。部队经过六渡山坳口时，突遭国民党军队派出的飞机轰炸扫射。黄军长中弹倒地不省人事。红军战士抬着黄军长到附近一户人家抢救。晚上，黄军长还是死了。据老辈人说，怕国民党军队毁坟，那天深夜红军战士抬着八九副棺材去了白云山，只有其中一口棺材是黄军长睡的。因为对外保密，当地只有两个人知道实情。白云山那么大，具体埋在哪里，解正刚也没听老辈人讲过。参与掩埋黄军长的那两个人是当时党组织区委负责人。第五次反"围剿"时，那两个人被国民党部队抓住，要他俩带路去炸黄公略的坟墓，拒绝后，两个人都被国民党军队枪杀了。

江天健听到这里，心里很不是滋味，他为自己曾经参加国民党军队而感到无比耻辱。一支军队，打不过对手，就去挖别人的坟，太可悲了，太可耻了。江天健正想着，坐在对面的解正刚一边摇着蒲扇一边说："国民党军队的五次'围剿'，我们这村子周围每次都来过国民党的军队。只要听说国民党军队要来，村子里老老少少都躲进山了，人影都找不到。粮食都藏起来了。我那会儿小，只要听母亲讲进山躲兵，就知道国民党军队又要来了，像躲瘟神一样躲着国民党军队。红军就不一样，只要红军开进村里，家家户户敞开门接，腾出房子给红军住，像接亲戚一样接进家。我家就住过几批红军。"

天色渐渐暗下来了。这时，解正刚进房间取出一张借条，上面写着："兹借解远生家大米十五升。红三军黄公略。一九三一年四月二十日。"解远生就是解正刚的父亲。第三次反"围剿"时，红军千里回师，部队筹的钱粮有限，大战在即，黄军长在解家借了十五升米给伤员熬粥吃。解放以后，解家没有找当地政府和民政部门要回那十五升米，而是保存这张借条给儿孙做纪念，做传家宝。

"那还有谁知道黄将军的墓地？"江天健问。

"一九六四年吧，黄将军的警卫员，姓什么来的，我不记得了，他和北京、省里来的好些人，住在公社的林场，在这里住了几个月，找遍了各个山头，没有找到。后来还有志愿者、电视台的人来找过，也没有找到。"解正刚回答。

"会不会有人盗墓？一个红军的大军长，社会上有传说墓里埋了很多大洋，还有将军的配剑，还有金器银饰呢。"江天健试探性问。

"那是社会上瞎传，黄将军身上穿的什么，我亲眼见过，军装破烂，脚上是草鞋，吃的不如我们群众家里，饥一顿饱一顿的，棺材里有大洋金器首饰陪葬，还会和我父亲借米？这么大个军长，留下张借条，至死都还不了账。红军的官贫穷得很，红军的将军不是国民党的将军啰。"解正刚用不屑的口气反驳江天健。

江天健在解正刚家借宿了两个晚上，找了村上一些老辈人打探。他要到那凡是街坊有传说的地方都去寻访一次，他决定先去背田村。解正刚要给他带路，他婉言谢绝了。

三

江天健独自来到黄陂的背田村。

背田村坐落在岩石峰西面山脚下的山坳里，散落着几户人家。这里曾是红三军战地医院，黄公略和军部曾在这里住过。现在有两栋房子仍保存着当年的原貌，只是墙壁上生出多条裂缝，有的地方墙灰已脱落，凹陷成一个一个的坑。屋上的瓦片碎了很多，阳光透过破碎的瓦片洒落在阴暗潮湿的地上，光影斑斑点点。这两栋房子据说是一个在省城做买卖的老板捐给红军的。红军撤退后，国民党军队占领东固。江天健受命来到这里，有的士兵要纵火烧房子，被江天健制止了。

江天健将医院的每间房子看了一遍，心想，黄将军是在哪间房子去世的呢？江天健在村子里转悠了一圈。红军的军长受伤，在这样简陋的医院救治，不可想象。他走出医院，心里有些纳闷：黄公略在六渡坳受伤，应是军医处派人去六渡坳现场抢救，而不是抬着他跑二三里路送到这里来，耽误救治时间。江天健爬上岩石峰，在树丛中穿上梭下，围着山转了一圈，找遍了山上所有的坟墓，也不知哪座坟里埋的是黄公略。有的坟有墓碑，墓碑上有姓名，可以辨认。有几座坟只是一座土堆，像有人挖掘过。江天健回到村里，借宿在一位姓乐的人家里。乐家有一个老人，八十多岁了，叫乐根全，是个老木匠，腿脚不太好使，但说话口齿非常清楚。江天健跟乐根全老人打听黄公略安葬的情况。乐根全做出很神秘的样子，用手把江天健招到跟前，伏耳细声对他说：

"黄军长应该是埋在岩石峰山上。这里是红军的医院，黄军长在六渡坳负伤后，这医院里的军医就进进出出忙到深夜。黄军长死的那天晚上，红军战士从隔壁那个村姓谢的家里买了一副棺材，抬进了红军医院，深夜又从医院抬出。好多红军战士荷枪实弹，很神秘的，不准村里人靠近看，也不允许对外说。不过，后来国民党军队上岩石峰山上去挖黄公略的坟，用炸药炸了几座坟，都没有找到，也有的说国民党军队挖了黄将军头骨去南京领赏了。国民党部队在这里折腾了几个月，搞得乌烟瘴气的。"

第八章

"你看见黄军长的棺材是抬到岩石峰方向去的吗？"江天健追问。

"没有，我当时在姑姑家当学徒。我是后来听村上的老辈人说的。"乐根全老人断然回复。

江天健在乐根全老人家借宿一个晚上，第二天准备去方石岭。

方石岭战斗打响时，江天健已在老营盘战斗中被红军俘虏。

在老营盘战斗中，蒋鼎文第九师的独立旅全部被歼，其二十六旅以及二十五师和师直属部队溃逃出来，从老营盘向方石岭开进，计划是越过方石岭，经东固去吉安。蒋鼎文部是蒋介石嫡系部队，在撤退中怕再遭红军伏击，遂命令五十二师师长韩德勤率部从高兴圩向方石岭开进，从西面掩护第九师撤退。

方石岭是兴国通往吉安的唯一通道。方石岭上有一个隘口，有一条三四公里的陡坡山道，路面铺着一块一块不规则的麻石，高低不平，直通张家背。据说这是一条茶马古道。兴国与吉安的商人往来都走这条路。隘口的南面有一条数公里的山谷，山谷里夹条小河，山谷口有十余米的落差，一年四季瀑布飞流不息。瀑布两侧是断崖，地势险峻，猴子都难以攀爬。

国民党军队在方石岭遭红军伏击，溃不成军，很多人又当了俘虏。江天健是从红军释放回来的俘虏口中得知方石岭战斗国民党军队惨败的情况的。

江天健沿着这条茶马古道向方石岭走去。他一边走一边思忖，红军对根据地的地形地貌太熟悉太了解，国民党军队进了根据地就像瞎子，被红军牵着鼻子到处跑，找不到当地向导，找不到粮食，被拖得筋疲力尽，然后被引诱逼迫到险要山地围歼。国民党军队如何能打胜仗？江天健想，我就这命运，不是在老营盘被俘，就会在这方石岭被俘。

江天健来到方石岭山下万寿宫左后侧一户农家借宿。户主姓朱，一个儿子成了家已另立门户，两个女儿已出嫁，只有老两口过日子。交谈中，江天健了解到，朱老头祖上是这里方圆十几里的大户人家，有钱有势。红军来的那年，杀了他祖父，分了他家的耕田。方石岭打仗的那年，全家都跑进山了。他父亲说，怕红军和国民党军队双方杀红了眼，见人就开枪，把小命搭进去，还是躲开的好。方石岭战斗国民党军队败得惨。后来国民党军队第五次"围剿"进山，红军跑了，这里就来了很多国民党军队，这方石岭埋红军的墓都被国民党军队毁过。国民党军队有个长官听说朱老头祖父是被红军杀的，就要他父亲带路，帮着去找黄公略的墓。朱老头父亲吓得全身打哆嗦，躲进山里，等国民党军队走了才回家。父亲后来对他们说："我带路去毁黄军长的坟墓，国民党军队一拍屁股走人了，红军哪天回来，能放过我？"

"你祖父被杀，你父亲不仇恨红军？"江天健突然问了这么一句。

"怎么说呢，祖父被杀，田土分去了，解放后划成分我家成了贫农。我还真未听我父亲讲过共产党红军的坏话。"朱老头望了望江天健，回答。

"黄公略的墓是在这方石岭吗？"江天健问。

"黄公略是死在军长任上，那么大的官，不可能埋在这些显眼的地方。国民党军队挺记恨他的，容易找到的地方不会葬他。他应该是埋在很隐蔽的地方，国民党军队搜不到。"朱老头用肯定的语气回答。

"哦。"江天健似乎明白了什么。

四

江天健在村上寻访了几位上了岁数的老人，他们的记忆都是碎片的，零散的。江天健对老人提供的情况进行梳理、拼凑，他琢磨：红军第三次反"围剿"后转移的线路，是从六渡坳去螺坑，从螺坑去淘金坑大坳，从淘金坑大坳去白云山，再经白云山、北坑、白石、枫边去兴国。如果是这条线路，黄公略牺牲后是不可能就近埋在六渡坳右侧的枫树山上和坳左侧的张背山上，这里易被国民党军队发以致现毁坟；也不会埋在方石岭，更不可能埋在背田村的岩石峰。这两个地方不是在红军转移的线路上，夜色里去山上找隐蔽处挖墓穴是很难的。他已经寻找的几个地点，果然都被国民党军队搜寻过。那为什么在村民中会有多处安葬的说法呢？这是红军，或当时地方党组织有意放的"烟幕弹"，目的就是保护黄公略的坟墓。那黄公略的墓会在哪里呢？江天健分析应是在非常隐蔽的地方，也是红军非常熟悉的地方，离六渡坳太远的地方亦不可能，部队在转移途中，抬着棺材走很远也不可能。经过分析，江天健决定沿着红军转移线路寻找。

江天健离开方石岭，来到淘金坑大坳，在一位姓胡的村民家里借宿。胡家有一位老公公，叫胡金华，八十九岁了，记忆力好，又健谈。当江天健打探黄公略的墓地时，他老人家把自己记忆里的东西全部翻了出来。胡金华的孙媳妇在一旁打趣："终于有听众了，他脑子里装的这些陈芝麻烂谷子的事总想找人广播，家里没人听他的，憋得难受。"江天健冲胡金华孙媳妇笑笑："人老了都是这样，眼前的事不记得，年轻时经历过的事记得很清楚。憋在肚子里几十年，怄得慌，总想找人听他讲，把肚里的泡泡吹出来。"

胡金华老人不管孙媳妇如何取笑，他滔滔不绝地谈起自己的见闻。他说："螺坑、淘金坑这里曾经家家户户住过红军，家家户户有人参加红军。我父亲当过红军时期的区委委员、交通员，我的两个哥哥都参加了红军，在红军过湘江时被打死了。我父亲对这一带的地形心里一本账。白云山那次战斗，就是我父亲送的信，东固那边的红军去支援白云山的战斗，也是我父亲带着走一条隐蔽的山道去的。那次战斗死了很多的红军战士，淘金坑、白云山到处埋有红军战士。红军战士死了没有棺材入殓下葬，就在地上挖个朝天坑，几个人甚至十几个人埋一个坑里。

赶快打扫战场，部队得赶快转移，接着又打下一仗。"

江天健听了不寒而栗。国民党军队吃了败仗，像垮了堤的洪水，泛滥溃逃，各自保命，哪还管尸体的掩埋。江天健庆幸自己未被打死。

胡金华老人也不管江天健爱不爱听，继续说他的：

"红军的一个军长叫黄公略，他在东固六渡坳被国民党军队的飞机打死了。他的死惊动上苍呢，电闪雷鸣，瓢泼大雨，三天三夜不停。据村上老辈人讲，黄军长死后，买了十多口棺材，抬往不同方向下葬。"

"买那么多棺材干什么？"江天健听老人说得玄乎，问。

"怕国民党军队来毁坟。"胡金华老人继续说，"国民党军队在黄军长手上吃了那么多败仗，恨不得吃他的肉呢。你想，黄军长的祖坟他们都要去挖，黄军长自己的坟他们会放过？"

江天健被老人说得有些坐不住了，像凳子上有钉子扎屁股，脸上一阵火烧火燎似的。胡金华不知道，坐在眼前的人就曾经参与挖过黄军长祖坟。老人要知道，会不会不给他借宿？会不会用烧火棍打他？江天健不敢往下想，他为自己当年的行为感到无比的羞愧和耻辱。

胡金华老人并没有注意江天健脸色的变化，他不停地对江天健说："红军长征以后，国民党军队血洗这一带，他们抓到我父亲，要我父亲带路找黄公略的墓。我父亲不能带路，带路去毁坟那要遭天谴。国民党军队就把我父亲绑在一堆干柴上，活活烧死了。"

江天健那晚在胡金华老人家里，一夜没合眼。

第二天，在胡家吃过早餐，江天健独自来到淘金坑大坳。他站在坳上放目四顾，如雄鹰翱翔高空，一切尽收眼底。这里地理位置非常险要，又十分隐蔽。东面可看六渡、螺坑，山坡下的房子升起缕缕炊烟；南面是兴国的琪玢，房屋星罗棋布，车辆流动可见；西面是白云山，一团团如絮白云在半山腰飘游；北面是东固，在雾障中时隐时现。从山下仰望，云遮雾障，一派苍茫；从山上眺望，如一幅山水画长卷，一切展现在眼前。

江天健在一块过往行人歇息的石块上坐下来，从布袋里取出水瓶，他有些口渴，一口一口让水慢慢浸润干燥的喉咙。上了年纪的人，口干不能喝急水。这还是他在国民党部队军医教给他的生活常识，几十年了，他一直保持着这个习惯。

这里应是红军神出鬼没的地方。一路过来，他看见一些当年的战壕、工事、机枪架设点，这里易守难攻。红军在这里活动，没有当地村民带路，国民党军队是不可能找上山来的。国民党军队第一次"围剿"，江天健他们就是从螺坑一路过去东固的，有一位旅参谋提议，派小股侦察队去山上侦察，以防红军偷袭，提议被旅长否决。苍苍茫茫，山峰相连，去哪里找红军呢。果不然，后来从东固溃逃回来的部队在这里遭红军伏击。

江天健回想往事，感慨万千。他想，黄公略将军极有可能埋在这茫茫山林中。红军做事极为缜密，又有当地共产党组织的配合，赫赫红军军长之安身地，是不会让国民党军队发现的。国民党军队中当时还是有一批将官仇恨红军、仇恨黄公略的，他们要么受舆论的蛊惑欺骗，要么是有亲友或部属在战斗中被红军打死。尤其是张辉瓒的旧部，他们都拿了张辉瓒老婆的赏金。张辉瓒被红军活捉后，其妻子朱性芳星夜兼程从长沙赶往南昌，她奔走于国民党军政界高层，筹集了20万大洋、20担医药，想换回张辉瓒。后得知张辉瓒被杀，朱性芳把20万大洋送给张辉瓒的旧部做赏金，凡杀死红军团长的得赏金五千大洋，杀死红军师长以上的得赏金一万大洋。得知黄公略被打死后，国民党军队中叫嚷要毁他坟墓的官兵大有人在。红军对这些情况是掌握的，因此，安葬黄公略将军应是保密的，隐蔽的。

江天健还想沿着西南方向走一段。他缓缓站起身来，突然感到身体有些不适，脑发晕，胸闷，眼前发黑。

江天健昏倒在路旁。

待苏醒过来，他已躺在螺坑村的一户村民家里。村民姓阙，叫阙金杨，四十多岁年纪。他从白云山上采集中草药回家时，在路旁发现了昏迷过去的江天健，他大声呼叫，看是不是还有同伴。见无人应答，天色暗淡下来，他就将江天健背回了家。经过推拿、按摩穴位，中草药调理，第二天天亮时，江天健清醒过来。

江天健在阙金杨家休息了两天。朋交谈中江天健了解到，阙金杨行医是祖传有，祖父为红军治疗过伤员。阙金杨告诉他，红军时期淘金坑有一个兵工厂，有一个红军疗养院。毛泽东、朱德等红军领导人在疗养院养病期间，都请其祖父开过药方来调理身体。

"你怎么一个人跑到大坳上了？到那里去干什么？"阙金杨疑惑不解地问。

江天健只好把事先编好的话告诉他："我是黄公略军长的远房堂弟，受族人委托，专程从湘乡过来寻找堂兄的墓地，想在堂兄诞生一百周年的清明时节过来扫墓。我已出来一月有余，到了六渡坳，万功山，黄陂的背田村、方石岭、螺坑、淘金坑，都访遍了，至今未找到。有村民告诉我，大坳、白云山有许多红军的墓地，尤其是大坳的西面有个棺材窝，那里有很多红军的墓地。我想去那里寻找。不想，年岁大了，身体不支，多亏你的搭救，不然就只能去另一个世界问堂兄住的地方了。"

"哦，是这样。那你在我这多住几天，我帮你打听打听。"阙金杨看着江天健，若有所思地说，"听我父亲说，黄将军的坟墓安葬是个谜，至今被人们传说得神神秘秘。到底埋在哪里，谁也说不清楚。恐怕只有当时参加下葬的人才搞得清。"

江天健又在阙金杨家住了两天，吃了他开的几剂中药，身体恢复了一些，但仍然感到全身乏力。他决定回家，他怕死在外地，连累家人。另外，他还有一件重要的事未做。看来，寻找黄将军之墓的任务，自己有生之年是完不成了。

第九章

一

牛均田从医院回到家里,一天到晚感到心悬在空中,像是两脚踩在单砖墙上,担心哪只脚踩空摔下去。有几次他提着公文包出门,被韩梅叫住:"哎哎,我说老头子,你不要去办公室了,还拎着公文包干啥?"牛均田悻悻地回到家里,把公文包使劲摔在案桌上。有几次韩梅要他提壶把院内的盆景浇下水,谁知他从热水龙头接水浇,几次下来,盆里的花草都蔫了,气得韩梅直跺脚。

有天晚上,牛均田在床上辗转反侧,难以入睡。韩梅给了他两粒安眠药,好不容易才入睡。没多久,就听牛均田大喊大叫:"刘五爹——黄军长——"韩梅忙拉亮房灯,牛均田已坐在床上喘粗气。

"怎么啦,老头子?"

好一阵牛均田才说:"我梦见刘五爹了,梦见黄军长了,他们衣衫破烂,住的房子被国民党军队烧掉了,两人被追杀,四处躲藏。眼看着刘五爹就要被抓了,黄军长去拉扯刘五爹,两人掉进黑洞里。我被吓醒了。"噩梦醒来后,牛均田再也无法入睡。他想起那次去看贺师长,贺师长跟他说:"你有时间一定要去寻找黄军长的墓,找到了,代表我敬个礼，叩个头。我是去不了啦，你可以去，也应该去。吉安解放，那次去东固多给你一天假就好了。"

第二天，牛均田对韩梅说，他决定先去平江找刘五爹的坟墓，然后再次去东固找黄军长的坟墓。他这次是自费去找，慢慢访，细细寻，不要上班了，有的是时间。一九四九年九月份的那次寻找时间太仓促了，记忆中可能有方位误差。一九六四年的那次寻找，只坚持个人的记忆，认定自己的记忆，还和那个考古专家吵了一架，没有深入当地群众把自己的记忆与当地群众的说法结合起来。那么长时间，组织那么大一支队伍，无功而返。是不是自己记错了？这次，他决定遍访当地老人，相信一定会找到。再不去找，哪天自己闭眼了，黄军长埋在哪里，永远是个谜。他要韩梅准备行李，自己去政治部开个介绍信，带上军官证、离休证。自己过着这么好的日子，享受这么高的待遇，娶这么好的老婆，生这么多孩子，不是黄军长当年收留他，哪有今天的一切？现如今黄军长躺在哪块黄土坯下，还不晓得呢。他感到愧对老首长，找不到黄军长的坟墓，他死难瞑目。

"我陪你去，我建议我们还是先去东固找黄军长的墓。"韩梅刚开始不同意他去，担心他的身体支撑不住。见牛均田执意要去，自己是拦不住的，决定陪同他去。

"为什么？"牛均田问。

"东固你去过两次了，脑子里有些印象。前两次没找到，是什么情况，你这些年来一直在琢磨，这次去会少走些弯路，容易找到。找到了，烧香磕头，拜祭过后要报告组织，重修黄军长的墓，这是公事。你开介绍信是以公事名义开的。刘五爹那里是什么情况不清楚，过去几十年了，不一定能找到。即使找到了，坟墓得找人整修一下，尽的是做儿子的情分，这是你自己的事，属私事。这事要耗的时间长，你身体这个状况，时间拖长了吃不消。"韩梅说出自己的看法。

第九章

"哟哟，看不出，说得这么在情在理，听老婆的。"牛均田觉得妻子说得入理，就依了她。

按牛均田的资历和级别，这次东固之行寻找黄公略军长之墓，组织上仍给他派了小车和秘书，照顾他夫妇一路的生活，方便与当地军分区、人武部联系。

开小车的司机和秘书，就是一九六四年陪同牛均田去东固的司机小刘和勤务兵小马，只是身份有了变化。小刘现在是后勤部军需处的处长，小马是司令部军务处的处长。组织上征求牛均田的意见时，他说："要派人就让小刘和小马一同去，他俩熟。派其他人就算了，我和老婆慢慢去寻访。"刘处和马处也很乐意去。上次陪同牛均田去东固，回来不到两年，他们双双被送去了军校。军校学习回来，牛均田已调省军区当副司令，他俩也就留在省军区。按部队服役条例的规定，他俩即将退休。退休前能陪牛副司令去完成这一项神圣使命，他俩也感到很光荣。

牛均田在韩梅、刘处长、马处长的陪同下，坐着军用越野车，直奔江西吉安东固。

第一次利用战争间隙寻找黄军长坟墓，到第二次以国家名义寻找，中间相隔了十五年，而到这次，牛均田夜不能寐，无法控制感情，至死也要来寻找，时间又过去了三十二年。自己还有多少时间来寻找，只有天知道。在黄军长一百周年诞辰的时候，连他的坟墓都找不到，将来自己有何脸面见老首长？

牛均田坐在后排，闭着眼睛似是睡觉。韩梅以为他睡着了，就对马处长说："时间不早了，找个小店吃了再赶路吧？"

"再往前开，到我们那次顺带送孕妇去县城的那个地方吃。"牛均田并没有睡。

"你没有睡？"韩梅问。

"睡不着。"牛均田回答。

刘处长和马处长很惊讶牛副司令的记忆力。那事过去这么多年了，他俩早已忘记。经牛均田这么一提示，岁月掩埋下的那点印象浮出记忆水面。

"牛司令，您还记得那事？"马处长问。

"那孕妇的丈夫与中洞、桥头冈那次战斗中给红军带路的罗大爷挂相。他也姓罗，我凭直觉，那小伙子应该是罗家后人。只是那次时间太仓促，没来得及仔细打听。我们去那个地方吃饭，看能不能打听到罗家后人的去向。"

韩梅见牛均田没有睡，困扰在内心的疑问脱口而出，问："听说黄公略亲手刀劈了他的亲哥哥，真有这事？"

"瞎说。黄梅庄和黄军长是同父异母的兄弟，听黄军长说他们兄弟感情还算好的。国民党军队第一次"围剿"失败后，在第二次"围剿"前，蒋介石任命黄军长的叔叔为安抚使，遣使他大哥黄梅庄带着自己的亲笔信和一万大洋来劝降。黄梅庄进入苏区时被红三军团抓获。此事报告了毛主席，毛主席让黄军长自己处理。黄军长作过一夜的思想斗争，我一直守在黄军长身边。第二天黄军长向上级报告了八个字：'大义灭亲，一刀两断。'黄梅庄是红三军团保卫处的人杀的。"

小车载着几个人摇摇晃晃继续前行。

二

从中洞经桥头冈去，一条宽敞的水泥马路，马路两边散落着一栋栋民房，有的是楼房，有的是平房，高矮错落，前后排列不一。民房的大门都面对马路，有的人家开饭店，有的人家出售竹制品，有的人家摊铺上摆了很多山菌和当地土特产。时过中午，小车在一家"罗氏家菜馆"门前停下来。

第九章

罗氏家菜馆是一栋二层小楼，门前的坪用来停车，楼房的右边是一座钢架石棉瓦构建的大厅，餐馆就放在大厅里，摆着七八张圆桌。厅墙是杉木条板相间的花格墙，通风透气，厅内摆了些花草，显得雅致。厅内已有几桌客人。牛均田一行进入大厅选择靠里面一个圆桌坐下。马处长负责点菜。

不一会儿，服务员已送来三个菜，牛均田他们正准备吃。忽然，靠厅门口的那桌传来骂骂咧咧声，声音越叫越大。那桌吃饭的都是二十岁左右的年轻人，有六七个。接着传来摔盘子的声音。女服务员吓得站在一旁直哆嗦，不敢吭气。一帮混混在寻衅滋事。很快，一个五十出头的人拿出一包香烟来一边递，一边笑着赔不是。从吵吵嚷嚷的叫骂声中，牛均田他们终于听明白了，那一桌有个盘子里发现了一只绿头苍蝇。老板答应免单还不行，每人还要赔一包烟。双方正在争吵时，一个三十出头的小伙子拿根铁棍拦在门口，挡住这一伙闹事人的去路。

"吃了饭又不付钱，想开溜？"小伙子厉声问。

"饭菜不卫生，脏了爷们的肠胃，爷们还要你付恶心费。"那伙人中一个光头嚎叫道。

"不付钱别想离开这个店。"

"怎么，想打架？爷们正想练练拳脚。"

一个长头发的迎着小伙子上去，出其不意连棍带人一起捆抱，另一个光头朝小伙子当面一拳，他顿时鼻血直流。其他几个人蜂拥而上，将小伙子摔倒在地上，拳脚雨点般落在他身上。厅内还有两桌客人不敢吭声，只顾低头吃饭，佯装没看见。

"住手！"牛均田直身站起来，他的呵斥震撼着大厅里所有人。

那伙人中有几个站直身，朝牛均田走过来，阴阳怪调嚷着："怎么，老家伙想管闲事？"

"这是省军区牛副司令，老红军，谁敢动，老子枪毙他。"刘处长握着手枪站在牛均田前面。

那伙人傻了，转身想逃。

"砰！"枪声响起，厅门口一盏吊灯落下，正好砸在想要夺门逃走的那伙人前面，挡住了去路。牛均田将手枪还给刘处长，刚才他一枪打断吊灯线。那伙人一个个吓得脸色惨白，跪地求饶，头如捣蒜。

"都给老子到外面坪里站好，等待公安来处理。光天化日之下，革命老区，有这等无法无天之事，老百姓怎么活？红军在这里打仗血白流了？红土圣地让你们这帮混账糟蹋？岂有此理。"牛均田用手指着几个混混说。

事情刚发时，马处长就和县人武部取得联系，报了警。

很快，人武部的部长、政委带着一帮人和公安干警赶到，那几个混混被送往派出所。

罗氏家菜馆又恢复了往日的平静。店老板拉着那个手握铁棍、挨了一顿恶打的小伙子，走到牛均田的饭桌旁，千恩万谢，一定要免了这顿饭的单。他们是父子，姓罗，在这路边开个饭店，经常有混混来白吃白喝。刚才那几个混混到店里来过几次，每次找个茬，不付钱，还要赔烟酒，稍有不如意，就砸店子。

"免单不必。路见不平，拔'枪'相助，老兵本色。我跟你打听一个人。"牛均田问饭店罗老板。

"首长，您找谁？"罗老板问。

"水坝村的，罗世春老人的后人。"牛均田看着罗老板。

"您找罗世春的后人有什么事？"

牛均田告诉罗老板："一九三一年九月十五日下午三点多钟，红军取得第三次反'围剿'胜利以后，红三军经过东固六渡坳时，国民党军队的飞机追着红军轰炸、扫射。黄公略军长在指挥红军部队隐蔽时，中弹牺牲。我就是黄军长当年的警卫员牛均田。第三次反'围剿'开始时，黄军长奉命在东固埋伏待敌二十多天后，一九三一年的五月十五日，率部到达水坝村一带。为在中洞、桥头冈围歼国民党的二十八师，黄军长找到一个当地老表，叫罗世春，当时快七十岁了。罗世春老人给红军找了一条爬山过岭的羊肠小路，老人在前面带路，红军在五月十六日天亮时进入埋伏地等待敌人。由一场阻击战改为伏击战，红军居高临下，以少量牺牲换取了巨大的胜利。那次没有罗老带路抄近道，战斗不会这么完胜。一九六四年五月份，我奉命协助北京来的工作组，寻找黄公略军长的坟墓，在这段公路上送一位难产孕妇去县人民医院，她丈夫说是水坝村人，姓罗。当时事急，我没详细打听。我要找到罗老的后人，我要去罗老坟上敬个礼，叩个头，向老人家表示感谢。"

"哎哟哟，牛司令员，您就是黄军长的警卫员，您就是我老婆和儿子的救命恩人！司令员，罗世春我喊爷爷呢！"罗老板惊讶过后，忙把老婆、儿子、儿媳叫过来，一齐跪在牛均田跟前就要磕头，被拦住了。

由于刚才的事，内心气愤还没完全平息，店老板这一讲，牛均田倒是认真打量起来，罗世春老人、三十多年前孕妇男人的形象，像影子一样在脑子里重叠，越来越清晰。

罗老板告诉牛均田，老婆难产，村上的接生婆没有办法，说救了大人难保小孩，救了小孩大人难保，接生婆害怕，说赶快送县人民医院。不想拦上了牛均田的车，救了他们母子。罗家这儿子刚才被几个混混揍了一顿，肚里还怄着气，突然又遇救命恩人，有些不知所措。罗老板又要儿子下跪，被牛均田拉住。

"刚才不是您出面，公安哪会来这么快！混混在店里闹过几次，我们报警，没人理。我和老婆都忍着，儿子忍不住。这次不是您，这店不晓得会砸成什么样子，儿子不知要吃多大的亏。"罗老板又感激，又无奈。

从交谈中，牛均田了解到，酒店老板是罗世春老人的孙子，叫罗有泉。红军长征以后，根据地遭到国民党军和清乡团疯狂报复，凡过去为红军做过事的人，都被清出来枪毙、沉河、活埋。罗世春老人被还乡团装进麻袋，绑扎着石头丢进河里。半个多月麻袋才浮上来，尸体已腐烂，是罗有泉的父亲深夜偷偷捞上来草草挖个坑埋的。解放后，罗世春老人的后人才买了口棺材重新安葬。

牛均田让罗有泉带路，来到水坝村杉木岭，在罗世春老人的坟头前敬了军礼，又磕了三个头。

牛均田在坟前大声说："罗大爷，我是黄军长的警卫员牛崽，今天特地来看您老人家。我这次来东固，也是第三次来东固，专程寻找黄军长的坟墓，我希望在我的有生之年能找到。您在那边碰上黄军长，跟老首长说说，希望他报个梦给我，几十年了，我无时无刻不想念老首长。拜托您啦，罗大爷。"

在场的人个个哽咽，说不出话来。

牛均田跟罗有泉打听黄公略安葬的地方。罗有泉说："黄军长牺牲安葬以后，当地有很多传说。黄公略，一个那么大的军长，死了，一定有很多贵重东西陪葬。有的传说棺材里有十几根金条、一百多块大洋；有的传说黄军长的配剑是黄埔军校学习时蒋介石发的，上面刻有蒋介石和黄军长的名字；还有的说黄军长写的论游击战的手稿也陪葬了；有的说，为迷惑敌人，怕国民党军队毁坟，当晚出殡时红军抬着九口棺材向不同方向下葬；还有的说，解放不久北京派人来寻找墓地，找到了，还挖出了很多遗物，国家把遗骨带到北京安放在八宝山，对外谎称没找到。至今坊间各种传说还有很多。"

"尽胡扯，红军饭都吃不饱，衣服都没得穿，哪来那么多金贵东西陪葬？黄军长入殓下葬时我就在身边，还是穿的他中弹牺牲时的那套旧灰色军装。一九六四年，国家派人寻找，我也参加了，哪有的事，胡说八道！"牛均田听后非常气愤地说。

第九章

离开罗家时，牛均田一行和罗有泉家人合影留念，并留下电话号码，说有事随时打电话给他。军分区、县人武部的领导说要请牛均田的客，他告诉罗有泉，待自己离开东固前，要他们到他店里来请客。他还让韩梅留下一个一千块钱的红包。罗有泉死活不肯收。牛均田说："当年要你爷爷带路，黄军长要我给老人家三块大洋，他死活不肯收，你推我搡的，一块大洋掉山崖下了。这钱就是当年的补偿。"

"您的心意我们全家领了，这红包万万不能收。当年掉下去的那块大洋，我爷爷后来去崖下采草药时寻到了，爷爷传下话，说家里即使有一天贫困到揭不开锅，也不能动用这块大洋，世代留着做传家宝，子孙相传。您不信？稍等一会，我去楼上取来给您看。"

那块大洋放在一个古色古香的小首饰盒里，里面一张小红纸上写着罗世春的遗言。

牛均田用左手掌托着，有些抖动。他没有说话，两眼盯着盒里的那块大洋久久没挪开。他全身热血沸腾，仿佛又回到那烽火硝烟的年代。

两滴泪水掉在那块大洋上。在场的人眼眶也都湿润了。

三

牛均田一行告别罗氏家菜馆一家人后，经过一个多小时的车程到达东固。他们在东固镇招待所住下。牛均田说，一九六四年那次来的人员多，有北京的，有省里的，有部队的，有地方的，还有从中国社科院请来的考古专家，都住垦殖场，那里山道窄，出进也不方便。牛均田在招待所打听垦殖场的情况，招待所的人告诉他，垦殖场早就荒废了。

牛均田他们在招待所住下后，镇党委、政府、武装部的领导陪同他们看了苏区政府领导下的平民银行、平民合作社、平民工会、平民学校、平民邮局、红军无线电学习班等旧址。牛均田告诉韩梅："红军在中洞、桥头冈全歼公秉藩师后，缴获了一部大功率无线电台，在东固办了一个学习班。当时我想去学习，黄军长不同意。"

第二天，牛均田一行在镇、村负责人的陪同下，直接来到六渡坳。

一条不宽的山道通南联北，是兴国至永丰的一条交通要道。这是牛均田第三次到这里。左边的张背山、右边的荷树山在此处挤压出一个坳。坳的左边张背山山窝里，静静地卧着一幢青瓦白墙旧式老屋。一道土围墙把老屋围在里面，院前坪长满齐腰高的杂草，老屋后山的南竹弯曲着腰杆，伸长着脖子，用它们的枝叶遮掩着老屋。老屋的主人姓谢，已搬走多年，现在老屋院门上了锁，由村上指定人看管。

牛均田告诉韩梅和其他陪同来的人员："黄军长中弹后就是先抬到这座老屋进行抢救的，后由救护队的人抬往红三军战地医院抢救。"

"上山，我们去山上寻找。"牛均田发出了"战斗命令"。

"首长，您这么大年纪了，在这里休息一会儿。我们上山去找。"刘处长、马处长齐声劝说。

"老头子，让他们上山找是一样的。"韩梅劝说。

"首长，省里、市里和镇上派人多次上山寻找。当年被敌机炸死的有十多个红军战士，当时就挖一个朝天坑埋了。新中国成立以后，县、镇两级在原墓址修了一座公墓，也不知牺牲的红军战士姓名，就叫红军战士无名公墓。坳两边山上没有发现黄军长的墓。"镇上陪同的负责人说。

"上山，一定要上山找。"牛均田语气坚定。

他们来到无名公墓，给十多名红军战士行了军礼。牛均田下山时，踩着一节树棍打滑，摔了个仰面朝天。众人忙把牛均田送回招待所，镇卫生院的医生对他作了全面检查。还好，只是背上擦破一点皮，伤不重。韩梅还想要送牛均田去吉安市医院，牛均田坚决反对，一口拒绝。他们只好在招待所休息几天。

四

牛均田原计划在招待所休息一个星期，到第三天牛均田觉得完全恢复了，他对韩梅和刘、马两位处长说，明天不能歇了，明天上山继续去找。

"上哪个山头去找？"韩梅问。

"去背田村岩石岭的南面找。那里是红三军的战地军医院，黄军长受伤后在那里抢救过。"牛均田坚定地回答。

"我听你讲过，那里你已去过两次，没有找到，这次去估计还是找不到。"韩梅不满意漫无目标到处找，她有些疲惫，讲话流露出责怨的语气。

"你在招待所歇着，我和刘处长、马处长去找。"牛均田的犟劲又来了。

"你说哪里话呢？嫁给你还不随你！"韩梅显然不满意老头子对她的态度。

刘处长、马处长把韩梅拉到一旁，劝她说："牛司令要寻找黄军长的墓地，那是藏在内心几十年的情感躁动，找不到但他的情感会释放出来。如果不去找，这种情感会压抑，他难受。我们的意见是，只要牛司令他老人家要去哪里找，条件许可，我们都陪他去找。不在乎找的结果，而在于找的过程。这是了却他老人家的心愿。"

韩梅原是担心牛均田的身体，觉得两位处长说得在理，三人就又回到牛均田的身边，表明各自的看法，支持他一路寻找。

这天晚饭后，牛均田早早上床睡了。他睡得很香。

招待所分前后两栋，后栋两层，前栋四层，住客是由前栋的大门进出，院两边有围墙，围墙上还镶有玻璃碴，防人爬墙。这个招待所还算安静安全。

第二天清晨，牛均田决定去黄陂背田村。

从东固镇上到背田村只有几里路的距离，第二天吃过早餐，他们开车来到黄陂。到村头口，一根树木横架着拦住了进村的路。马处长上前交涉，对方态度蛮横，坚决不让进。马处长没敢告诉牛均田，而是马上打电话给镇政府，不一会儿，镇上负责人和派出所的干警赶到，拦路的人才把树搬开，车子开进村里。马处长上车后，牛均田问是怎么回事。马处长说村上搞建设，怕伤着行人，不让进。牛均田没再追问。

车子进村后停在一棵大榕树下。牛均田领着大家要先去看红三军的医院。

说是医院，实际是山坳里一前一后挨着的两栋小平房。牛均田前两次来时，房子虽没住人，但还是完整的，墙不歪，瓦不烂，门被村上锁着。他们径直朝医院旧址走过去，远远看见一些人站在房子前面比画着什么，还有一辆推土机在旁边。刘处长紧走几步上前打听，得知是一个开发商和村上签了协议，要在医院原址建五星级农家休闲中心。刘处长把这一情况告诉牛均田。牛均田一听，很是恼火，也很伤心，他不由分说上前制止。村上的负责人望着突然杀出来的"程咬金"，开始有些怒气，待问清来历，忙向牛均田赔笑脸作说明："这两栋房子年久失修，已垮塌多年。当初村上向镇政府、县政府反映过，递过报告，没人理睬，各级财政困难，哪有闲钱来维修这破烂房屋？房屋垮塌多年，村上财政困难，这地皮闲着也是闲着，村委会商量就把这地皮租给江老板，五十年租期，五十年以后这农家乐就归村上所有了。江老板祖上也是本村人，他愿意投资支持本村。"

牛均田听后没有理会村上负责人，而是找到江老板，问他："这里搞开发，有生意吗？"

"目前没有，规划中的一条高速公路正在建设中，革命老区，国家投入肯定大，以后肯定有大的发展。朝后看，这里不久就会有生意，会有的。"江老板回答。

"你是本村人？"牛均田继续问。

"祖上是这里的。"

"村上有个江飞舟的人听说过吗？"

"江飞舟我喊爷爷。"

江飞舟是当时村上的大财主，红三军筹钱粮时，他武力抗拒打死了一名红军战士，后被枪毙。牛均田没有捅破这一层纸，只是"哦"了一声。

"你知道你要推平的这两栋破烂房子，过去谁在这里住过吗？"牛均田盯着江老板问。

"不知道。"江老板回复。

"那好，我告诉你，六十多年前，这两栋房子是红三军的军医院，黄公略军长在这里住过，黄军长受伤后在这里抢救过，也是在这里去世的。"语调不高，却充满力度。

"我真不知道，没听村上负责人说过。"

"那好，我现在告诉你了。江老板，你还想在这里建农家乐休闲中心吗？"你是在为你爷爷当年被红军枪毙复仇吧，你要用你的金钱掩盖这些红军遗物是吧？最后一句牛均田没讲出口，他把腹稿咽了回去，却换了另一种口气对江老板说："你投资建农家乐休闲中心，图的是人气旺，发大财。这里做过医院，死过很多人，阴气重，不吉利。"

"不建了，不建了，牛司令，我公司将无偿捐一笔钱把这两栋房子修缮好，保留红色记忆。"

牛均田相信江老板不会用假话搪塞他。不知者无罪。他没有更多责怪江老板，而是转过身把村上负责人狠狠地训斥了一顿，说："你们这些不肖子，祖业都会败光在你们手上。你们站在这块土地上指手划脚，不知道脚下的土地渗透多少红军战士的鲜血？很多战士姓名都没留下，死时棺材都睡不上，挖个坑几铲土埋了，现在骨头抛荒，你们这样胡搞，忍心吗？说村上困难，有红军时期困难吗？这块土地谁敢再打主意，老子饶不了他。"听完牛司令的话，村上负责人脸都吓白了。

随后，牛均田一行人上岩石岭搜寻黄公略的坟墓。由于树密林茂，灌木缠脚，他心情不太好。寻找一遍，他怎么也找不到当年脑海里的影子。物是人非，山河沧桑，他们草草收了场。

五

根据村民的各种传说，以及仍健在的、那天深夜参与安葬黄军长的几个老红军的回忆，结合自己愈益模糊的记忆，牛均田领着几个人先后到了万功山、方石岭寻找，没有眉目。牛均田决定顺着螺坑、大坳、白云山当年红军转移去瑞金的这条线路再去寻找。

螺坑去白云山，是一条不宽的沙石路，两边的灌木伸出枝叶挤占着路面，原本不宽的路显得更窄了。路的右边有一条不宽的小河。河水清澈见底，小鱼逆水而上，鱼尾击水，使平静的河面泛起细细的浪花。顺流而下不远，有一个拦水坝。坝上架着一座小木桥。坝下面有一个水潭，一头水牛全身泡在水里。河的对面有一个小男孩，不时挥动手里的竹竿要把牛赶出水潭。牛并不理会，它在水里悠闲自在。小男孩又捡石块砸水牛，水牛只把头左右摇摆，整个身躯仍浸泡在水里。

"停车。"牛均田突然叫停车。

车内的人不知出了什么事，欲问又止。只见牛均田下了车，来到河边，站在拦水坝的木桥上，笑眯眯地看着眼前的小男孩和水潭里的牛。韩梅知道展现在眼前的画面一定勾起牛均田对儿时放牛娃生活的记忆。她摆摆手，制止其他人上前打扰。岁月尘埃掩埋下的记忆，有时是要心海深处奔放出激情才能去翻阅的。

第九章

"小朋友，你今天没去读书？"牛均田问小男孩。

"今天是星期天。"小男孩回答。

"你家住在哪里？"

小男孩转过身，用手指着："那里。"

不远处，连绵起伏的群山脚下散落着几栋平房。

"带我去你家坐坐可以吗？"牛均田问。

小男孩看看水里的牛，看看牛均田，没有作声。

"这会儿天气热，蚊蝇多，水里的牛你赶不上，也不会跑。它怕热，也怕蚊蝇叮咬。你让它在水里泡着，它感谢你呢，还会跑？"牛均田看出小男孩的顾虑，劝他。

"你咋晓得？"小男孩望着牛均田。

"我小时候也放过牛。"牛均田摸摸小男孩的后脑勺。又问："你家还有谁呀？"

"爷爷、奶奶、妹妹。"

"爸爸妈妈呢？"

小男孩不回答，摆弄手上的竹竿。

"走，去你家坐一会儿。"小男孩在前面带路，牛均田一行几个跟在后面。

不一会儿到了小男孩的家里。这是一栋砖瓦结构"一担柴"形的平房。中间三间正屋，左右各两间横屋。大门两边的对联，被风雨剥蚀，零星残存几个字，红色已变白色。这应是多年前贴的对联。小男孩把牛均田一行领进家里，转身又去看牛去了。牛均田主动向小男孩的爷爷奶奶说明来意。爷爷奶奶很热情，爷爷忙着搬凳子，奶奶忙着泡茶，还把坪里晒着的刚出土的花生端来一小笠箕让他们吃。

小男孩的爷爷叫上官厚云，是土生土长的当地人。听说牛均田当过黄军长的警卫员，专程来寻找黄军长的坟墓，老人似乎打开了蓄水已久的闸门，滔滔不绝地谈起了自己的身世。

上官厚云的父亲叫上官敦石，红军时期是中共东固的区委副书记，是赖经邦在东固涧东书院成立的第一个党小组的成员，听过方志敏讲课，参加过敖上会议，参加过东固武装暴动。红军粉碎国民党的三次"围剿"，都是以东固革命根据地为中心。上官敦石率领地方党组织支援红军，做了大量的工作，还受到苏维埃政府曾山主席的表扬。

一九三一年九月十五日深夜，上官敦石接到命令，和区委另一负责人去红三军医院，参与黄公略军长遗体的秘密安葬。红军长征以后，他又受命迁移黄军长的棺木至白云山。上官敦石回家后，把安葬的经过和坟墓方位图记好，用一块浸过桐油的布包好，塞进墙壁缝里。上官敦石对妻子说，新中国成立以后，黄军长的墓会要重新安葬，这是以后寻找墓地的唯一依据，不能对任何人讲。后来，上官敦石率人上山打游击，国民党军队血洗螺坑。上官厚云的哥哥、姐姐跟着父亲上山打游击，母亲带着他逃难异乡，讨米为生。直至新中国成立前夕，母亲才带着上官厚云回到螺坑。房子被烧了，只留残墙。在左右乡邻的帮助下，在原址残墙上搭建屋顶盖，上官厚云和母亲住了下来。新中国成立后，政府告知上官厚云的母亲，她丈夫和儿子、女儿在一次突围中牺牲了。

"他们埋在哪座山冈，黄土是不是把尸骨都盖住了，我们做后人的很想知道。母亲死前都在呼唤我父亲和哥哥、姐姐的名字……"

说到这里，上官厚云哽咽着说不下去了。

"你父亲记的安葬黄军长的方位图和经过，那些东西还在吗？"牛均田问。

"我和母亲逃难在外，父亲、哥姐牺牲，房子被烧，母亲不记得过去已久的事了，至死也没告诉我。我儿子开小四轮，家里宽松些后，就把原来的房子拆了重建。在清理残砖时，才发现这个桐油布包。但包里纸上的图和字都看不清了。"上官厚云回答。

"那个布包还留着吗？"

"留着。"

"能给我们看看吗？"

"可以。"

上官厚云把那个油布包拿出来，打开给牛均田他们看。

纸是老黄纸，已没有任何字迹了，只见斑斑点点几个墨迹。方位图的标题"黄军长墓地图"几个字显粗，依稀辨认得出，其他没有任何痕迹。

牛均田看着图纸上这几个字，泪水吧嗒吧嗒直流。韩梅拿纸巾给他，他并不接，任泪水滴在图纸上。停了一会儿，牛均田又问：

"你老母亲是哪年去世的？"

"六五年底。"

"我的天，那次要是遍地寻访，说不定能从她这里问些情况。"牛均田在心里不无遗憾地说。

"你儿女他们呢？"

"女儿出嫁了，儿子早几年出车祸走了，儿媳改嫁了。我和老伴带着两个孙子过。县民政局、乡民政所的人很好呢，每年都来家里慰问，送上红包，每次有好几百元呢。"上官厚云的话里流露出满足感，没有责怪和怨恨。

牛均田走时给上官厚云家里留下一个装有五千元现金的信封，并说两个孩子以后的上学费用全部由他负责。他总觉得他们这一代人亏欠革命老区人民的太多了。

上官厚云开始坚持不要，当他与牛均田四目相对时，他的坚持软了，牛均田的眼神软化了他，他接受了。他给了牛均田一蛇皮袋花生和一提篮鸡蛋，并为牛均田带路上大坳，去白云山。

"听村上老辈人说,红军取得第三次反'围剿'胜利后,转移去瑞金是从这条路走的。有一种传说黄军长是埋白云山上。只可惜……"

牛均田一行上了陶金坑大坳,白云山云遮雾罩,森林茂密,已无法进人。牛均田站在大坳上,面对白云山,拉长有些颤抖的声音喊:"黄军长,不管您是不是睡在白云山里,都请接受我的叩拜,您的警卫员牛崽来看望老首长了。"

大坳上空没有回应,白云山的云雾里也没有回应。

林海深处幽幽静静的。

六

牛均田回到招待所,把随行的韩梅、刘处长、马处长几位叫到一起,告诉他们:休息一天就离开东固。他想从东固出发,沿着黄军长从平江至东固的这条路线,逆向重走一次。找不到黄军长的墓,重走他战斗过的地方,也是一种怀念。牛均田深情地说:"我三次来东固,寻找老首长,他不肯见我,他是怕我打扰他休息。东固是埋忠骨的好地方,这里埋了无数忠骨。我牛均田死了也要埋到东固来,生不能找到黄军长的墓地,死后也来陪伴他。"

大家都惊讶地望着牛均田,不吭声。这是交代后事?这是遗言?这是一个南征北战几十年的老将军,暮年心灵归宿的向往?你看看我,我望望你,大家不愿往这方面想。在东固二十多天,吃饭、睡觉、走路、讲话,乃至思维反应,韩梅感觉牛均田比在家里时强多了。在家里,他手里拿着电视机遥控器还到处找遥控器,眼前的事不记得,年少的事记得清清楚楚。在家里明显感觉有老年人的迟钝和缓慢,怎么到了东固像注射了强心剂似的?回光返照?不会吧,韩梅不愿朝这方面想。

牛均田决定离开东固前去镇政府话别。在东固住的这些日子里,镇党委、政府给予了很多的帮助，他有几句话要当面和镇上书记说。

镇上到处都张贴和悬挂着标语、横幅："坚持解放思想，坚持改革开放。"牛均田到镇政府时，镇党委书记正在会议室里做动员报告。看到牛均田他们来了，忙从主席台跑下来接待。牛均田坚持要他把报告作完，不影响他的工作，他们就在会议室的后排坐着听，还打趣说："好久没听领导作报告了，心里没谱。今天运气好，碰上书记作报告，让我们也开窍开窍。"

会议室比较简陋，横梁是用螺纹钢焊接的人字架，屋顶盖的石棉瓦，室内没有粉刷，人们坐的是条木板凳，主席台是用砖垒砌的。这个会议室可容纳五六百人，主席台是用两张条桌镶拢的，台上坐着五个人，书记坐中间，正在作报告。

陪同牛均田到会议室的其他几位，对台上的报告都没有听到心里去。只有牛均田听得认真，一会儿点头，一会儿摇头，会议室响起掌声，牛均田拍得也卖劲。散会后，书记把牛均田请进小会议室。他把早已写好的一封信交给书记，对他说："在镇上住了二十余天，感谢你们的关照。你信守承诺，没有把我来东固找黄军长坟墓的事报告县里、市里，你值得信任。你拿着我这封信去找你们的省委刘书记，他是我老首长的儿子。我在信中请他到你们镇上来看看，关注革命老区的建设和发展。镇上的思想解放也好，经济建设也好，社会发展也好，班子建设也好，省委书记到镇上来，就什么都会好了。另外，我回去后会给中央首长写封信，反映我个人的想法。革命老区要跟上全国改革开放发展的步伐，不能掉队。红军时期，战争年代，共产党人闹革命，打天下，夺政权，老百姓提着脑袋，变卖家产支持共产党人。现在革命胜利了，握着政权，共产党人首先要回报的是革命老区的百姓。人家为你牺牲付出那么大，你不回报人家，谁还跟着你干？还有句话我想对书记你讲，你是镇上的书记，你要带领一班人把老百姓的事办好，把镇上建设好，把红军战斗遗址保护好。很多老百姓为支援红军，一家牺牲几个人，有父子，有兄弟，有夫妻。现在他们的后人日子过得并不富裕，有的还很寒酸，而他们又无牢骚怨言，这样的百姓我们不敬奉，还敬奉谁呀？这里的每一个山头都长眠着很多红军战士，我们不把这里建设好，他们会爬出来骂我们的。这里的每一处红军历史遗址都不能破坏毁掉。保护不好，你是罪人。将来老区发展，来旅游的人多了，这些遗址就是金矿。我回去后，尽我余生奔走，筹集资金要为这里建一所学校，修一条道路，让我的老首长黄军长在这里睡得安心踏实。"

第十章

一

牛均田和韩梅、刘处长、马处长一行驱车去陂头。上车不久，牛均田就闭上了眼睛。韩梅本想问问他身体是否能扛得住，看了一眼就没问了，让他闭目养神。车子在山区沙土道上摇摇晃晃向前开。

"牛司令，'二七会议'会址到了。"刘处长停好车，把牛均田唤醒。

韩梅、马处长扶着牛均田下了车，从前门进入会址。进门时牛均田抬头望了一眼那块"二七会议会址"的牌子，说了一句："黄军长是从这里走向辉煌的。"

牛均田在会址内外看了一遍，并在留言簿上郑重写下"红军精神不朽"几个字，然后签上自己的名字。有两个服务员站在旁边，其中一个留着辫子的姑娘凑上前来，认真看了"牛均田"三个字，心里重复念一遍，又抬头打量牛均田，看见那右手空洞洞的袖子，有些怀疑地问："您是黄公略军长的警卫员牛均田？"

"你认识牛均田？"不等牛均田回答，韩梅接过话头问。

"不认识，听我奶奶说起过。您签的名是牛均田，可没听奶奶……"姑娘还是疑惑地看着那只晃动的袖子。

"没听奶奶说只有一只手怎么能给黄军长当警卫员。"牛均田一句话说得大家笑了,辫子姑娘有点不好意思。

"小姑娘,你家住在哪里?你奶奶叫什么名字?她还好吗?"牛均田望着辫子姑娘问。

"我家原是兴国官田狗头岭的。一九三〇年五六月份吧,黄军长带部队驻扎在官田一带,给每家每户分了田土。我奶奶看家里分了田土,一天到晚乐哈哈笑得合不拢嘴。她本姓乐,大家都叫她乐嫂。黄军长也叫她乐嫂。"辫子姑娘回复。

"那你们家怎么到东固来了?你奶奶呢?"牛均田继续问。

"爷爷跟着黄军长当了红军,在攻打吉安时牺牲了。红军长征以后,国民党清乡团的人到处抓人,我奶奶带着三岁的父亲逃难到东固,就嫁给了我后来的爷爷。现在爷爷奶奶都不在了。"姑娘述说时有些伤感。

说起乐嫂,牛均田想起来了。陂头会议以后,红六军分散在赣水两岸的广大地区,清剿地主武装,推进土地分配,建立苏维埃政权组织,扩建红军队伍。黄军长率领三纵队来到兴国,驻扎在官田的狗头岭。女房东就是乐嫂。有一次,乐嫂对黄军长说:"有很多红军战士把枪丢在塘坝上,衣服脱在岸上,跳到塘里洗澡。太阳落山了,很多女人要去塘里洗菜做晚饭,战士不上来,她们不好意思去,只能叫男人挑水回家洗。"黄军长听后立即进行了一番调查,特地瞅着这个时间去观察,证实乐嫂说的属实,同时还发现其他一些问题,长此以往会影响军民关系。三纵队是由各地游击队编合的,作风散漫,游击习气重,经常出现搜俘虏腰包、拿群众的东西不付钱、对老百姓粗言粗语等情况。黄军长和几个支队领导商量以后,决定对部队进行一次全面整顿,把连以上干部集中起来学习。他亲自备课上课。最后他给部队提了几条纪律:

一、拿老百姓的东西要付钱；

二、不准搜俘虏腰包；

三、出门军装穿戴整齐；

四、对群众不讲粗话；

五、积极帮助有困难的群众耕田种地；

六、洗澡要避开妇女。

部队整顿后，黄军长又忙着走村串户，了解群众对土地分配、红军驻扎、乡一级苏维埃政权建设的看法，早出晚归，人累瘦了，晒黑了。乐嫂对牛均田说："你们的军长哪还像个军长。"牛均田听得出乐嫂心里挺难受的。

有一天，黄军长外出调查回来，看见餐桌上一个蒸钵里盛着一只母鸡，香味弥漫一屋。牛均田盛了一碗鸡汤给黄军长喝。

"哪来的鸡？"黄公略没有喝，疑惑地问。

牛均田连忙去问乐嫂。乐嫂笑容满面地回复："一个邻居分了田土非常高兴，硬要抱一只母鸡来，要感谢黄军长，我怕拂了人家的好意，就收下了。"

黄公略给牛均田递眼色："你去找找乐嫂家那只黑母鸡。"平时吃饭时，乐嫂家那只唯一的黑母鸡会在餐桌下窜来窜去，寻觅掉落的饭粒。今天乐嫂家那只黑母鸡去哪里了？牛均田房前屋后寻一遍，发现后菜园子里有一堆黑鸡毛。牛均田把发现的情况告诉黄军长。

"你给乐嫂送一块大洋，从我下个月的薪饷中扣除。"黄军长说完端起这一钵蒸鸡送去连队厨房，吩咐炊事员把蒸鸡切碎倒进汤锅里。黄军长和连队士兵一起就餐。

晚上黄军长拿出一本线装书，要牛均田把画有红线的一段文字念一遍："夫将帅者，必与士卒同滋味而共安危，敌乃可加，故兵有全胜，敌有全因。昔者，良将之用兵，有馈箪醪者，使投诸河，与士卒同流而饮。夫一箪一醪，不能味一河之水，而三军之士思为致死者，以滋味之及己也。"

牛均田原本一字不识，自跟在黄军长身边，每日识几个字，几年下来已认识很多字了。这段文字除少数几个字不认识外，牛均田都能读下来。但当着支队几个领导的面，读起来就有些结结巴巴，他脸都红了。牛均田翻过书的封面看是《黄石公三略》，不解其意，就问："这是您写的？什么意思？"

黄军长用目光扫了支队几个领导一眼，对牛均田说：

"不是我写的。这是秦朝一个人写的。秦始皇的父亲庄襄王死后，秦始皇接父王位称帝。庄襄王手下一名重臣叫魏名辙，看秦始皇独断专行，推行暴政，时运不会长久，就不愿意在他手下为臣。有一天，魏名辙向秦始皇递交辞呈，坐着马车离开朝廷。秦始皇亲自带人追到骊山脚下，再三挽留。姓魏的决心已下，怎么劝都不愿意再回朝廷。后来，魏名辙就隐居在邠州西北黄山的黄华洞中。当地人不知其姓名，就叫他黄石公。黄石公隐居黄华洞期间，著书立说，撰写了很多军事著作。其中《太公兵法》《黄石公略》传给张良。张良得二书，废寝忘食，日夜攻读，终获真谛，辅佐刘邦，终成大业。"

黄军长停了一会儿，见大家聚精会神，接着说："这段文字是告诫为军之将，一定要与士兵同甘共苦，生死相依，方能克敌制胜。这段话里还讲了一个故事，说有一位将军，带着他的部队去打仗。出征前将军的上司送给他一竹筒米酒。将军没有独享，他带部队过河时，把酒倒进河水里，然后叫全军将士共喝，以壮军威。全军上下为之振奋，拼死杀敌，战斗取得前所未有的胜利。"

在场的几位支队领导，心里明白了黄军长为什么要把蒸熟的母鸡倒进连队的汤锅里。

牛均田时常回忆这段往事。他自己后来带兵打仗，就是按黄军长教悔去做的。

"你奶奶用黄军长给的那块光洋，买了一块大红布，请村里一位秀才写了'百战百胜'送给黄军长。黄军长特别珍爱你奶奶送的这面锦旗，他牺牲后就用这面锦旗盖在他身上。"牛均田说到这里眼眶湿了，有些哽咽。

交谈中牛均田了解到，小姑娘高中毕业没考上大学，在二七会址当临时讲解员。离开会址时，牛均田让韩梅记下姑娘的详细地址和电话，内心思量着一定要想办法送她去当兵，或给她找份工作。分别时牛均田给了姑娘一千块钱，要她代自己每年清明节去她奶奶坟上烧高香焚纸钱。

二

红三军接到总部攻打吉安的命令，黄公略遂率部队从醴陵出发，来到袁州参加毛泽东主持的红一方面军总前委会议，并与红十二军会合。在袁州稍作休整，部队从分宜、安福穿插而过，于十月二日到达吉水阜田一带待命。

吉安，古称庐陵，地处赣江中游，北通南昌，南联赣州，西临井冈山，东接东固山，是赣西南地区重要的政治、经济和文化中心，是中央苏区军事要地和交通枢纽。二七会议提出了一个战略部署，就是把攻打吉安作为武装夺取江西全省的第一步。自一九二九年十月第一次攻打吉安战斗打响，一年内已攻打八次，均未攻下。这次攻打，总前委作了周密的部署，红军将士个个摩拳擦掌，地方党委发动十多万游击队武装和人民群众支援。

晚上，黄公略召集团以上干部开会，传达总前委的战斗部署。他说："打下吉安，对我们党、对红军意义非常重大。此前，已八次攻打吉安，虽未取城，但为这次攻打积累了宝贵的经验。吉安城内守敌三个团，加上江西保安第三团、警察大队，背靠赣江天险，正面修筑大量的防守工事和炮台，前八次都攻而不下，守城旅长邓英拒绝增援，对上对外吹嘘吉安城固若金汤，高枕无忧。我们就是要利用敌人心理上的弱点，发动猛烈攻势，一鼓作气夺取吉安城。总部命令我们红三军和红十二军从右翼进攻，歼灭天华山、神岗山之守敌。"说完，黄公略扫视与会人员，提高声音问："攻下吉安城，活捉邓英，大家有没有信心？"

"有！"会议室众人回答道，声音整齐，铿锵，有力。

部队乘着夜色开拔以后，黄公略交给牛均田一封信，交代他："这是潘心源巡视员专程赶往醴陵看望我时，填写的一首《满江红》，这既是写给我个人的，也是向组织反映潘心源的想法，你保管好。"词的内容是："西望长沙，湘江逆流五月急，魔鬼舞，深仇似海，怒眦欲裂。洪流今又卷高潮，红旗千里蔽日月。正扬鞭驰马指危城，扫妖孽。捣魔窟，且慢着；夺五省，谈何易？挽狂澜未倒，有赖黄石。巨龙掉头东入海，碧波万顷任游弋，待洪波掀浪撼孤岛，斯可矣！"那晚，黄军长和潘心源两人睡一张床，谈至鸡鸣。黄军长爬起床也给潘心源回了一首《满江红》。

离开二七会议会址，他们驱车来到吉安城。他们没有急着进城，而是要车子直接开到天华山脚下。

"对的，没错，红三军就是从这条路上的山。"牛均田对韩梅继续说，"当年是一条长满杂草的山道小路，现在修成了水泥路。部队从这里隐蔽上山，神不知鬼不觉。十二军是从山的南面上去的。"

车子沿着水泥山道走了一段停了下来。道路就一辆小车的宽度，前方不远处一队人抬着一口棺材在坡的下端歇脚，车子过不去。送葬的有两套乐器班子，一套中乐，一套西乐，吹着打着跟在棺材后面。花圈有七八十个,两排长龙阵拉开,巨幅遗像由四个人抬着,从遗像看老去的人是一位上了年纪的老太太。跟在遗像后面的是几十个人的长队伍,披麻戴孝,不时有哭声传开。送葬的队伍浩浩荡荡,估计有二百余人。

"怎么办?"刘处长问牛均田。

"亡者为大,车子停在路边,我们步行上山,正好一路看看。"牛均田回答。

他们绕过送葬队伍,走到前面不远,碰上几位上山游逛的男女。牛均田主动和他们搭话:

"送葬的人这么多,这户人家是个大家族吧?"牛均田问。

"老太太的儿子是当地的大老板,丧事在家办了十多天。披麻戴孝的人很多,是花钱请的,哭喊一声十块钱报酬。墓地十多亩,听说耗资几十万。有钱人显摆呗。"其中一个四十开外的男人回答。话音中不知是不屑,还是羡慕,悟不出。

"这一路走上来,有很多墓地,修建得很豪华,却不像安葬了棺材?"牛均田问。

"那是有钱活人为他们未来归宿抢修的宫殿。听说天华山在搞规划,要建公园,喊了几年,听见打雷不见下雨,没人管。社会上传言,说天华山风水好,祖上葬天华山的后人,出了好几个将军。"还是那个男人回话。

牛均田听后不知如何回答。其他人也默不作声。水泥路只修了一段。他们现在走的是沙土路。走了一段,牛均田又问:

"听说二十年代红军在这里打过仗,你们知道吗?"

"现在全民都向钱看,能捞到钱就是本事,谁还会惦记掩埋在尘埃下的旧事,谁还会惦念那些为今天而付出生命的人?"

牛均田停下脚步,重新打量这几个人。那几个人也停下来,看着他们,好像在问:

"不是吗？"

他们同走了一段路分手了。分手时，那中年男人问牛均田：

"您是一位老将军？"

"何以看出？"牛均田他们穿的便服。

"一种从枪林弹雨中摸爬滚打过来的人特有的气场，有磁性。"

"你父辈中有人当过兵？"牛均田不肯定，不否定，笑笑，提出另一个问题。

"家父是抗日战争入伍的，大哥是抗美援朝时的志愿军，尸骨还埋在异国他乡。"

"你贵姓？"

"免贵姓汪。"

"代向你父亲问好。"

牛均田伸出左手与其握手话别，便带着韩梅、刘处长、马处长来到一个山头。

"这里可以看到吉安城全貌。冲锋号吹响后，部队以排山倒海之势压向吉安城。接近城墙时，遭敌人地堡机枪阻击。牺牲了几十个战士，部队攻城受阻。黄军长急了，命令机枪手掩护，一个班的战士匍匐接近地堡，在往地堡枪孔里塞手榴弹时，敌人机枪又吐出长长的火舌，牺牲了几名战士。黄军长从一个战士手中抢过步枪，砰的一声，地堡里的机枪顿时哑了，几个战士趁机把手榴弹塞进去。地堡被炸了，部队像潮水般涌进吉安城。"

牛均田介绍完，众人下了山，乘车进了吉安城。他领着大家先去看毛泽东住过的布店，然后来到西门这里，黄军长进城后就住在小教堂，四十多天，一直到红军撤出吉安城。牛均田回忆刚进教堂时的情形，说：

"黄军长选择把军部安放在教堂，是防国民党的飞机轰炸。红军占领吉安城后，飞机来轰炸过几次。教堂是英国人建的，飞机一般不会炸教堂。刚进教堂门时，有几个赤卫队员正在洗刷墙上的标语，黄军长叫赤卫队员停下来，说让他看看这标语写的什么内容。标语共七个字，前两个字看不清了，后面五个字是'刨毛斩彭黄'。黄军长笑着说，前两个字是不是杀朱？赤卫队员点点头。黄军长接着说，蒋介石杀不了朱，刨不了毛，也斩不了彭黄。哪天抓到他，我们要煎他的油。说得大家哈哈大笑。"

说完，牛均田又领着大家在城里看了几个地方：庆祝攻城胜利大会广场、江西省苏维埃政府旧址等。牛均田领着大家去找一个黄氏中药铺，没找到。向周围人打听，没人知道。牛均田告诉大家："毛主席进城后日夜工作，极少休息。病倒了，发高烧，仍然坚持工作。黄军长请了这个药铺的老郎中，为毛主席开了七剂中药，治好了，毛主席还让黄军长陪着去药铺当面感谢呢。"

牛均田告诉随行的人，说："黄军长在红军撤出吉安城时对团以上干部说，攻打吉安城意义深远，践行毛政委提出的'农村包围城市，武装夺取政权'的思想，补充了红军一万余名兵员，检验了赣西南特委发动群众动员群众的能力、军地协同作战攻打中心城市的战斗力。毛主席后来为攻打吉安专门写了一首词，你们谁记得？"

韩梅随口念出："漫天皆白，雪里行军情更迫。头上高山，风卷红旗过大关。此行何处？赣江风雪迷漫处。命令昨颁，十万工农下吉安。"

三

从吉安去文家市有三百多公里的路程，牛均田和随同的几人商量，不直达文家市，在铜鼓县城住一个晚上，既可消除路途劳苦，又可细细回忆品味当年战斗的旋律。韩梅非常赞同，连连说："同意，同意。"她最担心的是牛均田的身体，七十多岁的人，出来快一个月了，身体能否扛得住？牛均田说："我的身体没问题。红军当年靠两条腿，日行百里，我今天坐着这么好的车，又没敌人追着赶着，你放心，不会有问题。我领你们走铜鼓，一是参观毛主席领导秋收起义的大沙洲阅兵场；二是去黄军长当年打土豪分田地的那片乡村看看。铜鼓是个老县城，这个县客家人占多，客家文化源远流长，尤其盛行撰写和张贴对联。黄军长和一个镇上的老学究还有一段写对联的故事呢。"

"那你给我们讲讲。"韩梅说。

"今天不讲，明天我们要路过山阜镇，在那里吃中饭时给你们讲。"牛均田回答。

"牛司令卖关子。"马处长也想听。

"这故事得卖个关子才有味。"

几个人笑哈哈的。

四

一九二九年二月的一天，黄公略从情报人员带给他的报纸上获悉，蒋介石、李宗仁发生派系战争，湖南的何键虎视眈眈，四处使绊，正想趁机把鲁涤平拱出湖南。这是千载难逢的好时机。黄公略立即召开二纵、浏阳县委、第一区苏维埃负责人联席会议，分析形势。会上，黄公略说："当前，我们湘鄂赣边区迎来了一个非常好的发展时期。据报纸披露的消息看，新军阀战争已爆发，统治阶级内部利益集团你死我活，我们处在这山沟里都听到了狗咬狗的嘶叫声。这样一来，敌人自身顾不过来，对红军的'围剿'就放松了。从情报人员带回来的消息看，国民党正规部队的几个师正在回调，地方团防局、联防队下乡'围剿'游击队的行动明显减少。这几天我兴奋得睡不好，我反复琢磨，我们可以趁机在平江、浏阳、铜鼓、修水、武宁、通山、通城、万载、宜春等县深入发动群众，组织暴动，消灭敌人的团防局、联防队，扩大红军武装，建立地方党的组织，把这些县打通联片，实行武装割据。"

会议以后，各地相继举行武装暴动，消灭团防局，打掉联防队，缴获大批枪支，地方游击队的武器得到根本性改善。黄公略的部队由两百多人迅速扩充发展到两千多人。红军适时进行改编，成立湘鄂赣边境支队，黄公略任支队长，下辖三个纵队、九个大队、二十七个中队、三个特务队。湘鄂赣边区武装割据初步形成。在地方党组织的领导下，打土豪分田地的运动还在这些县轰轰烈烈开展。黄公略把三个纵队摆成三角形，分布在边区，既为地方党组织撑腰，又震慑敌人。他每天穿梭于这些地区。

一天，黄公略带着几个随员从乡下调查土地重新分配的情况后路过山阜小镇。街上一位老学究摆摊写对联，见黄公略一干人从摊前走过，口里念出一句：

"丘八一个，靠背枪吃饭。"

这老学究显然在调当兵的口味。黄公略停住脚步，循声看一眼，回答：

"先生几联，贺百姓安康？"

黄公略在问，面对这么大好的形势，你有几副对联是在祝福老百姓呢？那老学究望了一眼黄公略，又出口念道：

"枪口朝天，枪托朝地，小心伤着自家人。"

黄公略稍作思考，道出下联：

"笔尖舞龙，笔杆舞凤，倾情抒写山河秀。"

"哎呀呀，敢问将军是黄公略吗？"老学究起身打一拱手。

黄公略忙拱手回礼："本人姓黄，名石，号公略。敢问先生尊姓大名？"

"久闻大名，今日偶遇，幸会幸会。鄙人小姓吴，私塾教几句书，街上写几副联，讨碗饭吃。"老学究看着黄公略说。

"教书育人，德泽乡邻，了得了得。吴先生满腹经纶，翰墨香溢，出联相邀，有何指教？"黄公略非常诚恳地走上前，问。

"不敢不敢，黄将军礼贤下士，钦佩钦佩。老夫有一事禀报，不知将军愿闻其详？"

"黄某洗耳恭听。"

原来，旁村有个地主的小老婆，多次找到吴先生，请他代写状子，声言她有冤情要具状黄将军。

山阜镇街上有一位银匠，人称上官师傅。那一年从山外娶回一个十六岁的姑娘做老婆。姑娘嫁过来，着实把街上男人的眼神给扯直了。姑娘长得水灵，面若桃花，身如春柳，两根辫子齐腰，走路时左右摆动。那眼神看人时释放一种稠稠糊糊的东西，很多男人想看又怕被勾去魂魄，总在她家门前往返溜达。上官师傅自把姑娘娶过门，店铺门前就别样热闹，银饰工艺品供不应求。

离山阜镇二十里路外，有一个大地主叫鲁胖子。一天鲁胖子到山阜镇闲逛，无意中一眼看上了上官师傅新娶回来的老婆，像西门庆看见潘金莲，心里痒得难熬。怎么弄到手呢？他便在镇上设赌场，隔天就邀上官师傅去赌。上官师傅不知是计，赌博上瘾。赌博开始是赢的，比打造银首饰赚钱来得快。后来慢慢向输的方向滑，他也不刹住，继续赌，赌红眼了，把家产、房屋都输了，最后把老婆也押上输了。鲁胖子笑眯眯把那姑娘牵回了家。

红军来了，在这周围一带开展轰轰烈烈的打土豪分田地运动。鲁胖子因霸占乡邻土地出了人命，又拿出大批钱物资助团防局，民愤很大，被镇压了。他家的房屋、土地分配给了穷人。

第十章

上官师傅原来的老婆成了地主婆后,没有田地分。她不服,要向黄公略申诉。

吴老先生说完,感叹一句:"鲁胖子的结局应验了乡下一句俗语:有钱莫买河边地,有钱莫娶活人妻。人财两空。"

"吴老先生,鲁胖子不是娶人妻,是夺人妻,活该。你反映的情况,我们马上派人调查核实,如属实,我们会考虑她的情况。"黄公略对吴先生说。

不久,调查结果出来,情况属实,当地政府又重新给地主婆调配了田地。后来在黄公略、吴老先生的撮合下,上官师傅又重新娶回自己原来的老婆。迎妻进门那天,上官师傅特地办了一桌酒席,请了黄公略、吴老先生做上宾。吴老先生酒过三杯,要邀黄公略为他们合写一副婚联。吴老先生让人拿来红纸笔墨,提笔写下:

苑上梅花二度;

黄公略接过毛笔,很快写出下联:

房中琴瑟重调。

吴老先生似酒兴正浓,随口念出:

旧曲哪如新曲乐;

黄公略即口回复:

先天还借后天成。

吴老先生又念出:

玉梅再探香遍逸;

黄公略对出:

锦瑟调和韵更清。

这事在山阜镇街上传为一段佳话。

在去山阜镇的路上,几个人催着牛均田,要他讲山阜镇黄公略与老学究写对联的故事。牛均田把故事讲完,车内响起一连串的"啧喷"声。

牛均田他们来到山阜镇，寻找当年的银匠铺。

牛均田对韩梅说："如果上官师傅还健在，一定请他给你打一对银镯子。"韩梅笑着说："嫁给你几十年，东南西北四处跑，崽女生了六个，还是第一次说要给我打银镯子。铁树开花，太阳从西边出来了？"牛均田说："上官师傅的手艺那可是绝活，请他给你打手镯，那是我对你几十年的深情挚爱的体现呢。"大家都笑了，韩梅内心暖意满满。

他们从镇上一位老人那里打听到，自红军长征以后，国民党的团防局、清乡队又回到镇上。吴老先生得知消息，清乡队要抓上官师傅，便半夜里给他送个信。上官师傅连夜里带着老婆孩子跑了，再也没有回山阜镇。

牛均田对韩梅的承诺无法兑现了。

第十一章

一

牛均田他们离开山阜镇，走县道去浏阳文家市。山阜镇距文家市还有一百六十多公里，他们计划在半道的柚树湾吃中饭。

柚树湾旧时有个驿站，南北通道在高山峻岭的夹缝中穿过。过去是马车宽的路，路面铺的是沙石，车子过往，尘土飞扬，路两边的住户都是闭窗闭户的。现在是柏油路，怕过往车辆速度过快，在南北入村口设了减速带。柚树湾解放前聚居着十来户人家，后来慢慢扩展，现在有二三十户人家。不过，很多是父子、兄弟分枝的。这个山脚下的小村子平时不热闹，每月逢五赶集这天，鸡鸣狗吠，人头攒动，吆喝声此起彼落，很是热闹。山货沿县道两边摆开，吸引着周围几十里的山民。道路上赶集的人们，从南走到北，又从北折回往南走，挑选自己需要的货物。过往车辆逢集经过柚树湾村时，车速都压在二十码以下，如同蚂蚁爬行。中午饭后，赶集的人渐渐散去，路上也就慢慢顺畅了。牛均田他们是经山阜镇上的人介绍，决定在柚树湾村吃中饭的。

刘处长开车进柚树湾村时，就看到马路上空悬挂着一条横幅："今日逢集，车辆缓行。"小车缓缓开进，他们在搜寻中意的餐馆。

突然，人群中钻出一个妇女，顿跪在牛均田的车子前面，拦住了小车前进的道路。妇女的胸前挂着一块遮身的白布，白布上写着一个很大的"冤"字。

马处长很恼火。地方上的事他们不了解，了解了也管不着，解决不了。他要下车拖开那妇女。牛均田在后排发话："问清情况，好言相劝。没有天大的委屈她怎么会下跪呢？常言道，跪天跪地跪爹娘。不要对妇女发火。"马处长本来有火气，被牛均田这一说，有火也不敢发泄。

"同志，我们这是部队的军车，车上坐着老首长，你拦我们的车干什么？"马处长要去拉那妇女起身，妇女不起来。

"拦的就是军车。我男人是抗美援朝回来的老兵，被美国鬼子打掉一条腿。他现被公安关在看守所。冤。"妇女跪着说，不起身。

"那你找当地政府。"马处长劝。

"就是政府要公安关的。"妇女回答。

"公安为什么要关你男人？"马处长问。

"说他上访。"妇女答道。

马处长很为难。好言相劝，妇女跪地不起；强行拖开妇女，又怕牛司令批评。而且赶集的人都围拢来看热闹，动粗影响不好。后面堵了好几辆车子，不停地按喇叭。看妇女的模样，家里确有冤情。他回到车上，把问到的情况向牛均田汇报。牛均田一听抗美援朝老兵被关，事情不小，立即下了车。

"这是我们首长，他也是抗美援朝回来的老兵，你有什么冤情跟他讲。"马处长对跪在地上的妇女说。

那妇女转过身一把抱住牛均田的双腿，额头磕在他脚背上。

"你站起来，我问你话。"牛均田拍拍妇女的肩，叫她起来。妇女站起来，一脸泪水。牛均田对她说："你家住在哪里？"妇女用手指指

第十一章

前面不远的房子："我家在那里。"牛均田说："你上我的车，去你家里说。车子在公路上停久了，堵塞交通。"妇女背着那块白布上了牛均田的车。不一会儿，车子停在妇女的家门口。

这是一弄直通四间的平房。前间临马路，做门面，屋里一边摆些箩筐、篮子、筛子、簸箕、小竹凳、竹椅及竹制小工艺品，一边放着玻璃柜台，里面放着干果、干山菌的样品。第二间为客厅，摆放一套竹制茶几和沙发，还有老式木柜，第三间为卧室，堆放待售的货物，第四间是伙房兼吃饭屋。整个家里没有什么值钱的家具。

妇女进屋取下那块白布，用白布抹掉脸上的泪痕，把牛均田一行四人领到第二间屋。她泡好茶之后，开始向牛均田讲述自己和男人的遭遇。

妇女姓王，叫王枝兰，原来住邻村，有一个家庭，丈夫是开手扶拖拉机的。有一年，丈夫开着拖拉机进城收废品，回来的路上在一拐弯处，避让不及，和一辆大货车相撞，车毁人亡。赔偿金全部攥在公公婆婆手上。丈夫不在了，小叔子要结婚，公公婆婆嫌弃王枝兰母女，女儿到了入学年龄也不让上学，母女俩的日子很难过。后经娘家亲戚介绍，她带着女儿嫁给了现在的男人。现在的男人有残疾，有一条腿是抗美援朝时失去的。男人比她大十六岁，没有结过婚。他和他父母都是很善良的人。王枝兰嫁过来后，男人做的第一件事就是送孩子上学。家里距学校有七八里山路，怕女孩子不安全，每天都是男人父母负责接送，女儿现在在城里读初中。后来这里要建集贸镇，村上的人出二万元就可以买块地建房。他父母出钱，就建了这四间马路边的屋，做些竹制品生意，南来北往的客多，周边几个村就这个集贸镇，王枝兰对二婚后的日子还满足。特别是现在的男人对她好，对女儿视同己出，他编织箩筐、筛子、簸箕，做些竹艺品，手艺很精巧，做的东西卖得好。男人还经常进山收购一种雁尾枞菌，销路很好。

有一天，男人从邻家拿回一张小报。报纸上说，国家对抗美援朝战争中被俘释放回来的人员要求一视同仁，受到不公正待遇的人员要平反，有错要纠错。复员回乡的要同等享受相应生活补贴。那天，他特别高兴，还独自喝了两小杯酒。他对我说："我不是要政府多少补贴，而是想要那个名分。几十年了，'俘虏兵'压了我几十年，不敢抬头正面看人，不敢人前大声说话，窝囊透了。"那天下午他就去找乡民政所。民政所的人告诉他，没有接到上级这方面的文件。他又去县民政局，民政局的人告诉他，上级没有下发这类文件。他又去省民政厅，省民政厅进不去。他坚持认为，国家一定有这方面的政策和文件，只是下面不执行，要不，报纸怎么会登载呢？他坚持不停地上访，去乡政府，去县政府，去市政府，去省政府。多年来家里生意也不做了，一天到晚就做这件事，路费都花几万了。久而久之，政府给他取名"老上访户"，他成了维稳部门重点监控对象。

早十多天，市里新调来一个市长，第一次到县里来视察。男人得到消息，一大早去了县政府。一队车子进县政府大院门时，男人就顿跪在市长的车子前面。市长很不高兴，问是什么人拦他的车。县政府的人告诉市长，一个俘虏兵，老上访户。市长发话，一个俘虏兵，怕他什么呢？看守所里满了吗？她男人就被关了进去。王枝兰四处托人找人，没有用。无奈之下，她横下一条心，到马路上拦车喊冤。

王枝兰诉说完，屋里静静的。韩梅不时用纸巾擦泪，马处长、刘处长眼眶红红的，牛均田没有吭半句声，他强压着怒火在倾听。

"你男人叫什么名字？"牛均田沉默一阵之后，突然问。

"姜地坤。"王枝兰回答。

"他在志愿军哪个部队？"

"这我搞不清，要问他。"

牛均田有些激动，凭感觉，他认为这就是他找了几十年的救命恩人。同名同姓，世界上的事有这么凑巧？不管是不是抗美援朝老兵，就因这点事关他？被俘释放回乡，他也是上过战场，打过美国鬼子，从死亡线上回来的人，领导一句话就关？现在国家有政策，要优抚好这些人，怎么关他呢？让人寒心。国家有难，老百姓把子女送上前线，为国赴难，死命捍卫。国家和平安宁了，就虐待这些当过兵的，不把他们当回事，国家有难来了，谁还会送子女去当兵？谁会上战场舍命拼杀？黄军长领导湘赣边区武装斗争时，就对工农干部说："我们不打土豪，分田分地分房屋给劳苦民众，谁会跟我们干？"一样道理，怎么不要这个理了呢？牛均田想到这里，站起来对王枝兰说："小王，你在家等着，我把你男人接回来。"

因已到中午饭的时候，牛均田他们在王枝兰家里吃过中饭后，驱车去了县看守所。

牛均田来到县看守所，说明来意，在会见室里见到了姜地坤。姜地坤又黑又瘦，头发蓬松，胡茬很长，走路一拐一拐的。在牛均田的印象中，姜地坤不是这个样呀。

"你叫什么名字？"牛均田问。

"姜地坤。"姜地坤勾着头回答，不敢正视。

"你在志愿军哪个部队？"

"十二师三团的。"

"连长叫什么名？"

"排长叫张一帆，我们同时被俘一次遣返的连长叫成大钢，在阻击战中牺牲了。营长叫何杜子，在阻击战中牺牲了。团长叫牛均田，老红军。"

"你救过牛团长的命，还记得吗？"

"记得，听说他牺牲了。他要活着，我也有个诉说处。"姜地坤哽咽着说不出话来。

"姜地坤。"牛均田站起来,大声叫。

"到。"

"你抬起头来,看看我是谁?"

"不认识。"姜地坤疑惑地看了很久,摇摇头。

"我是你的团长,牛均田。"牛均田老泪纵横,抬起那只左手向姜地坤敬军礼。

"团长——你的手怎么啦?"姜地坤连同那支空袖筒,拦腰抱住牛均田。在场的人无不潸然泪下。

牛均田用左手抚摸着姜地坤的头。姜地坤抱着牛均田一阵紧过一阵,久久不松。会见室内只有抽泣声。多少思念,多少期盼,多少委屈,像打开闸门的洪流,喷泻而出。

不知过了多久,双方平静之后,姜地坤还在擦眼泪。牛均田让韩梅接通刘耀文书记秘书小郭的电话。

"小郭,我是牛均田,你要刘书记接电话。什么?开会?他即使在讲话,作报告,你也把手机给他,我有火急的事。好。喂——耀文书记,我现在在你的地盘,你们把我在抗美援朝战场上的救命恩人抓进了监狱,对的,我现在就在看守所,他们不放人。马上放?那我在这里等着。"

刘耀文是省委书记,牛均田老首长的儿子。见牛均田把电话直接打给省委书记,在场的民警吓呆了。他们不知如何是好,脸上流露着惶恐。

没过多久,看守所的领导抱着姜地坤的东西出来了。教导员鸡啄米似的道歉:"牛司令,对不住,牛司令,对不住。"

牛均田余怒未消,拉着姜地坤上了车,丢下一句话:"不关你们的事。"

车子离开看守所,他们在镇上的一个招待所开了一间房,让姜地坤洗了澡，理了发。韩梅在镇上的服装店买了一套衣服，一双鞋子。身上脱下来的东西全丢进垃圾箱，姜地坤从上到下换了遍新。

姜地坤在无名高地阻击战任务完成后的撤退中，救了牛均田，他自己并没有受致命的伤，只是背上、腿上、手臂被弹片划开。在战地医院住了一个多月，姜地坤又回到了部队。一九五二年五月第五次战役取得胜利以后，以美国为首的"联合国军"对志愿军发起大规模进攻。美军依仗飞机、大炮、坦克等机械化优势，从三个方向包抄，攻势猛烈，企图一举消灭志愿军。为掩护主力部队转移，姜地坤他们团奉命在塔拉洞至牟姆峰一线阻击美军。这一段是正面阻击防御的重点，上级命令不让美军一个近三万人的机械化师越过防线。姜地坤他们团坚守了一个星期，打退了敌人无数次进攻。因失去后勤供给，最后全团官兵一天一夜没进一口粮食。

美军前进受阻之后，先是派飞机轮番轰炸，从天亮炸到天黑，掩体上空只听到飞机的轰鸣声和炸弹爆炸声。美军扔下的燃烧弹，把阵地烧成一片火海。飞机轰炸过后，就是远程大炮不停地向阵地倾泻炮弹，爆炸声像放鞭炮。敌人就这么折腾两天之后，阵地陷入死一般寂静。很快，就是美军步兵进攻。

当时，志愿军部队只有机枪、步枪、手榴弹。为节省弹药，营长命令五十米时开枪，连长又命令只能三十米时开枪。敌人以为志愿军被飞机大炮炸死了，一百米、五十米还没人射击，就一拨一拨涌上来。连长一声令下："打！"美军像被割的麦秆一样一批一批倒下。美军溃退后又是一波飞机大炮轰炸。志愿军躲进掩体，美军步兵再进攻，志愿军再打退。这样拉锯了三天三夜，美军未能越过姜地坤他们团坚守的阵地。全团为此付出了很大的伤亡，奉命撤退时全团还剩八百多人，姜地坤右腿被炸断，没能及时撤退，成了美军俘虏。一九五三年下半年，姜地坤因伤残是第一批被遣返回国的。

回国以后，姜地坤被集中学习培训了一年，天天写检讨，天天写自省。一九五四年底，姜地坤回到了家里。被关押在战俘营时，日夜想念家乡、父母，他想回国。哪知回来以后，日子并不好过。自己心里有阴影，夹着一条尾巴——"遣返战俘"，让父母脸上无光，上邻下舍冷眼相待。每次运动一来，姜地坤都是内控对象。有一次大队开批斗会，把姜地坤和"五类分子"放一排站着，接受批斗。那一刻姜地坤想，当时死在朝鲜战场多好，多光彩，活下来受罪。

姜地坤把自己的经历和遭遇详细向牛均田述说，一边说一边抽泣一边擦眼泪。

正说着，外面嚷嚷起来。一打听，说是乡政府的人来了，还有县里的人马上也要来，都是奔姜地坤家来的。

"你是我的救命恩人，没有你，我这条老命就丢在朝鲜了。几十年了，我一直在打听，找你，终于找到你了。不曾想会是在看守所见到你。这会儿乡里、县里派人到你家里来，不是冲你来的，也不是冲我来的，他们是冲省委刘书记来的。小姜，你记住，接受他们的道歉和慰问。你只提要求，要落实中央一九八〇年下发的七十四号文件和一九八七年对志愿军老兵发放生活补贴的政策。他们错关你，应予赔偿。这些地方官我不想见，我们先走，我们还要去浏阳文家市。今天就不去看你父母了。待我回省城后，我会要儿女来接你们夫妇、父母到省城，那时我们要详细聊聊。"

牛均田离开时，让韩梅留下一万元现金。牛均田刚离开姜地坤家，乡里、县里派的人就进门了。

二

文家市战斗，是半路上截获敌人情报，临时改变行军路线，对文家市守敌采取奔袭战，打得非常漂亮的一次战斗。黄公略率领的红三军担任文家市战斗的主攻。

当时的中共中央有一个攻打中心城市的宏伟计划：红一军团攻打南昌、九江，红二军团、红三军团攻打武汉，红七军攻打柳州、桂林和广州。提出的口号是"打下长沙，夺取南昌，会师武汉，饮马长江"。

朱德、毛泽东率部队向南昌进发，黄公略亦在进攻南昌的命令中签署了"同意"并率红三军开路。打下樟树后，红军部队抓到了一个敌营长，他因拼命反抗被五花大绑送到黄公略的跟前。在一所教堂里，黄公略亲自审问。黄军长看着他面熟，便上下打量，回忆在哪儿见过。

"黄军长，你不认识我了？"敌营长问。

"湖南陆军二师三旅六团一营一连的易……"黄公略记起来了。

"一连一排的排长易昕光。"敌营长抢先回答。

"易营长。"黄公略遂亲自松绑，倒了一杯水给他，扶他坐在凳子上。其时，黄公略在一营营部当书记，易昕光已是排长。黄公略以礼相待，两人长谈很久。

国民党已掌握红军攻打南昌的计划，暗中调遣部队，企图在红军进攻南昌时围歼红军。红军攻打樟树时，尾随不远就有敌一个师三个团，没有出手相救，就是怕打乱围歼红军的原定计划。这是一个非常重要的情况。二人交谈完，黄公略立即向毛泽东报告了这一情况，并派出侦察兵证实。

黄公略向毛泽东说出自己的看法："我们长期在山区打游击，了解的敌情滞后，也不全面，往往上战场就很被动。南昌防守工事很坚固，又有四面环水的优势，红军缺乏攻城的重武器，硬攻兵员伤亡会很大。从敌人俘虏口供中了解的情况来看，敌人有一个大阴谋。此次攻打南昌，于红军极为不利。中央并不了解这里发生的紧急情况，中央的命令又不能违抗……"

"公略同志，我们想到一块了，得想个两全之策。"毛泽东握着黄公略的手说。之后，二人并肩在操场里散步，牛均田等人紧跟在他们后面警戒。

很快，总前委在樟树召开会议，向中央建议：攻打南昌的计划暂不成熟，西渡赣江，配合红三军团攻下长沙后再回师打南昌。得到中央批准后，红军西进。

一九三〇年八月十八日，黄公略率领红三军前锋部队到达万载黄茅镇。黄公略让牛均田叫来侦察连长，面授机宜，要他带人化装成国民党部队去抓俘虏。当时，红军了解敌情，俘虏口供是一个重要渠道。果然，侦察连长抓回一个敌团部参谋。从俘虏口供中了解到：彭德怀率领的红三军团，攻下长沙后遭敌人重兵围攻，守不住，主动放弃长沙。红三军团已向浏阳、平江撤退，部队到达长寿街一带。何键率部队气势汹汹，分两路已追至浏阳。左路陈光中师第七旅已开进永和、张坊一带，六十二师陶广部已进驻古港。右路十五师戴斗垣旅已进驻文家市。戴斗垣的三个团呈品字摆开，互为犄角。其中一个团在孙家坳，占据制高点构筑工事。

黄公略迅速跑到总前委，向毛泽东汇报了这一情况。晚上，在黄茅镇临河的一栋二层楼房里召开会议，决定攻打文家市之敌。黄公略报告侦察人员带回来的情况："何键追击红三军团的两路人马，右路戴斗垣旅是孤军深入，敌左路陈光中师距戴斗垣较远。如打文家市之敌，以绝对优势兵力，趁戴斗垣立足未稳，突然发起攻击，几个小时结束战斗，陈光中增援是来不及的。目前掌握的情况，敌人对红军的迫近还蒙在鼓里。这是在运动中奔袭敌人的绝好机会。"

毛泽东对文家市非常熟。一九一七年的寒假，毛泽东邀请同窗好友陈绍休、陈章甫等在浏阳做社会调查二十多天，就住在陈绍林家里，还栽种了两株板栗树纪念这次社会调查。一九二七年九月九日，毛泽东领

第十一章

导秋收起义，原计划是起义部队攻打长沙。这时国民党四万部队正像饿狼一样扑过来。九月十四日，毛泽东看到形势极不利，就在文家市的里仁学校召开前委会议，决定起义部队不去攻打长沙城，迅速转入敌人力量薄弱的山区，以图发展。在文家市的这段时间里，毛泽东攀登过里仁学校后面的九峰岭、棺材岭、高升岭三座山，非常熟悉这一带的地形。

"这是一次绝好的奔袭围歼战。"毛泽东听了黄公略的汇报后，对敌我势力作了分析，指出围歼文家市之敌，既缓解了彭德怀红三军团的压力，造成红一军团、红三军团夹击浏阳之势，又为进攻长沙拉开序幕，打下基础。

牛均田在小车里回忆当时的情景，从心底钦佩黄公略在瞬息万变的战场上沉着应对的能力。牛均田对韩梅他们说："黄军长和毛主席很多作战计划是不谋而合，息息相通。真是神了。"

"毛主席曾三次写诗称赞黄军长。写诗要有激情，黄军长靠什么打开主席写诗的激情闸门？主席的军事思想在井冈山开始形成，军事思想靠战例去验证，黄军长的军事才能一次次验证主席的军事思想是对的，主席写诗的激情闸门能关得住吗？"韩梅突然的一番阔论，让车上的人刮目相看。

"哎呀呀，我一直想不明白的问题，夫人几句话就点醒我。你可当教授了。"牛均田不是亲耳所听，还不敢相信这番话出自韩梅之口。

"红三军划归红一军团建制后，攻打文家市，正面担任主攻还是第一次。黄军长非常重视，派侦察兵连夜摸清了九峰岭、棺材岭、高升岭敌人的工事构筑和兵力布防情况，认真研究了作战方案，得到朱总司令、毛总政委的充分肯定。"牛均田趁着话兴，给同车的几位谈起了自己的回忆。

牛均田继续说："二十日深夜，战士们饱餐了一顿后，乘着夜幕摸黑进入敌人眼皮底下，拂晓突然向敌人发起猛烈的进攻。敌人还在梦中，听到枪声乱作一团。很快九峰寺、棺材岭拿下了。部队在向高升岭推进时，遇到敌人的顽强抵抗。敌人机枪布防严密，火力凶猛，红军战士倒下一大片。"

一纵队的队长柯武东跑到黄公略跟前，请示行动。

"不惜任何牺牲，一定要端掉机枪点，攻下来。就是剩下你柯武东一个人，你也要给老子拿下来！"黄公略对着柯武东吼，叫声盖过枪声。

柯武东带着部队冲到半山腰时，草丛后面有个地堡机枪喷射起来。柯武东身中数弹，光荣牺牲。黄公略听说柯武东牺牲，便带着部队向高升岭发起冲锋。高升岭很快被攻下。敌人的三个团被红军四面包围，潮水般逃进文家市。敌旅部驻扎在里仁学校，旅长戴斗垣听见屋顶的瓦片被子弹打得像爆豆一样响，自知大势已去，开枪自杀。临死前心有不甘，他绝望地喊道："黄公略亡我也。"

文家市这一仗打得非常漂亮，不到四个小时就结束了战斗。歼灭敌人三个团、一个特务营，俘虏一千多人，缴获长短枪一千六百多支，轻重机枪五十多挺，取得红一军团合编西进第一次重大胜利，极大地激发了红一军团上下将士的战斗激情。

此时，何键正在浏阳县城搓麻将，听说文家市被红军打下，戴旅长自杀，部队全部被歼，吓得丢下麻将子回了长沙城。

当天下午，黄公略让牛均田和司令部直属队的同志去当地老百姓家里买了一口棺材，亲自为柯武东擦拭身上的血迹，换了一套军装，把《黄石公三略》放在柯武东的头下面做枕头垫着。

这本书柯武东几次要借去看，黄公略不同意。有一次柯武东到黄公略的书囊里来搜寻，黄公略让牛均田把书藏在身上。他没找到，嘟哝了一句："小气鬼。"

装殓后，黄公略和直属队的同志抬着棺材爬上高升岭，在柯武东牺

牲的机枪地堡处挖了个墓穴,把他葬在这里。黄公略说:

"武东同志,在通往解放全国的道路上,是这个地堡夺去了你的生命,现在我们把敌人消灭了,你就死守这个制高点,看着我们奔向胜利。"说完,警卫排一齐朝天鸣枪致哀。

黄公略让大家下山回营,他和十多人留在山上守墓。第二天太阳东升,晨辉洒满新坟和周围的树木草丛,黄公略率大家行过军礼,深情地说:"这一去不知何时能回来。等全国解放了,柯武东的墓要重新修建,把文家市战斗中牺牲的红军战士都埋到这里来,陪伴他们的支队长,让后人永远记住他们。"

牛均田领着韩梅他们几个,来到文家市纪念馆、红一军团指挥部、里仁学校看过后,又爬上九峰岭、棺材岭、高升岭,鸟瞰文家市全貌。牛均田给他们讲述当年战斗经历。之后,他们在柯武东的坟上献了鲜花。

三

牛均田在浏阳的文家市住了两天,驱车去仁和洞。牛均田对他们几个说:

"仁和洞是黄军长革命生涯的重要转折点。湘鄂赣边苏维埃政权的建立,红军队伍的迅速扩大,武装割据的初步形成,黄军长在不到两年的时间内,由一个营长成长为红军的军长,让国民党部队闻风丧胆,仁和洞是一个重要的台阶。"

牛均田想起那艰难而辉煌的岁月。

牛均田随黄公略从古庙的大殿里出来,转到庙后的偏屋里。偏屋矮小阴暗,有些霉味,应是古庙里和尚住过的老屋。黄公略摇摇水壶,水壶见底了,他要牛均田去屋外的竹筒接水。屋外有一个牛舌形状的竹筒插入一块岩石下，有一股细细的泉水流出。上雁峰山有一个多月了，他们一天吃一顿饭，肚子饿就喝水充饥。牛均田慢慢吞吞接过水壶，又磨磨蹭蹭把水接来，吞吞吐吐，欲言又止。黄公略接过水壶，喝了两口，见牛均田这个样子，放下水壶摸摸牛均田的前额、后颈，问他哪里不舒服，是不是饿了。牛均田摇摇头，望着黄公略不说话。

"牛崽，哪里不舒服？饿了？病了？"

"没病，不饿，我想——我想入党。"牛均田鼓足勇气说。

"你想入党？"黄公略惊喜地问。

牛均田点点头。

黄公略摸摸他的头，关切地问："怎么想起要入党？"

"刚才你在庙里介绍四个人入党，我很羡慕他们。看他们举着右手宣誓，我也想入党，做一名党的战士。"

"牛崽，你想入党，要求进步，这非常好。人越是在困难时候，越要有信心，越要看到光明。我就是在广州暴动失败后，毅然决然加入中国共产党的。你现在还小，将来你在前进的道路上会遇到很多困难，你要迎着困难、不畏困难、打败困难，不远的未来，你一定能加入党的组织，我愿意做你的入党介绍人。"

牛均田正听黄公略讲着，忽然门外有人报告：

"报告黄大队长，又有两个兵跑了。中队长请示，要不要派人抓回来毙了，以防止还有人逃跑。"

黄公略沉思了片刻，果断回答："不能开枪杀人，也不要去追逃。人各有志，让他们去。革命意志不坚定，人在山上心在山下，捆绑当不了红军。"

第二天一早，黄公略集合部队讲话。讲话之前，他首先向队伍脱帽三鞠躬。然后说：

"首先，我向大家赔个不是。在敌人的围追下，我们没有落脚的地

第十一章

方。无奈,我把队伍带上了雁峰山。这里人烟稀少,衣食短缺,天气寒冷,风雨无挡,苦了大家。我向大家致歉、致敬。今天早餐,让大家饱饱地吃了一顿。这是我们上雁峰山一个多月来不设限制、让大家放开肚皮吃的一顿。这顿饭是昨天夜里一中队的夏队长带人去山下几十里路外的土豪家里搞来的,还有两个战士受了伤。没吃的没穿的,大家很难在山上熬下去。昨晚上我巡看了所有的伤员,没医没药,有的战士伤口溃烂,有的高烧不退,再不想办法,不要说伤员,我们都难撑下去了。

"昨天,又有两个战士不堪忍受山上的日子,跑下山去了。我没有同意去拦截他们,追回他们,放他们一条生路吧。今天我把话挑明在这里,还有想下山另谋生路的,可以放行,不要拦阻。我们不给每个战士下绑戴铐,红军战士不是捆来的。我们靠信念、靠志向、靠自愿集聚在党旗下。虽然红军队伍有铁的军纪,战场上临阵逃跑者要军规处置。但现在是非常时期,一个苦字不足以概括我们目前的处境。我在这里再次申明,你们有来去的自由。想下山的,各中队长不要拦阻,更不要伤害他们。

"我们在平江嘉义镇举行暴动,一年多来辗转了很多地方。我们一路看到,农民大众日出而作,日落而不能息,面朝黄土背朝天,日子过得非常贫困,没有房屋住,没有饭吃,没有衣穿。他们一天到晚不停下地耕种,却缺衣少食,为什么呢?因为他们的手里没有自己的田土。而那些地主土豪不耕田不种地不劳动,仓库里却堆那么多粮食,家里存那么多钱财,为什么呢?因为他们手上有田土。这是极不公平的。国民党的部队,他们手上的枪杆子就保护这些地主老财。共产党就是要打破这种不公平,把地主土豪家里的田土分给农民大众,让人人有田耕,家家有地种。共产党要去打破这种不公平,地主土豪就不会同意,他们利益的代表国民党统治阶级就不会同意。他们有能力维护这种不公平,因为他们有枪,他们有军队。共产党要反对他们的不公平,就要建立自己的军队,就要手中握着枪。我们是共产党的军队,在党的领导下,我们要用手中的枪去推翻不公平的社会制度。这就是我们的信仰和志向。我们有了这种信仰和志向，一定能够克服一切艰难和困苦。

"当然，我们在打破这种不公平的社会制度时，会有牺牲。我认为这种牺牲是值得的。我们用自己的牺牲，换取天底下广大劳苦民众的幸福，不值得吗？我们用自己的牺牲，去建立一个人人有田种、家家有地耕的公平社会制度，不值得吗？值得，一千万个值得。"

黄公略讲完，好一阵台下极为安静。然后突然爆发雷鸣般的掌声，惊飞了院外山上林中栖鸟。

牛均田对同车的韩梅他们讲："语言的力量战胜了山上的饥饿，激情的演讲填饱了肚子。自黄军长讲了这通话后，再也没有人逃跑了。你们说神不神？"

四

"黄军长在一九二八年的七月下旬至十一月下旬，经历了两次生死劫。第一次是平江会师，成立红五军时。黄军长那时被任命为七团党代表，团长是陈鹏飞。根据红五军军委和平江县委联席会议精神，陈鹏飞、黄公略率七团向平江的南面发展，打通与浏阳的通道，与浏阳县委取得联系，开辟新的根据地。在平江与浏阳交界的社港市，敌独立五师三团早得情报，在这里构筑工事，等待红七团，企图一举歼灭。这个三团建制一千多人，是独立五师师长周磐捏在手里向上要价的劲旅。敌团长刘济人，原是黄公略的顶头上司。黄公略领导三营暴动，杀了刘济人的亲侄儿，师长周磐险些枪毙了刘济人。刘济人跪在周磐面前发誓，要亲手毙了黄公略。狭路相逢，仇人不共戴天，刘济人认为这次是逮住黄公略的千载难逢的机遇，可以一雪心中之恨。黄公略一直耿耿于怀的是当时领导两个连暴动，部队在烟舟镇被贺仲斌一番蛊惑带走一个连，此战正好是把那个连争夺过来的良机。红七团名义上是一个团，实际只有五百多人。双方激战两天两夜，终因敌众我寡，红七团损失过半。幸得浏阳县委及时支援，且战且退，经过几次翻山越岭，穿荆棘钻森林，好不容易才摆脱刘济人三团的死咬。部队停下来清点人数，结果剩下不到两百人。这次战斗是生死存亡之战。"

"伤员未带走？"韩梅问。

"子弹雨点般从头顶飞过，哪还能带走伤员？"牛均田反问。

"那些伤员呢？"

"一身杀气的刘济人，他会放过伤员？估计都被杀害了。"

牛均田说到这里，感叹不已。他接过韩梅递过来的杯子喝了一口水，继续讲：

"第二次生死劫，是红五军主力由彭德怀、滕代远率领第二次去井冈山找朱德、毛泽东，黄公略奉命率部掩护主力部队转移，阻击三省二十多个团的几路'围剿'。在被敌人死死咬着无法摆脱的情况下，黄公略决定率部队上马鞍山打游击。部队为躲避敌人，专拣山林小道走。有一天很晚了，部队行军一天，战士们还没有进一粒米，十分疲惫，就在一座山坡下宿营，离部队宿营地不远，有三户人家。宿营的地方在一个山坡上，一处丹霞石板地，有些坡度，但还平坦，据说当年李自成率残部去九宫山也在此处歇过脚。"

牛均田回忆那晚死里逃生的一幕。

部队宿营地是在一座主峰下，山脉东西走向，山山相连，绵延数十里。山坡上有一条不宽的小道，一头通往九宫山方向，一头通往山外的小镇。山下是深不见底的峡谷，急流撞击岩石发出咆哮。部队宿营后，很多战士就躺下了。黄公略让部队中的党员干部在宿营地两头一里路处放哨警戒，约定鸣枪报警。自己带几个人去山民家讨些吃的，想让战士们休息一晚，天亮再行军奔马鞍山。

"咚咚咚。"牛均田身上还有些孩子气，又没穿军装，黄公略让他敲开山民家的门。

"你……你们是……？"一个五十来岁的男人，掌托松油灯，打开门，望着牛均田身后几个挎枪穿军装的军人，一脸的惊慌。

黄公略跨上一步，语气非常平和地说："老乡，我们是红军，路过此地，部队一天没吃饭了，你能不能给我们搞点吃的？"

"早几天清乡团和国民党军队来过，把粮食都抢走了，还留下话，说谁家收留红军，给红军提供粮食，杀全家。红军同志，你们行行好，饶过我们一家人吧。"山民一脸的哀求。

"老乡，我这里有五块大洋，我们跟你买，红军有纪律，不白要你的。"黄公略吩咐牛均田从肩背布袋里掏出大洋，放在山民的手里。

山民接过大洋，眼睛放出异光，连连说："要得，要得。"

山民掌着松油灯，把他们带入一间偏屋。偏屋里有很多的山薯，足够部队吃上几顿的。山薯可以生吃，是上等的干粮。黄公略非常高兴，又带着人从另外两户山民家买了很多山薯。这些山薯足够部队吃上几天。去九宫山还有两天的路程，没有粮食部队无法行动。

山薯很快分到每个战士手里，饿了一天，饥肠辘辘，大家很快吃起。朦胧月色下，幽静的山谷里，战士们啃咬山薯发出的声音有节奏地传出来，掩盖了山里的一切声音。

黄公略没有急着吃，他趁着月色，巡视了一遍部队。然后把几个中队长召集在一起，说："我的右眼皮跳得很厉害，感觉总有什么大事来。今晚我们在这里宿营，是被敌人赶到这里的，白天没有侦察，战士们不熟悉这里的情况。连日被敌人追着打，战士们饿着肚子，部队很疲劳。各中队长注意督促自己的队伍，睡得警醒一些。山道两头的警戒哨两个小时一班，注意及时换人。万一有紧急情况，各中队长带着自己的队伍往山上撤。遇事你们临机处置，不必请示。这座山高峻、陡险，树木茂密，队伍爬得愈高，离山道愈远危险愈小，千万不要往路的右边山下跑，万丈深渊，掉下去就没人了。大家记住了？"

几个中队长齐声回答："记住了。"

黄公略开会布置完，对牛均田说："牛崽，你去睡一会儿。"

"你不睡，我不睡。"牛均田总是形影不离跟着黄公略。

正说着，一群夜鸟像是受到惊吓，从头上掠过，向马鞍山方向飞去。

"不好，有情况。牛崽，快通知各中队长带队伍往山上撤。"黄公略果断下令，没有半点犹豫。很快，山道东头的警戒哨传来了报警的枪声。

"呼呼"的枪声划破夜空，给这连绵的群山带来恐怖。

不一会儿，传来"哒哒哒"的机枪扫射声。

很多士兵从沉睡中惊醒，极度恐慌，不知往哪个方向跑。丹霞石上一片混乱。

"往左边山上跑。"

"快上左边山。"

"不能往右边跑。"

"右边去不得。"

黑夜里，混乱中，各中队长在指挥自己的队伍往山上撤。但还是有几个战士在惊恐中往右边峡谷跑去，掉下悬崖，峡谷里不时传来惨叫声。

枪声持续到天亮。国民党的部队和清乡团在山道两头三步一岗，五步一哨，严密封锁。敌人在山下守了三天，见山上没有动静，就撤退了。敌人认为这股红军，没有掉下悬崖的，也饿死在山上了。

这座山是群山的主峰，海拔九百多米。红军紧急撤往山上后，以静观动，等到天亮。天亮以后，才发现山上的树木麻密，看不到天，看不到山下，也看不到峡谷对岸的山峦。阳光被繁密的树叶筛剪成星星点点，斑斓细碎。山势陡峭险峻。山下不时传来零散枪声。国民党的部队和清乡团不敢贸然上山搜寻。

红军紧急撤往山上时，完全打乱了原来的中队建制。买来的山薯没来得及带上，三天的蛰伏中，战士们靠采摘野果、挖葛根充饥。在确认敌人全部撤走以后，部队零散从山上下来，仍在丹霞石坪集合，清点人数，少了十一人。除山道东头两名放哨的被敌人杀害，还有九名战士掉下悬崖。黄公略分析，这次夜里遭敌人偷袭，附近三户山农中必有人出卖了红军。时间紧急，来不及调查，他只能带着部队沿山道向马鞍山方向前进。

"这次窄路遭偷袭，若不是黄军长事先有警觉，有预见，有安排，整个纵队几乎是死无葬身之地。"几十年以后，牛均田回忆那一幕，背脊还冒冷汗。

"死了十多个红军战士，后来没对那三户山民做调查，是谁出卖了红军？"韩梅问牛均田。

"大家都恨得咬牙切齿，有战士眼睛都红了，要去讨个说法，被黄军长制止。时间不允许，黄军长决定迅速离开险境。"牛均田回答。

"掉进峡谷悬崖下的红军战士，有没有存活的？红军撤离时有没有派人下去察看？"马处长问。

"悬崖峭壁，深不见底，没有地方可下去。再说那种危险情况，国民党的部队随时都会出现，部队不能久留。战争年代就是这样残酷，来不及掩埋战友的遗体，甚至还得踏着战友的遗体前进。"牛均田说起这些有些伤感，长叹一声。

第十一章

五

"大队长，二中队又有一名战士快不行了，口里念叨着要回家。"二中队队长向黄公略报告。

听到报告，黄公略随二中队队长来到一棵大树下，进了帐篷。他蹲下身子，用手把着那气若游丝的战士的脉，又用手在他鼻孔下试探，然后把嘴贴在那战士的耳边，轻轻地说："小柱子，一定带你回家。"说完，那战士停止了呼吸。

在埋葬小柱子时，黄公略脱帽致礼后说："青山有幸埋忠骨，无须马革裹尸还。小柱子，这就是你的家。你好好安息。"这里连着的五座新坟，都是上马鞍山一个多月来，因伤因病、断粮缺医去世的战士，他们被集中安葬在这里的。说是安葬，就是在地上挖个坑，没有棺材，除了枪支弹药，其余随身衣物都陪葬。

"大队长，小柱子从家里带来的一支笛子，埋不埋？"二中队队长问。

"埋，他的东西让他带着。"黄公略坚定地答复，接着说，"小柱子家在嘉义镇，父母都不在了，家里只有一个奶奶。现在这种环境下，我们不可能把他送回老家。我只能违心答应他，让他放下心走。将来革命胜利了，全国解放了，把他们都迁入公墓，让后人纪念他们，记住他们。"

掩埋了小柱子，黄公略让牛均田通知各中队长、党支部委员到古庙后的偏屋旁开会，商量下一步行动。

人员到齐后，黄公略站在一块青石板上，面向偏屋，背靠一棵大松树，语气有些沉重，说：

"上山不到两个月，已走了五名战士。快立冬了，没吃的，没穿的，没药品，人烟稀少，敌人封堵了下山的出口，想饿死、冻死、困死我们。"他停顿了一会儿，用眼睛扫视大家，继续说：

"当年李自成率残部路过此山，也是被清军和当地地主武装包围，封堵下山出路，最后人困马倒，缺粮断食，李自成只率十余骑突围。我们再这么困守山上，会重蹈李自成的覆辙。我们是共产党领导的红军，肩负着老百姓的期望，我们不能当李自成，我们要杀下山去，寻找出路，创建我们自己的一片天地，大家有不有信心？"

"有。"与会人员的回答铿锵有力。

接着黄公略向与会人员透露他已派侦察兵化装成和尚，从山外的小镇了解到，浏阳仁和洞一带有游击队活动，浏阳县委也设在游击区内。那里是湘鄂赣的交界地，鸡鸣三省，脚踏五县，是红军武装割据很理想的地方。红军要生存发展下去，必须和地方党组织取得联系，得到当地游击队的支持。他们天天在老百姓中间，群众基础好。

接下来杀下马鞍山的战斗，黄公略在会上做了精心布置，后又个别面授机宜。

马鞍山自古两条路上下：东面一条，路宽，石阶至半山腰，是山上庙里和尚和香客出入的通道；西面一条，路窄，险峻、陡峭，有悬崖。确定杀下山之日的前三天，每天凌晨三点至五点，派人轮番向据点守敌射击，骚扰敌人，使其不得入睡，让敌人疲惫不堪。到第四日，一中队从东面这条山道往下杀，集中火力，攻势要猛，给敌人造成马鞍山的红军全部要从这条路杀出的假象。黄公略让人从寺庙里收集了一些香客的鞭炮，第四天凌晨三点发起攻击，鞭炮齐鸣，弹雨横飞。其余三个中队埋伏在西面山路的悬崖处，待据点守敌派人增援东面据点守敌后，用绳索吊下悬崖，歼灭留守敌人，打开下山通道。

战斗按黄公略预定设计的展开，非常顺利。西面下山通道打开后，红军增援东面战斗，两面夹攻，全歼东面据点守敌，红军无伤亡。

第十一章

太阳从马鞍山头升起，黄公略率领二纵队的红军踏着晨晖，斗志昂扬地向浏阳仁和洞方向进发。

车子的摇摇晃晃，并不催眠，反而更加激励着牛均田述说烽火岁月中的传奇故事。

第十二章

一

黄公略率二纵队的人马日夜兼程,穿山越岭,不几日离开马鞍山,来到平江与浏阳交界的福寿山。天子岗在福寿山的南面,黄公略派人打听,部队所至地叫鸡鸣山,距天子岗还有好几十里。饥饿和疲累折磨着整个部队,部队精神状态极不振作。西山含日,夜幕徐来,在离村庄不远的一所旧教堂安营驻扎,黄公略传令部队不得进村扰民,不能抢老百姓衣物粮食,不得随意打人骂人抓人。他对各中队长说:"什么时候找到浏阳县委和浏东游击队,在鸡鸣山要驻扎多长时间,都是问号。部队骚扰村民,老百姓怨气大,部队就待不下去,老百姓就会拿打狗棍撵,我们就得卷铺盖滚蛋。"

深夜,黄公略要三中队队长带人去村里一大地主家,以国民党军队名义借粮食和银元。大地主心里明白,国民党军队说借,何时有还?那还不是老虎借猪,相公借书。他开始死活不同意,用各种理由推托和搪塞。三中队队长只好命人把他捆绑起来,吊在一棵大树上,要开枪把绳索打断,用这种摔的办法吓唬他。地主见状,吓得裤裆流尿,连连求饶。部队筹到钱粮,黄公略心里踏实,战士的精神状态大为改观。

第十二章

部队原地休整了几天。一天上午,黄公略把侦察排刘排长和牛均田叫到跟前,交代说:"你带牛崽进山,去牛头岭、老虎涧一带,以收购山货的名义,打听浏阳县委和浏东游击队的情况。牛崽还小,你把他当徒弟,便于作掩护。一定要小心、机警。"

刘排长带着牛均田在山里一连转了几圈,走门串户,跑了几个小村庄。天子岗的位置找到了,但无法探听到浏阳县委和浏东游击队的消息。

一天,他们来到一个村头口的干货小店,刘排长试探问:"老板发财,请问你店里有雁尾枞干菌吗?"

"有,刚从山里进的上等货。"老板是一个很干练的人,理着平头,抬起眼皮瞟了二人一眼,射出寒光。

"可以看看样货吗?"刘排长问。

"可以。"老板拿出干菌。

"上等的雁尾枞干菌,干而不涩,滑而不泥。高山之上,云雾遮盖,见日不多,把菌子摘采下山,太阳暴晒后,才有这等好干菌。"刘排长拣了几颗干菌放手上,又送鼻子底下闻闻,称赞说。

"你蛮内行的。"

"长期跑这个行当,多少知道些皮毛。你这干菌多少钱一斤?"侦察排长问。

"三毛五。"老板拨着算盘,回答。

"多买点,价钱有余地吗?"

"你要多少?"

"五十斤,一百斤,有多少要多少。"

"货运哪里?"

"衡阳。"

"店里只有十来斤,你要得多,我要进山调货。"

"进哪片山？"

"天子岗、仁和洞一带。"

刘排长脸上掠过一丝惊喜，这正是红军要去的地方哩，旋即恢复了平静。

"听说那一带共产党游击队活动厉害，路上顺畅吗？"

"游击队不为难商人。"

"路上要几天？"

"来去两到三天。"

"到时我们来店里提货，还是派人跟你一块进山？"

"有人一块进山当然再好不过，进什么样的货，当面随你挑选。"

"那好，我们约定明天中午来店里，有劳你带我们进山。你先给我称一斤干菌，我带回去给老板看看成色和质地。"

刘排长带着牛均田回到营地，向黄公略报告了解到的一切，并提出自己的怀疑："这个老板不像个商人。"

"何以见得？"黄公略问。

"熟练商人用小秤称零货，都是左手食指和拇指捻着秤杆系绳，中指、无名指、细指都要张开，这样做是老行家的规矩，意即明白告诉客人，店主无任何欺诈行为和小动作，不会缺斤短两。再者，我看他那右手的食指和拇指捻着秤砣系绳来回移动也不自然。"

"你的怀疑不无道理。你再带两个人，今晚趁夜色再去他店子，就说老板进山看货要改日期，看他的反应。"细节决定子弹横飞下的功败垂成，黄公略对此甚为敏感。他们从马鞍山杀下来，全歼一个加强连的守敌，国民党军队高层不会不知道。现在距天子岗、仁和洞还有几十里路，又未与地方党组织、游击队联系上，万一敌人重兵追踪包抄围堵，部队处境十分危险。

果然不出所料，刘排长他们火急赶到商店，门上挂把锁，店老板不知去向。天蒙亮，刘排长一行三人赶回营地，不等汇报完，黄公略果断下令部队离开宿营地，急行军向天子岗进发。

黄公略率红军离开大半日的工夫，国民党军队一个团从三个方向围过来，扑了个空。

黄公略率红军脱离险境，来到天子岗山脚下。

牛均田对同车的韩梅、马处长、刘处长说："那次好险的。旧教堂孤零零的一栋房子，一面临河，一面是开阔的平地，无任何遮挡。敌人若重兵包围，便是无路可逃。那个卖干菌的店老板，果然是国民党军队安的探子。他们找不到仁和洞游击队的影子，进山"围剿"几次扑空挨打。从马鞍山杀下来的红军，无处安身落脚，敌人认定红军必然会寻找游击队。敌人更害怕两股势力合一处。刘排长太厉害了，观察那么仔细，我当时一点感觉都没有，根本看不出那是敌人的眼哨。"

待牛均田说完，车内发出一串"啧啧"的称赞声。

二

黄公略率红军来到天子岗山脚下，仍派刘排长和牛均田去村民家以收干菌名义，打探浏阳县委和游击队落脚的地方。

而此时，浏东游击队也在密切注视着这支穿国民党灰军装进山的部队。正在游击队巡视工作的浏阳县委书记张启龙也接密报，说有一支国民党的部队驻扎在山下。如何吃掉送上案板的肉，张启龙在细细筹划盘算中。正在这时，山下又来密报，说这支国民党部队只穿军装，却没佩戴领章帽徽，也不进村打家劫舍、哄抢财物、骚扰村民。张启龙有些纳闷，这是谁的部队？但他仍然把分散的游击队迅速集中，权衡双方力量，埋伏兵力。同时，他派侦察员下山摸情况。

刘排长和牛均田走进一户村民家，正在一边看干菌一边问价格时，里屋走出来两名男子。凭侦察排长的经验和敏锐的直觉，刘排长判断，里屋出来的人不是一般村民。不等他去掏枪，门外又闪电一般进来两名男子，一名男子右手锁住他的咽喉，一名男子迅速下了他的枪。

"说吧，你们进山来干什么？"从里屋走出的一个年纪约大的男子发问。

"收干菌的。"刘排长回答。

"收干菌还带枪？你哄三岁孩子呀。"

"快说，进山干什么？"

"不必问，要杀要剐由你们。"

"嘴挺硬的。我再问你一次，进山干什么？"

刘排长不吭气。

"把他们丢进屋后的枯井里。"其中一个男子威胁道。

牛均田跟在黄公略身边时间不长，年纪小，还未曾见过这场面。一听说要被丢井里，那黄公略交代的任务就完不成了。他连忙说："我们是黄公略部队的，进山来找浏阳县委和游击队的。"

"你再说一遍。"那个年纪略大些的男子又问。

牛均田又重复了一遍。

"找到了吗？"男子又问。

"这不，正在找，就被你们抓了。你们是什么人？"牛均田见对方不那么凶了，也镇静多了。

"哎呀呀，大水冲了龙王庙，一家人不认识一家人。快放人。我们是浏东游击队的。"那个年纪大一点的男子说。

四名游击队员松开了刘排长和牛均田，相互详细了解了对方的情况。浏阳县委和游击队早已听说黄公略率部队杀下马鞍山，在密切关注他们的动向。县委张启龙书记多次派人下山打听，因国民党部队封锁严，未联系上。县委的想法是黄公略的部队和浏东游击队合编，利用山区有利条件实现武装割据。两天前，情报人员报告，说山下来了一支国民党的部队，张书记马上作了战斗部署，通告这次战斗的胜利，告诉从马鞍山下来的黄公略，哪知险些儿子弹落在自己人头上。

"老头子，和刘排长去搞侦察的那孩子，吓尿裤子没？"韩梅打断牛均田的述说，打趣问。

"韩梅，你还别笑我，第一次见这样的场面，还真吓得尿了裤子。黄军长知道后，没有批评我，还安慰我，叫我多跟刘排长学。"牛均田说出实情。

笑声挤出车子，飘向身后。

过了一会儿，他们追着要牛均田继续讲。

刘排长和牛均田回到部队营地，黄公略听了报告，非常欣喜。他说："踏遍铁鞋无觅处，得来全不费工夫。二纵队有落脚的地方喽。牛崽，通知各中队长，做好上山的准备。"

很快，张启龙就带人下山，迎接黄公略和他的部队。

张启龙和黄公略是在一年前的幽居联席会议上认识的。当时会议决定，彭德怀、滕代远率红五军主力去井冈山第二次找朱毛会师，黄公略率二纵队掩护主力转移。张启龙、黄公略二人坐在一起，也许是学识、观点、意见一致，二人格外投机。散会以后，黄公略握着张启龙的手说："我这点人马，要牵着国民党部队二十多个团的鼻子在山里溜达，压力大，你要多支持我。哪天转到你的地盘，你别仗势轰我。"

张启龙一拳打在黄公略的肩上，说："你是正规军，我是游击队，你莫抢占地盘，大鱼吃小鱼，我就给你烧高香。"说完二人哈哈大笑。

这次二人相见，格外亲热。先是敬礼，后是握手，再是拥抱，最后各打了对方一拳。

"我的爷，这又黑又瘦的，除了脸上的麻子未变小，其余的地方都瘦了一圈，这哪像威震敌胆、大名鼎鼎的黄公略呀？"张启龙打趣道。

"你这文绉绉的,言行举止像个乡间秀才,是如何成为这天子岗、仁和洞一方'山寨大王'的呀?"黄公略回敬一句。

二人的相互打趣活跃融洽了两支部队。

上山后,黄公略率部队休整了一段时间。根据联席会议精神,黄公略的二纵队与游击队实行合编。合编后的部队仍叫红五军第二纵队。黄公略任纵队长,张启龙任党代表。

三

红五军二纵队和浏东游击队合编以后,部队驻扎在仁和洞。湘鄂赣边特委委员、浏阳县委主要负责人王首道,湘东特委负责人潘心源、蒋长卿因原领导机关遭敌人破坏,也都来到仁和洞。

这一天,他们正在仁和洞吴家小院的一棵大桂花树下开会,研究攻打沿溪镇的方案。桂花树下四个石墩上架着一块青石板,青石板上仍能清晰看出修建祠堂的捐款名单。黄公略、王首道、潘心源、蒋长卿及两个大队长围着石板坐一圈。

何键为了围歼湘赣边区工农武装,切断浏东游击队与万载游击队联系,命令周翰团扼守浏阳通万载要道沿线要塞。沿溪桥驻有周翰团的一个加强连防守,该连连长叫侯鹏飞,是周翰的亲信,为人奸诈狡猾,脑瓜子又像猴子一样机灵敏感,部队战斗力很强,亡命之徒多,沿溪人背地里都叫侯鹏飞"孙猴子"。

沿溪桥是一座古桥,始建于宋代。据传连接大光河两岸的原是三根铁链,在铁链上铺设木板,供两岸人交流行走。桥的西岸有一个古港老镇,是商贸重要集散地。桥的东岸有一个官渡古镇,商贾云集。古港老镇和官渡古镇之间通商就靠这座木板桥。有一年,古港老镇的小伙子娶了官渡古镇的姑娘,接新娘的红轿行至桥中心,突发洪水,一场喜事瞬间变为悲剧。为防悲剧重演，一个叫德慧和尚，年近七十拖着病体，四乡八里，走门串户，化缘六年，积攒银两，捐出全部善款修了这座桥。桥修好了，德慧和尚已卧床不起，乡人抬着他从桥上走过，刚过桥，和尚就咽气了。此时，桥的上空从东至西出现了一道彩虹，当地百姓称之为佛光。

王首道是当地人，会上他向大家述说了沿溪桥的历史传说。听完王首道的讲解，黄公略特别强调："攻打沿溪桥时要特别注意保护好这座历史古桥。"

根据侦察回来的情况报告，敌连长侯鹏飞本人住在官渡古镇上的肖家祠堂。桥西头住着敌人一个排，修有防守工事。其余两个排住桥东头。肖家祠堂建好后，后人不旺盛，一风水先生建议在肖家祠堂对面搭建一个戏台，每月逢中请戏班唱一次戏，每次三天，增加人气。侯鹏飞住进肖家祠堂后，开始不允许唱戏。后不知何故，又同意唱戏了。侦察员从当地百姓口中听到的情况是，戏班里女主角唱完戏，都被迫要陪侯连长睡一晚。女的死不情愿，侯鹏飞用枪威胁戏班主。十一月逢中唱戏正巧开始了，戏班说是从浏阳县城请来的。

黄公略听完侦察员的报告，脸上露出不易觉察的笑容。

桂花树下，围绕如何攻打沿溪桥正在热烈讨论，作战方案渐渐明晰。

黄公略担任此次战斗的总指挥，他认真听取与会每一位人员的发言。他常说，三个臭皮匠会顶个诸葛亮。他把这样的会叫做皮匠会。其实，开会前他一直在思考如何一举打下沿溪桥，拔掉这条湘赣要道上的钉子，提振工农革命军的信心，而又减少自身损失。这是自平江暴动，从马鞍山下来，与地方浏东游击队合编后的第一仗。这一仗非常重要，也很关键，胜利了红军就能在大光洞、仁和洞一带站稳脚。

黄公略在仔细认真听取大家的发言以后，提出了攻打沿溪桥的作战方案。他说：

"当地党组织秘密发动群众，战时协助部队做好相关救助工作。从两个大队中抽调十五名当地入伍的骨干，要熟悉官渡的情况，会讲当地话，化装分散进入官渡集贸镇，做好接应工作。其余兵分三路：一路正面攻击官渡守敌主力，从马江口过大光河，从水坝上直插肖家祠堂，活捉侯鹏飞；一路从磨盘岭、油榨坝、石坎路直取桥西万寿宫，消灭桥西守敌，堵住敌人逃往三岔口、古港的去路；一路从石灰嘴横过大河塅，到江家汪屋场、纸坊、滩堤、洞子冲一线，截住敌人向永和的逃路。约定十一月十四日午夜到达指定位置，所有参战人员左臂缠白布条，明确和先期化装进镇人员的接头暗号和口令。"

第二天凌晨，寒风凛冽，大雾笼罩，田野、山道覆盖着一层厚厚的白霜。水塘水坝面上结了一层薄薄的冰。寒冬把大地裹缩成一个瑟瑟畏缩的老人。

突然，一阵激烈的枪声撕破寒冷的雾幕，三路人马按预定的目标发起攻击。

桥西守敌因侯连长有令，不能去肖家祠堂看戏，排长命人买了酒肉就在万寿宫营区内划拳取乐。折腾了大半夜，士兵都昏昏沉睡。听到枪响，敌排长还在喊叫："哪个混蛋喝多了，还没醒酒，一大早让枪走火啦。"他正要从床上爬起来，几支黑洞洞的枪口已对准了他。红军战士把他从屋里押出来，看到的是他的一排人被缴械后站满了操坪，军服不整，个个冻得发抖。

主攻肖家祠堂的部队，看见先天化装进入镇上的内应摸掉了敌哨兵，不等接应信号，率先从大光河堤爬上岸开枪发起进攻。肖家祠堂守敌很快被四面包围。有的躲进戏台下，有的爬上祠堂屋顶，有的躺在渠沟内。守在工事内顽抗的敌人很快被歼灭。战斗不到两个小时，全歼守敌。打扫战场、清点俘虏时没有发现连长侯鹏飞。有红军战士在侯鹏飞的住处，抓到了那个被强迫和他睡觉的唱戏女子。她说一听到枪声，侯连长便穿上便服从窗口跳出，从后门逃走了。

火红的太阳从东边的山峰冉冉升起，暖暖的阳光驱散了晨雾，广阔的田野泛起缕缕雾霭。黄公略、张启龙、王首道、潘心源等来到沿溪桥上，望着承载满河阳光的流水，个个脸上洋溢着胜利者的笑容。

"一轮明月，沿江千古照。"张启龙念出桥头石碑对联的上联。

"九曲拱桥，溪水四时通。"王首道念出对联的下联。

联出何人，石碑上没有署名。黄公略围着石碑左看看，右看看，正面看过又看背面，远远近近看不够，兴趣顿生，随口念出：

"桥头枪声，震撼湘北大地。"他望着潘心源。潘心源心领神会，是要自己对下联。他略加思考，念出下联：

"军民联手，割据燎原全国。"

"好。沿溪桥战斗就是军民联手的典范。"黄公略说完，沿溪桥下的清清流水载着朗朗笑声奔向远方。

牛均田带着韩梅、马处长、刘处长一行四人来到沿溪桥上，驻足而立，久久不愿离开。这是座东西走向、由红沙岩石垒建的六墩七孔古桥，静静地横卧在大光河上，车来人往，并不影响河水述说岁月深处的沧桑。

"由于这次战斗缴获了敌人很多枪支弹药，由原来游击队合编到二纵队的人员，全部鸟枪换炮了。也是从这次战斗开始，黄军长正式给我配了枪。为了纪念这次战斗的胜利，浏阳县第一次工农兵代表大会决定十一月十五日为浏阳农民武装暴动日。"

四

韩梅侍候牛均田睡下后，到刘处长、马处长的房间，对他们说：

"老头子提出去他老家牛轭岭前，硬要去九宫山。这里离九宫山有几百公里，要经过铜鼓、修水、武宁几个县，我们出来有一个多月了，我担心老头子身体撑不住，可他那犟脾气，我又劝不转，你俩得想个办法，打消他去九宫山的念头。"

第二天，牛均田和韩梅说要开车上九宫山。韩梅告诉他："昨夜里马处长拉肚子，今一早刘处长送他去医院了。"

"泥打的，这么经不得熬。"牛均田嘟哝一句。

快到中午了，刘处长开着车子才把马处长拉回宾馆，然后又把马处长扶进房间。不一会儿，牛均田和韩梅进到房间。牛均田问：

"怎么样？医生开了药吗？你是不是吃了不卫生的东西？"

"我们不都在一块吃，他又没单独吃。"韩梅护着回一句。

"是呀，我们仨都没事。"牛均田回看了韩梅一眼。

"不碍事，医生给开了点药，不拉了，可能是着凉了。"马处长躺在床上说。

"牛司令，我家那口子来电话，说她生病住医院了。"刘处长望着牛均田说。

"那怎么办？家属进医院那可是大事。"韩梅说。

牛均田不接话。

"不要紧，我已打电话给女儿，要她请假去伺候几天。"刘处长对韩梅说。

牛均田也不搭腔。

"牛司令，我们出来一个多月了，还是您老身体健壮。我们可有些吃不消了。"马处长躺在床上望着牛均田说。

"才一个多月就吃不消？还坐在四个轮子上。那会黄军长带着我们，靠两条腿，翻山越岭，几个月不歇脚，没人嚷嚷吃不消！"牛均田转脸对韩梅说。房间里安静下来，没人敢回话。

"这会跟那会不是一码事。"韩梅打破沉默。

"不一样的地方,就是我们今天屁股后没敌人追着打。"牛均田不认同韩梅的说法。

房间里又陷入沉寂。

"牛司令,我提个建议,你看行不行。我们先去你老家牛轭岭,刘五爹的坟还要寻找,找到了还要请人修整,这还要时间。办完这事,我们回家休整几天,再从咸宁那边去通山,上九宫山。从省城出发,那条线路好走些。"马处长望着牛均田,他准备挨训。

"要不这样,牛司令先给我们讲讲黄军长在九宫山的故事。"刘处长望着牛均田的脸色,及时补进一句。

"你们三个串通了是吧,那就按你们的意见办,明天开车去牛轭岭。"牛均田说完转身离开房间。

牛均田的语气中有责怪,但脸色阴转晴,韩梅悬在半空的心终于落下。

五

黄公略率领二纵队的两百余人来到湖北通山,部队驻扎在狗头岭的一个小山村,这里离通山县城还有八十多里路。黄公略派侦察兵进城,了解国民党部队驻军情况,搜集报纸消息研判当前局势动态,同时买些药品。侦察员回来报告:通山县城国民党驻军一个团,县城外围构筑了很多防守工事。秋收暴动平江暴动震动了国民党上层,各地防守森严,严防再发生暴动,很多地下党组织、工农组织负责人惨遭杀害。侦察员在县城商贸市场一位老摊贩那里了解到,距县城八十多里外有座九宫山,主峰在铜鼓包的南面,两峡谷间有一块盆地,山上有座古庙。李自成曾在庙里驻扎过。此处易守难攻,是一块很好的驻扎地。

听完侦察员报告的情况，黄公略要他继续了解上九宫山的通道。

黄公略在房子里来回踱步，一会儿看地图，一会儿望窗外，一会儿端杯子喝水，杯子刚沾唇边又放下，一会儿叫牛均田去村头口看侦察员是否回来了，样子甚为焦虑。他在思考两百余人的部队驻扎在哪里。一支这么大的队伍，每天的吃喝，入秋进冬防寒的衣服，伤员的医治，队伍行动的声势，等等，没有一个可靠的落脚地盘，没有一个窝，随时会招来国民党部队的"围剿"。自平江暴动几个月来，部队天天行军打仗，被敌人追着屁股打，时有重伤员因无药救治去世，时有士兵逃跑，战斗力显著下降。部队急需休整，人心急需收拢，精神急需振奋。他随后又派出几路人马两人一组，外出分散打听周围土豪财主人家的情况。

这天深夜，黄公略要牛均田把各中队负责人叫到自己的房间，他很严肃地说：

"据各路侦察员回来报告的情况分析，部队走到今天，只能上九宫山，在九宫山休整一个时期再作打算。我原计划打进通山县城，在城里休整补充给养。现在情况有变，县城驻守一个团，又有坚固的防守工事，我们攻城只会白白送死，消耗自己的力量。我决定取消进城计划。"

他停了片刻，看看大家的表情，见无明显反对，他继续说：

"部队上山就驻扎在古庙周围，队部设在古庙。那里只有三户山民，部队上山不要侵占民房，不要索要山民家的任何东西。这是纪律，任何人不得破坏和违反。"

接着，黄公略对部队上山做了详细安排：

上山有两条山道，一条是主峰的东北面，跨穿两条峡山，有瀑布，悬崖峭壁，猴子都爬不上，很危险，路程较近，又很隐蔽。部队大部人马走这条路上山。这条路要经过李自成墓，不要去破坏墓陵，部队也不要在那里久留。那里是李自成丧命的地方，山民很剽悍。有人挡路问探,就说是国民党军队上山剿匪。

上山的另一条道在主峰的南面。这条道是山下香客进山拜菩萨的山道,一条一人肩宽的石板路盘山而上,步行路程有四个多小时。上山入口处有一个周家大院。据说是周勃、周瑜后人迁徙至此。此处有一个县政府派出的民团中队十余人在把守。黄公略带一个中队从这里上山。目的是不至于给驻县城的国民党部队造成很大恐慌,派重兵增加防守,给部队下山造成很大的困难。明天天断黑,走东北面上山的部队,先去五户土豪财主家筹钱、筹粮、筹棉被衣服,能多带的尽量多带。部队在山上要驻多久,现在无法知道。黄公略决定自己带一个中队去周家大院缴民团的枪械,在周家筹些钱粮。

周家大屋四面山抱,背靠青龙山,前有笔架山,左右是三重山、二重山。树木参天,遮天蔽日。三面环水,门前一溪清水从九宫山上流来,四季不息,在这里形成弯弓状,蓄一方清泉,山峰秀木倒映在水中,飞鸟掠水,涟漪一圈一圈向四周荡漾开来。

是夜,黄公略率一个中队把周家大院包裹严实后,突袭驻守民团。民团人员正在划拳喝酒,一个个醉晕晕的,突然听到"不许动!缴枪不杀!",一队人吓得跪地求饶,没有任何做抵抗。黄公略命人把他们背靠背、手搭手捆绑起来,防止外逃走漏消息。然后把周家大院几十号人,男男女女老老少少集中起来。他站在一块大石墩上讲话:

"周家各位乡亲,我们是共产党领导的红军队伍,专打国民党和他的部队,专惩欺负穷苦百姓的土豪恶霸。对周家,我们已做过调查,穷苦百姓无太怨恨,平日里你们怀慈行善,接济众邻不少,乡间口碑不错。今红军队伍路过这里,惊扰大家,我向各位表示歉意。民团已被我们缴械,请大家放心,我们不会伤害你们。我们只是向周家借些钱粮,渡过艰难。我以黄公略个人名义打个借条,以后革命胜利了,一定如数归还。"

在借到三百块大洋及粮食、衣物、棉被之后，黄公略来到周家书房，在书案上提笔写了借条，然后恭恭敬敬递给周家的周老太爷。周老太爷接过借条一看，连连点头："黄长官给的不是借条，是一幅上乘书法作品，值得我周家子孙珍藏相传。就凭这张借条和黄长官的落款签名也值这么些奉酬。但目前兵荒马乱的，这张借条不能珍藏。"他随即把借条送往蜡烛上的火苗。

黄公略惊愕地望着周老太爷。

周老太爷停顿了片刻，望望黄公略，然后说：

"黄长官，你把民团的枪械缴了，人绑了，我周家老少无事，你还留给我一张借条，那通山县的国民党军队、县政府、民团县大队会放过我周家？我恳请你把我和几个壮实男人也绑起来，这不是你们红军无礼，而是拯救我们周家大院男女老少。"

黄公略沉思一会儿，对周老太爷说："您老考虑周全，那就得罪委屈您老了。"

黄公略随即命几个士兵把周老太爷和几个男人捆绑起来，行了鞠躬大礼之后，迅即消失在夜幕中。

周老太爷望着黄公略一行背影，说了一句意味深长的话："他们不是李闯王，善待平民百姓，天下将来是他们的。"

太阳爬上铜鼓包主峰，给山林抹上一层厚厚的晨曦。两支红军队伍在一座古庙里相会。吃的穿的都有了，士兵的情绪稳定了，精神面貌也发生了很大的变化。

黄公略上山后立即思考几个问题，并作出部署：要管后勤的勤务中队长清点筹集上山的钱物，统一保管，估算两百人能吃多久。山里有三户住户，都是贫苦山民，勤务中队派人上门给每户送些钱粮。

黄公略说："近邻比远亲更重要，我们在这里要驻扎多久，现在无法确定。邻里相安无事，才是长久之计。"

黄公略派人对上山的山道进行详细侦察研究，垒筑工事，派兵把守。

处理完这些事，黄公略重点考虑的是两百余人的部队驻扎在山上的整训和管理。这支部队成分复杂，有平江暴动后旧军队过来一直跟着他的，有贫苦农民子弟投军入伍的，也有国民党地方武装民团过来的。信息不通，远离上级，又未与地方党的组织取得联系，带好党的这支队伍，对他而言是重中之重。他让牛均田把中队长叫到古庙的偏屋，开会说：

"部队上山以后，通山县城的敌人不敢冒险上山，但一定会封锁我们下山的路。九宫山我们据险而守，一夫当关万夫奈何不得，这里暂时相对安全。但这么多人在这里如何把休养生息与军事训练结合起来，我这些日子一直在思考。我是这么考虑的：一是集中学习，我带头讲课，每个中队长轮流给大家讲课，让每个士兵也上台讲。我们住在庙里，庙里和尚为什么常念经？就是要强化信仰和意志。我们也来念经。念什么经？就是现身各说，每个人念自己家里那本苦难经。家家都有一本难念的经，家里苦的，苦到什么程度？为什么苦？放开讲。枪法好的，杀敌多的，就介绍经验，如何既多杀敌人，又保护自己不挨枪子。有的士兵在旧军队挨过长官的体罚和皮鞭，为什么会挨打，自己服不服？每天上午军训，下午集中学习。二是加强军事技能的训练。摸爬滚打，面对面搏杀，单手举枪瞄准射击，轻重机枪的使用……要努力提高单兵军事素质、杀敌本领。战场上你死我活，靠的是快和准。我针对自己在黄埔军校受训时的一些科目，与我们目前红军山地游击战如何结合起来，写了一些东西，要参谋人员抄录一份给各中队长，你们照着试训，并把各人自己的体验记下来，加以完善补充，形成我们红军自己的科目训练教材。"

经过几天的准备，首先是把部队全体官兵集中起来上大课。课堂设在古庙的大堂。上课前一天，黄公略带着几个人从主峰的东北面一条十分险峻的小道下山，专程去看了李自成的墓。黄公略的课就是从李自成谈起。他说：

"昨天一大早，我下山特地去看了明末农民起义领袖李自成的墓。李闯王起兵于陕西，统率百万军队，挥师攻克北京，推翻统治中国二百七十多年的明王朝，致使明皇帝朱由检上吊自杀。就是这样一位叱咤风云、掀天揭地的英雄豪杰，却在这九宫山下的牛迹岭小月坡被乡民杀害，身首异处。岁月尘埃把这位英雄豪杰封存在这山野乡间。夕阳西下，山风吹落树叶，纷纷洒落在闯王陵墓，乌鸦低鸣，格外的凄凉。我看完李闯王的墓，一路拾级上山，心情格外的沉重。成也乡民，败也乡民。为什么？

"李自成曾在这九宫山驻兵。他兵败山海关，匆匆回到北京城，在武英殿登基做大顺皇帝，龙椅上只坐了一天，因遭清军围攻，急急忙忙撤出北京城，辗转几个省，率残部二十余骑来到九宫山。他想在这里招募旧部，以图东山再起。因清军封锁山下道路，缺粮无食，他被迫下山，遭乡人围捕杀害。

"他要推翻皇帝，推翻皇帝后，民众能得到什么好处？他没有向民众宣传，民众不了解，不了解就不会跟着他，拥护他。他一路奔波逃命，抢劫普通乡民财物，乡民痛恨他，他失了人心。清军悬赏，乡民捉拿他可兑换银子。此三个原因，是李自成命丧小月坡的原因。

"我们现在住的这座破庙，李自成在这里住过。庙里的道士同情他，帮助过他，清军上山杀害了道士，纵火焚烧庙宇。庙里如今破败不堪，没有香火。

"据侦察员报告的情况，我们下山的两条道路已被国民党军队封锁。周家大院后山还修筑了碉堡。山上人烟稀少，无钱粮可筹。但我们不能重蹈李自成的绝路。

"我们要杀下山，要防止犯李自成的错误。要用我们手中的枪杆子，建立我们自己的根据地。我们要打土豪打财主，把他们的钱财分给穷苦百姓，让乡民知道，我们闹革命，就是要让乡民有饭吃，有衣穿，有屋住。要争取广大民众的支持。"

牛均田没有上九宫山，却把黄公略在九宫山的故事详细和韩梅几个述说。刘处长、马处长对牛均田能将几十年前历史的往事记得如此清楚感到惊讶。

牛均田说："黄军长真的很神，他硬是从九宫山的西北面那悬崖峭壁中寻找到一条下山的路。自古上下九宫山只有两条路，他硬是给找出了第三条路。黄军长率红军在九宫山只驻扎了两个多月就从武宇、修水、铜鼓来到浏阳的大围山一带。国民党还以为红军饿死在九宫山了，等他们派人上山看，早已人去山空。"

第十三章

一

江天健从东固回来，又大病一场。在乡卫生院住了一段时间，天天打针吃药。医生说这么大一把年纪的人了，各项检查显示无大的器官性疾病，出院后再吃几剂中药调理就可以了。卫生院病床有限，医生催他出院。回到家里，他又去找十里外的一名老中医看病。老中医是省城大医院的名医，每半个月回他的老家坐堂，无偿为乡亲乡邻看病一天。老中医把过江天健左右的脉，看过他的舌头、眼睛、脸色，然后对他说："你气脉下沉，心结未解。回家把心结解了，自然病好。我这里给你开五剂中药，调理调理，但主要还是靠你自己。我说不中听的题外话，你莫见怪，这个年岁了，埋自己的黄土都能伸手摸到了，还有什么结解不开？还有什么放不下？岁月沧桑，人生沉浮，没有放不下的。"

老中医这话算是点了江天健的死穴。自参与挖黄公略家的祖坟，父亲一气之下甩他两记耳光活活被气死至新中国成立后，当年带队去挖祖坟的特务队队长被枪毙，他是夜夜做噩梦，天天提心吊胆。害怕、惊恐、忏悔、内疚、自责，如同一根绳索套在他脖子上勒着他。吃完老中医开的中药后，江天健躺在床上，闭门拒见任何人。儿子去抗美援朝，不曾立功受奖、载誉回乡、光耀门面，反而失去一条腿，被俘遣返，受尽乡邻白眼冷脸。这或许是自己当年做缺德事的报应吧。他翻身坐起，拿出纸笔，要把埋藏在心灵深处见不得阳光的东西，几十年来从不敢向人谈及自己真实人生的那一面，用文字吐出来，告诉老婆，告诉儿孙，告诉后人。

"老头子，很晚了，睡觉吧。这么大年纪熬夜伤身子。"老婆在轻轻敲他的门。江天健从卫生院回来就单独睡一间房，老婆从不进房间来，怕打扰他，只是轻声细语隔门提醒。

"好喽。"江天健回复老婆。几十年了，老婆总是依顺他，无论他做什么事，总是默默无声支持他。他却对她隐瞒自己的身世几十年。江天健感觉有些愧疚。夫妻相依时日不长了，他想把自己的身世、内心世界写出来后，再找个适合的机会向妻子说明，求得她的谅解。

他在东固寻访一大圈，走门串户遇见的都是普通百姓家庭。他们，尤其是老辈人对共产党、对红军那种朴素的情感，总是溢于言表，对国民党部队每次进攻苏区，实行宁可错杀一千、不可放走一个的杀戮政策，无不深恶痛绝。几十年了，一个一个的伤疤，现在去抚摸触碰，疤痕下面仍然隐隐作痛。国民党屠杀的共产党人，可以说是不计其数，可很多社会精英、贤达、知识分子仍然不怕死，跟着共产党干。乡村民众，只要共产党振臂一呼，都聚集在那面旗帜下，赴汤蹈火。为什么？江天健一直在琢磨，就是想不明白。一天，他偶尔看到一张从商店包食品而带回家的小报，说是在解放奉化时，毛泽东申令解放军严禁破坏蒋介石的祖坟和故居。江天健看后唏嘘不已。他似乎找到了自己心中疑团的答案。他更加坚定要写出自己内心的忏悔。

"老头，听儿子说，他们那批被遣返的战友都落实政策了，还有一定的待遇呢。"一天吃饭时，老婆告诉他。她是听儿媳妇讲的。

"国家应该不会忘却这批人。你想，国民党军队许多高官杀了共产党那么多人，共产党仍然特赦他们，给他们好日子过。这世界上有谁敢和美国人干仗？只有共产党。打仗互有俘虏是正常的事。被俘遣返回来，矮人一等应是暂时的。否则，今后谁还敢去当兵？你不要去外面掺和，地坤这么些年都熬过来了，国家有政策总会落实到他头上的。不会漏掉他。"江天健嘱咐老婆。

"听儿子说去了乡政府、县政府反映情况多次，无人理睬，不予接待。他心里很郁闷。"老婆又说。

"枪林弹雨里捡回一条命，心里积点郁闷算不了什么。去上面叫叫、喊喊，要求落实政策，不犯什么法，你不必担心。"

"你没听说，隔壁村'滑泥鳅'上访到省里，县里派人接回来就给关进去了。"

"你要地坤留点神，党代会、人代会、节日大庆、上面来大人物时，政府管叫防护期，切莫去凑热闹。要去单个去，莫集众，更莫去牵头，枪打出头鸟。"

"那等会儿我去跟他两口子说说，别闹出什么事来。"

江天健和老婆正说着这档事，儿媳妇急急跑来，上气不接下气。

"爹、娘，地坤被乡政府的人骗去，给关进去了。"

"凭什么？"江天健问。

"他们说地坤已上访省里三次、市里五次、县里多次，属老上访户，是不稳定因素。"儿媳说。

"关哪里去了？"婆婆问。

"关进县看守所了。"儿媳回答。

"哐当！"婆婆手里的饭碗掉地上了。

"估计上面有什么大人物要来。"江天健并不显得惊慌，他仍低头吃他的饭。

"来大人物那好，我背上披块写'冤'字的白布，到处喊。看他们敢把我一个妇道人家怎么样？"儿媳叫起来。

"别，别，都关进去，家里孩子怎么办？"婆婆阻止。

江天健不吭声。

儿媳妇很泼辣，前夫去世，她带着两岁的女儿与前婆婆一家抗争几年，自己找上门要嫁给姜地坤。姜地坤没资本挑肥拣瘦，忙把婚事办了。儿媳妇肚皮争气，过门三年给姜家生了一男一女。江天健两口子对儿媳那是很满意的。儿媳要去喊冤，他不吭声，那就是默许。自古抓女人关女人的事情很少。

二

儿子被不明不白关进去一星期，又突然被人用军队小车接了回家。那天来向江天健报信的是儿媳带过门的孙女，伶牙俐齿，把事情来龙去脉说得明明白白。江天健两口子对这个孙女看得重，特喜欢。接着，村上、乡政府、县里、市里接二连三派人慰问，又是落实政策，又是发放补助，公安局长还登门赔礼道歉。左邻右舍蒙了，江天健两口子也蒙了。

儿子儿媳住在国道路边商贸集镇建的房子里，三个小孩由江天健老两口带着。儿媳几次要江天健夫妇过去一块住，江天健说啥也不去，现在住的这几间屋是老屋，习惯了。那天，江天健把儿子儿媳叫回来细细盘问，弄清楚了原委。江天健的内心如煮开的一壶水，翻腾着。共产党军队的高官这么重情重义，他打心眼里钦佩。若牛司令知道他江天健当年参与挖过黄公略家的祖坟，他还会对儿子这么好吗？儿子救过牛司令的命，可黄公略对牛司令来说，那绝不只是救命之恩呀。牛司令上次离开时，留下话要接他们全家进省城做客，还要把他的孙子孙女接到省城读书。江天健是万万不能与牛司令碰面的，他无颜以对。他想好了，把自己的身世、自己的罪过、自己的忏悔统统如实写出来，在黄公略一百周年诞辰时，在他牺牲之地，要儿子儿媳带着三个孙子去宣读他江天健的忏悔书，去祭拜黄将军，去向黄将军的在天之灵认个错。

江天健以自己累积几十年的世故，对儿子说出自己的看法：

"地坤，你救过牛司令的命，这是一个士兵在战场上对长官应有的义举。你不去救，其他士兵也会舍命去救。你要记住，这不能成为你向牛司令索要回报的筹码。牛司令关心你，落实了政策，你得到了政策内的待遇，没有人再冷脸白眼挖你的坑，嘲你、讽你、讥你，这就足够了。超出这个杠杠就奢求了，过了杠杠你姜地坤就不是姜地坤了。这么说吧，回报是有限量的。就如一桶水，这桶水是你自己装满的。你今天舀一瓢，明天打一勺，这桶水很快就完了，没人再会往桶里倒水。不到口渴耐不住的时刻，不要轻易去舀桶里的水喝，听明白了？"

"爹，儿子记住了。"姜地坤连连点头。

江天健停了一会儿，扫一眼儿媳，继续说：

"乡里、县里、市里总来人找你，听说要安排你去什么高新技术开发区上班。爹的看法是不要去，你不是那个料，不是那条吃菜的虫。他们不是看上你，而是看上牛司令和省委一把手那层关系。你这一去，就等于一次性把那桶水倒了。万一有个什么闪失，哪天牛司令不在了，你就是那个闪失的承受者。爹的意见是，你们两口子还是守在镇上做点小本买卖靠实。"

儿子没吭声。

"跪下，你们两口子都跪下，当着我和你娘的面答应。"

江天健从未发过这么大的火，吓得小两口双双下跪。连他老婆都颤颤抖抖的。

"爹，娘，你两老放心，我哪儿也不会去，听爹的，在镇上做买卖挣饭吃。"江地坤跪在地上叩了三个头，然后抬起头，地望着父亲那双混沌的眼，像一个战士领命去炸碉堡那样坚定。

江天健这样定下自己的心神。他就一直把自己关在房间里，除了一日三餐，他不迈出自己的房间。他有一个小木箱，每天写的东西及时锁进小木箱，任何人不得问，不能看。锁小木箱的那个钥匙，他随身带着。老婆觉得他这样神神秘秘，是不是脑子出了问题，但又不敢多嘴问。这样前后过了几个月的时间，江天健终于走出房间，有点像一头暮归的老牛卸下了沉重的犁耙，显得那样轻松自在。

有一天，江天健把老婆叫进房间，对她说：

"我们夫妻几十年，我的身世一直瞒着你，对不住你。今天，我全部如实吐出来，希望你谅解我。"

老婆连连摆手，制止江天健："不要说了，几十年都过去了，还说那些干啥？"

"不说喉咙里像堵坨芋头，咽不下，难受。"

"其实你不说，我也了解七八成。睡在你身边几十年，梦里喊叫的那些话，是白天想说又不能说的，才会梦里吐出来。你去长沙湘江边，你去湘乡黄公略老家，你去江西吉安东固，去干什么，你都在梦里讲过。你活得不易，心里堵塞。我不吱声说破，是怕添加你心里那份堵塞。我不能分担你内心的痛苦，我一个妇道人家，你切莫怪我。"

夫妻相对，老泪纵横，泣不成声。江天健第一次紧紧地把老婆揽在怀里。房间里静静的。

过了一阵，江天健对老婆说："还有一事，也瞒了几十年。咱屋后墙角的石墩下，有一坛'袁大头'，那是我离开国民党军队前扣下的士兵半年的军饷。除了当初买下这块地，建了我们现在住的这几间屋，还有娶你花去一些外，其余都埋在那石墩下。财不露白，解放前我不敢显摆，解放后就更只能埋地下藏着。我去东固以收废旧物为名打听了，现在市面上'袁大头'很值钱。等我哪天走了，你把那坛大洋挖出来变卖了。日落西山，人朝老的这头走，手上没几个子，去儿子儿媳手上讨要不是滋味。"

"你说离谱了。你娶我进门，洞房花烛夜在我耳边说的忘了？"

"没忘，患难与共，生死相依，有福同享，有祸共担。"

"没忘，还总说走呀走的事。交代后事？吓唬人啦。"

"不是那个意思，人老了，总有走的那一天。你心里坦然亮堂，不装事，活得比我轻松。我希望你多活些年，帮衬着儿子儿媳带大三个孙。"

"我哪天先于你走，你就轻轻松松活几年，疏通心里的堵塞，敞亮活几年。你哪天先于我走了，如孤单，你就招呼我一声，报个梦，我来陪你。那坛大洋我不会去动的，也不会告诉儿子儿媳，让黄土封藏吧。把过去的东西深埋在地下。"

江天健和老婆结婚几十年，从未面对面掏心细谈。这次长谈后半个月，江天健安静地走了。那天，老婆做好早餐，进卧室喊他几声也没应答，推搡也不动弹，一摸已经没有进出气了。他口袋里有一把小钥匙，用一张纸包着。纸上留下遗嘱："儿子儿媳带着孙子孙女，端着那口小木箱，务必于一九九八年清明节，去东固的白云山黄公略将军安葬地，宣读我木箱内的谢罪信，把这一包沙粒、一包黄土撒在黄军长的坟墓上。——江天建。"

江天健去世后没有惊动乡邻，没有按当地习俗停棺家里做几天道场。家人按他生前的交代，死后第二天就叫几个壮劳力抬到屋后山，朝西南方向下葬了。这墓穴是他自己选定的，几年前就备好了。江天健老婆清楚，墓是朝着吉安东固方向的。

三

"地坤，县政府办公室的那个朱副主任又来了，你还是接待一下。

啥事莫往墙角旮钻，人家是政府官员，得罪不起。"姜地坤老婆进里屋劝说。刚才在门面做生意，远见朱副主任从小车上下来，在乡长陪同下朝他店铺走来，他就甩手躲进了里屋。朱副主任已来过两次，妻子都谎说他去山里收干货去了。躲着不碰面，比当面拒绝的好。经老婆这么一说，思量着再拒绝也不好，姜地坤就从里屋走了出来。

"哟，今天运气好，姜总在家。"朱副主任主动上前握手。

"领导莫折煞我，小买卖人还能叫总？听我媳妇说，朱主任来过两次了，我本应去朱主任那里拜望才是。家父去世，大丧在身，按当地老辈人讲要三七之后才去登别人家的门。请朱主任莫放心上。"姜地坤面带歉意作解释。

"没关系，没关系。"朱副主任连连摆手。接着他说明来意："县政府开会研究，也是县长的意思，想要地坤同志去县经济开发区工作，去招商部上班。县长要我来，就是这个意思，当面讨句话，不知地坤同志考虑好了没有？"

"朱主任，谢谢县长的好意。我不是那块料，跛只脚去招商部，那还不把政府的颜面丢尽了。"

"抗美援朝回来的军人，牛副司令的救命恩人，省委刘书记亲自打电话关心你，这就是金字招商牌，响当当的。"

姜地坤想，就是县长当初一句话，要关他半个月呢，他恨不得揍他们一顿。去开发区上班，会经常看见县长。不见，恨意会渐渐消失，常见，恨意会加重。他决定回绝。

"朱主任，政府这么关心我，我也很想去。只是，只是，最近人胸有些痛。早两天去医院做检查，医生说肝有问题，要我住院呢。我不能去，去了，肯定会拖累政府。"

"啊——那我回去跟县长汇报。"朱副主任把"啊"字的音拖得很长。县长交代，一定要把姜地坤请到开发区去上班。看来，这任务是完不成了。他心里想，这姜地坤蠢得跟猪一样，你去开发区，还真要你做事？你能做得了什么事？给你安个岗位，每月拿工资，县里不就图你那点无形资产嘛。你有病，开发区还不给你治病？放着铁饭碗不端，不跟猪一样蠢吗？姜地坤你是脑子进了水，脑子有病。但他口里却说："那你忙着，我们先走。这是我的名片，你要是身体检查后没什么大毛病，想通了，愿意去开发区工作，就给我打个电话。"

朱副主任刚离开姜地坤的店铺不远，一辆吉普车停在店门口。车上走下来两个人，其中一个五十岁左右的男人好像有点面熟，似在哪儿见过。朱副主任停住脚步，回头看。这一看，他几乎惊叫起来："刘——"没错，是省委刘书记。早几天开电视电话会，还看见他呢，昨晚新闻还看见了呢。他又不敢上前打招呼，他认识刘书记，刘书记不认识他，打电话向县长报告更不合适。他就傻站在那里。

"请问老板，店里有雁尾枞干菌子吗？"车上下来的年轻人问。

"有，刚从山里山民家里收来的。"姜地坤回答。

"买两斤，多少钱一斤？"年轻人问。

"山里收购价是五十五元一斤，城里卖一百元一斤，我店里只卖七十五元一斤。赚点脚力钱就行。"姜世坤回复。

"菌子不错，干而不涩，滑而不泥，是上等的新鲜雁尾枞菌，暴晒后再晾干的。这菌只有在云雾下才能生长。"年长的男人拿几棵干菌子在手上看，又送鼻底下闻闻。

"您真内行。"姜地坤连连点头。

"我不是内行，听父亲讲过。一九二九年黄公略将军带着我父亲他们在这一带山里打游击，没粮食吃，有个时期就靠吃山上的菌子挺过来的。"年长的说。

"你就是姜地坤吗？"年轻的问。

"我是姜地坤，你咋知道？"

"哦，是这样，早旬省城一个朋友在你店里买了点干菌，很好吃。今日正好路过这里，他要我顺带捎点。"年长的抢先回答，接着问：

"生意还好做吧？"

"还好。"姜地坤回答。

"镇上治安还好吧，有没有混混来你们店铺找麻烦？你对工商、税务、公安等执法部门的执法还满意吧？他们来不来店里索拿卡要？"年轻的问。

"还好，还好。生意还做得下去。"姜地坤老婆回答。

商贸集镇，人来人往，随便问的多，姜地坤夫妇并没在意。等吉普车走后，朱副主任冲过来，有些抑制不住激动，对姜地坤夫妇说："刚才那买干菌的是谁，你们知道吗？"

"管他谁呢。"姜地坤老婆回话。

"哎呀，那是省委刘书记。"朱副主任拿出一张省里的日报给他们看。

"我的妈呀！"姜地坤老婆目瞪口呆。

第十四章

一

韩梅、马处长、刘处长在宾馆听牛均田讲黄公略在九宫山的故事。牛均田拿出当副司令时在台上做报告的架势,端坐在椅子上,讲得绘声绘色,声情并茂。记忆把他带到历史纵深处,身处战斗中,斗志昂扬。韩梅他们坐在对面,像小学生听老师讲科幻故事,认真、专心、安静。他们的情绪也被波澜、惊险、曲折的故事牵引而起伏不平。

牛均田原是坚定地要上九宫山,大山峡谷当年的战斗号角,几十年过去了,在那里或仍能听到回音。而讲述这一串串的故事,就像大江大河突然形成的堰塞湖被挖掘出一条条溪流,湖内的压力缓解了,他的情绪梳理顺畅了。牛均田依了韩梅他们的建议,先去他的老家牛轭岭。

牛均田对老家牛轭岭的记忆,被岁月厚厚地覆上了一层尘埃,显得模糊、朦胧。

牛轭岭属罗霄山脉,在连绵起伏的山脉尾端,山峰不高,但树木参天。半山腰有座古庙,湘军与太平军激战牛轭岭时遭毁。刘五爹带着牛均田就住在古庙下面的山坳里。三间低矮的茅草屋,被遮掩在茂密的树枝绿叶下。刘五爹常带牛均田去古庙作揖磕头。刘五爹说,菩萨住的庙虽毁，但菩萨神灵仍在守护，会保佑牛崽平安长大成人。六岁那年，他和村里的小伙伴放牛，小伙伴都喊他牛崽子，没爹没娘的牛崽子。他回家抱着刘五爹的大腿，哭着要喊他爹。刘五爹说："你有自己的爹娘。你下次就当着村里人的面喊我刘五做干爹。"

三间茅草屋前，一条弯弯曲曲的小路从山坳牵出，与山外远处那座青砖青瓦白墙的刘家大院相连。刘五爹抱着、背着、牵着牛崽，在这条小路上、在风雨霜雪中走过十三年。

刘五爹那天夜里把他送到黄公略的军营，抻抻他的衣，摸摸他的头，拍拍他的肩，总是重复一句话："跟着黄长官好好干。"他又弯下他那干枯的腰向黄公略鞠大躬，说："这孩子命苦，生下来爹娘就不在了，只吃过几口牛奶。黄长官，你带着孩子，拜托了。"当夜幕完完全全吞噬刘五爹背影时，牛均田长喊嘶唤："刘五爹——"

牛均田到军营不久，黄公略率部队在平江嘉义镇举行了暴动。随后，部队向平江县城进发。刘五爹在夜幕里高一脚低一脚走向黑暗深处的背影，成了刻在他脑子里最后的记忆。这记忆，在梦里是那样的清晰，梦醒后却又是那样的模糊。

刘五爹是哪年死的？埋在何处？在枪声暂停、马歇人息的战争间隙，是牛均田自问难答、纠结于心的疑团。他这次回牛轭岭，能否解开疑团，天晓得，地晓得，他却不晓得。他和韩梅多次讲到，如若找到刘五爹的墓，要为他重新修墓，立一块碑，落款就是"儿子牛均田"。

在去牛轭岭的途中，牛均田心里这样想着。

车子在摇摇晃晃中走了两个多小时，来到一座叫虎跳崖桥的桥南端。这里有一座大山，叫虎形山，一条隧道穿山而过。据当地传说，有一位猎人一直追着虎形山上一只猛虎打，因猛虎叼走了村里的许多牛羊。有一天，猛虎被追着无路可逃，来到悬崖边上，纵身一跳，竟跃过万丈深崖。猎人说这虎是神呀，打不得，打了会得罪老天爷，就放弃追杀老虎，并把这里取名叫虎跳崖。现在政府修了一座桥，贯通南北，山里人进城要近了六十多公里。

牛均田下了车，回转身子望着虎形山主峰，对韩梅他们说："我们在这里打过生死仗。"

彭德怀、黄公略领导部队暴动后，在平江会师，成立红五军。红五军号称三个团，实际只有三个营的兵力。国民党军队调集四个师十多个团从浏阳、长沙、岳州三个方向朝红五军围过来。红五军和平江县委召开联席会议，决定以长寿街为革命中心，彭德怀率红一团据守长寿街，红四团向北发展，打通去咸宁、通山的通道，红七团向南发展，与浏阳县委取得联系，寻找浏阳地方游击队。黄公略参加了这次会议，他当时是红七团的党代表，团长是陈鹏飞。在会上，黄公略提出了自己的看法。他说："大敌当前，红军不能分散。分散了，城守不住，还会被敌人包饺子吃掉。我建议部队迅速撤离县城，不要认为这座县城是我们打下来的，舍不得离开，留恋县城会成瓮中之鳖、笼中之鸟。红军要迅即撤到乡村去，到敌人力量薄弱的山区去。"但黄公略的意见没有被采纳。联席会议后，按会议决定，黄公略陈鹏飞奉命率红七团向浏阳进发。

红七团向浏阳进发的途中，经虎形山一带时，遭到敌人一个团的伏击。红七团只有七百多人，而敌人一个团有一千多人；敌人武器也比红军好，又是事先埋伏，突然袭击，导致红七团损失惨重，七百多人剩下三百余人，部队且战且往山上撤退。在这种危急情况下，黄公略和陈鹏飞商量，抽调三十多名战士组成敢死队，由副营长率领，把敌人往虎跳崖引，其余部队伺机跳出敌人包围，从西面下山撤出战斗。

陈鹏飞不同意，说："那这三十多人不是送死？"

黄公略坚定回答："有战争就有牺牲，牺牲少数人的性命，保存多数红军有生力量，值得。"

第十四章

陈鹏飞还在犹豫，黄公略说："这事就这么定了，我来承担全部责任。"

这次恶仗之后，陈鹏飞就离开红军部队回家乡去了。

牛均田他们驱车过了虎跳崖桥，在桥的北面山下一户农家歇脚。牛均田要在这里停留，是想打听那次虎形山战斗中把敌人引往虎跳崖的红军的下落。

"老哥，我跟您打听一下，一九二八年八月上旬，红军在虎形山打了一个恶仗，村里有谁知道当年的一些情况？"牛均田问一位剃着光头，年纪在五十开外的男人。

"斜对面屋里有个欧阳老爹，他心里有本账。很多人找过他，他不肯开口。看你能不能撬开他的口。这后背山坳里有一座大墓，传说埋了很多的红军。欧阳老爹逢每月的九日上午，雷打不动，都要去大墓看看，扫掉散落的树叶，拔除长出的杂草，烧三炷香，磕三个头。你等一会儿，今天又逢欧阳老爹上坟的日子，不久，他就会回家。"男人话语里充满了对欧阳老爹的敬畏。

牛均田心里想，这是个什么人呢？

没等多久，一个七十来岁的老头，迈着不太稳健的步子，朝他自己的家走去。他的三间屋，墙是土砖砌的，屋顶盖的是稻草。村里人讲他一直是单身守着三间草屋，守着后山那座大墓。

牛均田来到欧阳老爹的家门口，久久注视着那佝偻着背的身影。似是曾经相见，却又模糊不清。

"你找谁？"欧阳老爹凝神望着牛均田，他似也在搜索自己的记忆。

"我想跟你打听虎形山红军打恶仗的情况，把敌人大部队引向虎跳崖的红军，他们后来去哪里了？"牛均田试着问。

"你是谁？"欧阳老爹警惕地问。

217

"我是红七团党代表黄公略的通讯员牛均田。"牛均田说出自己的身份。

"你是牛崽？"

黄公略经常喊他小名，部队里很多人知晓，有些人也跟着喊。牛均田一阵惊喜——莫非他是？他忙点头。

"是的。"

"我是一连的欧阳佑坤。"

"欧阳排长！"

牛均田向欧阳佑坤行过军礼，两个人紧紧抱在一起。欧阳老爹的泪水浸湿了牛均田外衣一大块。

欧阳老爹告诉他，副营长带着几十个人把敌人引导到虎跳崖时，只剩十余人了。转身一看，身后黑压压的敌人潮水般涌来。副营长一声命令："跳！"十余人都跳下了悬崖。欧阳老爹说，自己也不知经过几天几夜才醒来，他被悬卡在一棵大松树枝杈里。他从树上爬下来，攀着悬崖峭壁上的藤条爬上山。他爬上山之后，敌人早已散去，虎形山死一般寂静。他就在山腰的一处稍平坦的地方挖了一个大坑，然后把牺牲的红军战士一个一个背进坑里。然后他又绕道进入悬崖深谷，把跳崖的红军战士尸身找出来。跳崖的红军战士都没完整的尸体，少腿少胳膊的找不到了。他把他们一个个背上悬崖，放进墓坑，像生前集合排队那样把他们排列整齐。掩埋好战友，他先后去黄金洞、仁和洞、马鞍山、九宫山找红军，找黄公略，都没找到，他又回到虎形山，落脚安身，守着这个大墓。

欧阳老爹叙说这些经过时，显得那样平淡，声音不大，面无表情，甚至有几分麻木。牛均田他们听起来内心却是倒海翻江，久久不能平静。

"六十年代以后，就有人找上门来问我，要了解当时情况，说死了那么多红军战士，是决策指挥失误，红七团不应去浏阳。他们胡说八道，我懒得理他们，来了几次，我不开口，他们就不再找我了。"欧阳老爹说起这些，那麻木的脸上才显露恼怒的表情。

牛均田他们听了欧阳老爹的述说之后，心里极度难受，对眼前老人肃然起敬。待心情平静一些后，他们又细细了解了当时的一些情况。在欧阳老爹家吃过中饭，牛均田他们一同上山拜谒欧阳老爹守护几十年的红军大墓。他想，回去之后首要办的就是给有关部门反映，重修红军大墓，给欧阳排长建几间屋，让他安度晚年。

二

牛均田一行几经打听，在当地村民的指引下，来到牛轭岭山脚下。他们下了车，步行上山。上山的小路只有肩宽，密密麻麻的灌木杂草把小路挤得只留一条缝。他们沿着这条缝艰难地向上爬，爬了一段，前面连缝都没有了，他们只好折转身往回走。山上厚厚覆盖了一层灌木，茂密的树木把山坨窝填满了。在牛均田的印象中隐隐还有那么一条肩宽小路。他们从山下步行折转回来，抄另一条小道，想去附近村民家，看看能否找到一位老人，打听刘五爹的下落。

他们走进一户土砖青瓦屋人家里，正碰上一位六十多岁的老人在给一个面显痛苦的壮年男人的手敷药，口里念着听不清的"咒语"。门口墙上挂一块竖木牌，上面写着"魏家祖传蛇医"。牛均田站在坪里，用手挡住韩梅他们三人。他看那蛇医的熟练动作，念"咒语"的面部表情，似曾经历过。这个时候，外人是不能去打扰蛇医的。

牛均田八岁那年，为大地主刘老爷家放牛，被五步蛇咬了脚后跟，是刘五爹背着他，一路飞跑到了魏师傅家。魏师傅是方圆几十里有名的蛇医，祖传秘方，药到伤好。蛇伤好后去酬谢，刘五爹想让牛崽拜魏师傅学医蛇伤，以后好凭一技养身。魏师傅就是不点头。魏师傅医蛇伤技术绝世呢，再剧毒的蛇伤，也只需一贴敷药。可魏师傅只有两个女儿，早出嫁了，没有儿子。按这类行医法则，技术只传儿子，不传女儿。可眼前这位蛇医，模样不像当年的魏师傅，而敷药动作却是魏师傅再现。难道魏师傅后来又生了一个崽？不可能呀，魏师傅夫妻当时都是上了六十岁的年纪呀。看着蛇医师傅敷好药，壮年男人就无声无息走了，头也不回。这是按师傅事前吩咐做的。

"乡下人不太懂礼貌，治了病招呼不打一声就走了。"韩梅嘟哝一句。

"你不晓得，这是蛇医的法则，受医者敷药后不能回头，不能言谢。要谢待蛇伤好后再谢。"牛均田告诉韩梅。

牛均田见师傅把捣药的罐子端进里屋，把一些敷药的纱布及用具放进一口小木箱后，才进了屋。

"请问师傅，看你医蛇伤的技法，跟当年这一带蛇医魏师傅出自同一师门。请问你是魏师傅的徒弟还是后人？"牛均田试探性问。

"我是魏师傅的儿子。请问你们是？"蛇医望着他们一行人问。

"我八岁那年被五步蛇咬伤，是魏师傅给我医好的。"牛均田感激地回复。

在交谈中，牛均田了解到眼前这位师傅的情况。

他不知自己姓什么，从记事起就没有爹娘，沿门讨饭。有一天，他路过一片齐腰高的草地时被一条蛇咬了，他忍着剧痛往前走，不久昏倒在地。待他醒过来，发现自己躺在别人的床上。是魏师傅上山采药时发现了他，并把他背回家的。那年他六岁，魏师傅可怜他无依无靠，就收留了他。他渐渐长大，魏师傅带他上山采药，传授他医蛇技术。他一直喊魏师傅"爹"，可魏师傅一直不接应。直到魏师傅去世前，才接应了一声"爹"，把最后的秘诀告诉了他。

第十四章

"我也是牛轭岭人，出去几十年了。我的身世和你差不多，我是刘五爹的儿子。你听说过刘五爹吗？"牛均田问。

"父亲生前多次讲过，刘五爹就住在牛轭岭半山腰那座古庙下面。是刘老爷家的长工，扶犁掌耙，撒谷种秧，农活样样精通。"

"是的，你知道刘五爹后来的情况吗？"

"听父亲念及过，说刘五爹把自己的养子牛崽送到黄公略的部队。那黄公略是共产党，领导兵变打平江县城。大财主刘老爷怕连累自己，把刘五爹踢出门，不让他在家做长工了。后来县民团局要捉他，他就跑了，村里再也没有见到他了。有的说刘五爹找儿子去了，有的说刘五爹被抓到杀了，也有的说刘五爹出家了。"

"爹——牛崽回来看你，你在哪里？"牛均田原本只想在内心深处喊一声，却禁不住喊出声来。在场的人都感受到，牛均田歇斯底里从痛苦中挣脱出来才发出了嘶喊。

三

牛均田回到车上。韩梅对牛均田说："老头子，要不我们回县城休息两天，打道回家去？"出来一个多月了，吃不好，睡不香，长时间在车上颠簸，身心疲惫，韩梅一天也不想待了。她心里想，这死老头怎么这么好的精力。牛均田没吭声。马处长、刘处长也想回家了，却又不敢附和韩梅。车子没有发动，车内一阵沉默过后，牛均田说："刘五爹在刘家大院做长工几十年，麻石板都被他那厚厚的脚板皮磨光滑了。那几间牛栏屋里，关了六头水牛，刘五爹手把手教我如何拴牛、牵牛、赶牛，春夏秋三季牵出放牛，野外嫩绿的草把牛肚胀得圆鼓鼓的。冬天牛关在栏里，草料切得碎碎的，拌着茶枯饼、酒糟，牛吃得很香。在刘五爹的调教下，我摸透了每头牛的习性。黄军长领导暴动前，带着队伍来刘家大院筹钱，站在院内那棵大樟树下，面对刘老爷全家几十号人讲了一通话，那话里没有威胁，没有火药味，刘老爷却不得不大把大把的光洋拿出来。就是这番讲话，促使刘五爹把我送到黄军长身边。我想去刘家大院看看。离这不远，就在垅那边，就是那座白墙青砖瓦屋大院。"

牛均田他们把车子停在离刘家大院一里多路的路边商店前，下了车，和店主打过招呼，准备步行走过去。步行，或能翻出时间深处儿时留在这个大院里的记忆。

他们向前走不远，看见一条红色的足有二尺宽的布质横幅齐胸高横贯在路上，拦住行人、车辆进出。那横幅上写着"县乡重点工程，积极配合征拆"。横幅那边，离大院门口不远，有一群人在推推搡搡、喊喊叫叫，很多人在看热闹。牛均田停住脚步，看了一阵，看不明白，不知道他们在吵嚷什么。牛均田就趋前一步，问一个留一撮山羊胡须的白发老头：

"老同志，这里建什么重点工程，他们在吵什么？"

山羊胡老头转过身，上下打量牛均田一番，那样子是不屑告诉这个外地过路人。可没过多久，他还是忍不住，主动靠近一步，与牛均田说起来，语气里有些愤愤然。

这个大院的主人，乡人都习惯尊称刘老爷。新中国成立前是本县首屈一指的大户人家。不管谁出任本县县长，上任第一个要拜的码头就是刘老爷。刘老爷人精得很，背后也有人叫他"神算盘""刘伯温转世的"，他是眼观六路，耳听八方，很有心计的人。一九四六年他从上海回来，把家里两千多亩粮田，很便宜卖给周围几十里的乡邻。很多乡人省吃俭用，积攒几块大洋，买下了一块属自己的水田，对刘老爷那是千恩万谢。刘老爷带着几麻袋大洋去了香港，后去了马来西亚。

新中国成立以后，买下刘老爷水田亩数多的都变成了"地主"，也还有变富农的。这其中有人舍不得吃油、吃盐，衣服几年不换新，大雪天穿单布鞋，死死才抠下几个子。刘老爷害人不看日子，方圆几十里，人人戳他脊梁骨，骂他祖宗三代缺德。

　　土改时，刘家大院按人口分给了二十多户没有房屋居住的贫雇农。他们住进去娶老婆，生儿育女，刘家大院很快繁衍了上百人。一段时间，这个院子非常热闹。后来有的住户人多屋少，住不下，就到院外面建房，不住院内了，前前后后搬出去十多户。也有的拆了旧屋，在原址建新屋，不想搬出去。现在也还有十余户人家住着土改时分的老屋。

　　早两年，县里工业园引进了一个马来西亚的大老板，姓刘，投资几千万建了一个造纸厂，县里领导把他当菩萨敬。不久，刘老板说要出资买下刘家大院，建一个刘家祠堂。县里领导拍板定了，就责成乡政府尽快拆迁腾空院子。村里人不知从哪里打听到消息，说马来西亚的刘老板就是当年这个大院主人刘老爷的儿子。那刘老爷临死咽不下那口气，总念着"刘家大院，刘家大院"。

　　山羊胡老头伏在牛均田耳边细声说："大院门口吵吵闹闹的，拆迁户嫌拆迁价格太低，不愿搬。乡政府的工作人员说，这房子原本是刘老爷家的，你住进去不花一分钱，无偿住了几十年，现在拆迁还给补偿，怎么不搬呢？住户说，这是党和政府分给我的，有地契，有房屋居住证，是我的家产，就是不搬，看你们敢把我怎么样。乡政府的人说，敬酒不吃吃罚酒，过两天推土机进场，县里的重点工程，看谁吃了豹子胆。吵了好长一段时间了啰。我没有事做，每天来看热闹。越看越糊涂，弄不明白。这日子过得像原地打圈圈，那会儿敲锣打鼓搬进去，这会儿吵吵闹闹被赶出来。那带队的副乡长的爷爷是地下党，带着黄公略来院里向刘老爷筹过钱粮。他爷爷后被县团防局抓去杀了，他如今带队帮刘老爷建祠堂。有意思！"

　　牛均田听了山羊胡老头的一番述说，脸色不好，没有开口说话，只是向韩梅招手。马处长、刘处长他们一齐奔过来，搀扶着牛均田向小车

走去。上了车,韩梅迅速拿出救心丸塞进牛均田嘴里,使劲掐牛均田的人中、虎口等穴位。过了一会儿,牛均田才长叹一声,说:

"我死不了,只是听那老人家的细说后,心里难受。"

"自找难受。"韩梅数落。

"怎么是自找呢?和尚头顶的虱子,明摆在那里。我不去看,刘家祠堂仍会建。"牛均田不认同。

"眼不见为净,不看不难受。"韩梅从心底就反感来刘家大院,地主老宅有什么好看。

"不看,那事也摆在那里。"牛均田有些怒气。

"不争了,回县城休息一天,咱们回家。"韩梅对开车的马处长说。

小车缓缓向前行驶,牛均田离开了刘家大院去县城。

第十五章

一

牛均田回到家里，郁郁不欢，闷闷不乐，寡言少语，一脸的阴沉。他进屋后，里里外外看了一遍，似是担心丢了什么东西一样，又重复看了一遍，一切如出门时的模样，保姆给家里打理得井井有条。后院的几株桂花树、罗汉松，郁郁葱葱。几只蝴蝶在几盆月季花蕊上飞来飞去，被清香吸引着不愿离开。绿色草坪刚被洒过水，草叶尖还挂有水珠。这里是韩梅经营的园地，倾注了她不少心血。牛均田偶尔也来到后院，饶有兴趣地看韩梅精心修整花草。而这次回来，他心底被洗劫一空，看着这些花草，心里不是滋味。他只瞥了一眼，就回到了他那间兵器展览室。

他们住的院子叫荣军院，住的楼叫将军楼。二层楼，连体别墅，每户门前一块坪，后面一个小院。还未搬进来时，牛均田就选了面积最大的一间，他对韩梅讲，要做"兵器展览室"。六个子女都已结婚，孙子、孙女、外孙一共十个。平时难得聚在一起，但过年时能回来的都回来了。韩梅原想这将军楼六室三厅，把二间小客厅改造为房间，那间大房间做两张上下铺，可睡四个小孙子，这样过年时一家人在楼里都能住下。韩梅惊讶地望着他："兵器展览？"

牛均田坚定地回答："是的。现在不打仗了，摆些兵器模型放家里，看着它们，睡觉踏实。这一堆孙子孙女，回来看看也能强化他们的国防观念。和平年代，文治不能忘武备。"

韩梅反对无用，苦笑着，只能依着牛均田。

这兵器展览室共分三个部分，第一部分是新中国成立前我军使用的兵器，包括梭镖、大刀、红缨枪、手枪、步枪、机枪、大炮、坦克，各式各型，第二部分是新中国成立后我军换装使用的各类兵器，包括火箭、导弹、飞机、军舰、核武器；第三部分是未来我军陆海空包括太空领域未来发展将会有哪些新式兵器。展览的兵器分两类材料，一类是木质刀雕缩小的模型；一类是军事杂志上剪下来的图片。木质模型有的是牛均田拿着材料找师傅雕的，有的是他的部下雕好送来的。纸质图片均是牛均田自己选定，韩梅剪下的。每件兵器下面都有文字说明，有些说明文字是牛均田个人对兵器性能的理解。展览室的前言、后记都是牛均田用左手一笔一画写的。展览室布置好的头一年春节，儿孙们好奇，都一窝蜂拥进来看，牛均田亲自讲解。但到后来，儿孙们就不进来了。牛均田也不责怪他们，他自己看，兴趣高，百看不厌。

展览室最显眼的是那把梨木雕的马牌手枪，用一个玻璃盒装着。牛均田在旁边用文字说明：马牌手枪系德国造，形似曲尺，套筒前半部敞开张嘴，握把上雕刻一匹奔马图案，八子连。黄公略军长生前佩带的为马牌手枪，牺牲后其枪陪葬。

牛均田来到兵器展览室，一件一件细细看。他不是检查保姆在家搞卫生时，是否把他的兵器模型弄丢了、弄坏了、排列顺序弄颠倒了，而是出去一个多月了，想念这个展览室，想念展览室内的宝贝。他围着展览室，认真阅读模型的文字说明，看了一圈又看一圈，流连忘返，不肯离开。

三次寻找老首长的墓地，都是无功而返。第一次是战争空隙中去寻找，时间匆促，没有找到，带着遗憾离开东固。牛均田当时想，全国解放以后有的是时间，重返东固，一定能找到。第二次是国家寻找，自己参与。虽时间充足，却没有注意从当地老辈人中去调查了解、发现线索，仅凭参与安葬黄公略的几位当事人的回忆，时间久，记忆模糊，寻找地点局限，前后几个月发动那么多人也没有找到。当北京通知停止寻找时，牛均田是带着愧疚离开东固的。这次寻找，时间充足，访问了当地那么多老人，把自己的记忆和当地传说结合起来一块寻找，找遍了东固所有山头，仍没有找到。老首长你睡在哪里？黄军长你魂安何处？牛均田是在极度痛苦中离开东固的。他原本想，沿着老首长从举兵暴动的嘉义镇到东固六渡坳牺牲地这条无比辉煌的战斗线路重走一次，心里会要好受一些。谁知回到家里更难受。牛均田从东固归来，看看自己住着舒适的将军别墅楼，享受这么好的待遇。一个只吃了几口牛奶的孤儿居然当了省军区的副司令，是谁救了我？是刘五爹救了我。是谁引领我走上革命道路？是黄公略军长。没有他们，就没有我牛均田今天的一切。我现在过上舒适安逸的日子，可刘五爹、黄公略军长葬于何处？我牛均田想给他们烧香磕头，都找不到地方。

　　牛均田站在那支马牌手枪模型前，似看到黄公略挥舞着马牌手枪，指挥千军万马杀向敌人阵地。

　　"腿站稳，身挺直，目视前方，屏住呼吸，枪口指向目标，从上往下压，当目标、准星、视点在一条直线上，果断扣扳机，手不能抖动。"牛均田清晰记得黄公略第一次手把手教他打马牌手枪的情景。

　　"砰——"牛均田由于紧张，双眼一闭，扣动扳机，子弹落在远处的地面上，沙土飞溅。

　　"第一次打枪，有些紧张，正常的，多打几次就不紧张了。再打。"黄公略没有批评他，而是耐心纠正他射击中不得要领的毛病。

牛均田第一次使用马牌手枪，匣子里八发子弹居然未中一靶。

"老头子，我跟医院联系好了，明天去医院请医生全面做个检查。出去一个多月了，身体各个零部件也要保养了。"韩梅打断牛均田的沉思。

"我自己的身体我心里有数，吃得，走得，睡得，过去的事还记得，自己的老婆认得。你放心。"牛均田回复韩梅时话里夹着调侃。

"我放不下心，你一定得去，我跟你讲真的。"

"我讲的也不假。要去医院你自己去，我不去。"

一连几天，牛均田待在兵器展览室不出门，任韩梅怎么劝说，他都不挪动。韩梅心里嘀咕，老头子怕是着魔啦。

这一天早餐后，牛均田爬上二楼的阁楼储存室，打开保险柜，把他各个时期的勋章、奖章、纪念章、立功证书全部搬进兵器展览室。在展览室中间放着一张方桌子，桌子上铺开一张红色绒布，牛均田小心翼翼把勋章、奖章、纪念章、证书一件一件按颁发时间排列好。这些铭刻着他穿越枪林、漫过弹雨的军旅生涯的荣誉证章，从未拿出来示人。儿孙们也不知道他获得过哪些奖章。离休后的那年春节，子女儿孙都回来了，一家团聚，大儿子提议照张全家福，韩梅要牛均田把他获得的勋章、奖章、纪念章佩戴在胸前。牛均田不同意，他说："他们会拿着照片四处张扬炫耀，帮不了他们，反而会害了他们。"

牛均田把证章一枚一枚摆好在小方桌上，证章像士兵列队接受检阅，整整齐齐。牛均田静静看着它们，默默倾听每一枚证章的诉说。排在最前的一枚三等红星奖章，是一九三五年授予的。那时他带领一个连，阻击敌人一个旅的进攻，保证红军大部队撤退转移中不被拦腰斩断。完成任务后，一个连只剩十多个人。他接受这枚奖章时，方面军首长说了一句让他一辈子不会忘记的话："有黄公略军长的勇猛精神。"依次排下来的还有一枚三级"八一"勋章，一枚三级独立自由勋章，一枚二级解放勋章，一枚抗美援朝时的一等功章，还有各个时期和参与重大战役的奖章和纪念章，一共十三枚，还有十多张立功奖状和立功证书。牛均田扫视一遍又一遍，然后目光落在抗美援朝一等功章和纪念章上面。

姜地坤有纪念章吗？牛均田心里念着，突然身子摇晃，两腿站不稳，"哇——"没有喊出声来，就倒在小方桌旁边不省人事。

二

牛均田住进医院的重症监护室，深度昏迷一段时间之后，终于睁开眼睛，嘴唇微微张合着。韩梅耳贴他的嘴巴，他声音细弱却很清楚地告诉韩梅：要儿子派车去把姜地坤一家接来。

"老爷子，你安心养病，我这就要儿子去接姜地坤一家来。"韩梅嘴贴牛均田耳朵一字一字回答。

自把姜地坤从公安局看守所接出来，牛均田就一直把他挂在嘴上唠叨着。念着他在俘虏营是怎么熬过来的；念着他被遣返回国后，是如何和泪咽下乡邻的冷漠眼光；念着他一条假腿如何走好后半生的路。韩梅劝牛均田，困难的日子过去了，国家政策也落实了，复退军人得到了应有的待遇。随着国家的发展和富裕，复退军人待遇今后也还会有相应的提高，要他不要太操心。韩梅劝归劝，牛均田依旧唠叨着。这刻在心尖上的事，不是说抹掉就能抹掉的。昏迷几天，苏醒来的第一件事就是要见姜地坤。没有寻找到老首长黄公略军长的坟墓，也没有打听到养父刘五爷的下落，生命中牛均田最为牵挂的三个人就只有姜地坤了，韩梅对此非常理解。她交代儿子："无论如何，一定要把姜地坤接来。你爸身体有病，但更多是心病。"

省委书记在姜地坤的店铺买干菌，这消息一传十，十传百，迅速传遍四乡八里。一时间他的店铺门前异常的热闹，本地的、外地的、过往小镇的行人，慕名而来，鱼贯拥至。客人从店铺出来，脸上堆着满意的笑容，手里掂着塑料袋装好的干菌，嘴巴里念叨着省委书记买货的店铺不会有假货。

姜地坤一直坚持一条，假货、次品不卖给顾客。欺骗顾客是拿锤子砸自己的锅碗。从大山深处山民家收购干菌回来，两口子认真筛检一次，把个别夹在中间的假货、次品一一挑选出来。货真价实是小店的命脉。省委书记没来之前，姜地坤就守住这条底线。那天省委书记来买干菌，其实他一眼就认出来了。电视、报纸天天有他的新闻，自己上访那几年，每天都看新闻，是想逮着机会拦住他，要求落实政策。姜地坤佯装着不认识，把省委书记当一般顾客对待，只有买卖关系，我卖干菌他付钱。他知道省委书记到他店铺来，不是冲着干菌来的，是来看他从看守所放出来是不是还瞎胡闹，是来了解社会治安情况的、基层干部执法情况的。省委书记只是随便问问，问话时眼神一直在不住打量他。姜地坤也不想说出自己认识他，更不能说出要感谢他发话放人。事后很多顾客问姜地坤，省委书记怎么跑到你的店铺来买货，他坚持说自己不认识省委书记，不知道他为什么来，都是外面瞎传的。姜地坤越否认，外面传得就越神，上门买干菌的就越多。姜地坤心里想，上门要货的越多，越要守住底线，不要说夹杂假货，就是半棵次品也不能卖出去。书记发话放了我，是牛司令找了他，我不能给牛司令脸上抹黑。

"地坤，你在发什么呆？店里货不多了，只有十来斤了，打电话来要货的多。你进山去一趟，搞些货回来应急。入冬了，冰雪封了路，进不了山了。"老婆拍拍姜地坤的肩，喊醒他。

"这几天我左眼跳得急，昨夜又做了一个噩梦，梦见牛司令员掉进了一个大黑洞。牛司令员不会有什么事吧？"自牛司令那天把他从看守所领出来送回家离开后，他天天心里念着牛司令员。几次想进省城看望老首长，父亲临死前的话又设置一道坎，姜地坤迈不过。他对老婆说：

"那十斤干菌暂留着，对外讲店铺没货了。过几天省城那里没什么事，再出卖这些干菌不迟。我这几天不进山，等等看。"

"梦是相反的。牛司令好人有好报，不会有事的。真有事，把孩子交妈看管几天，我陪你进城看牛司令。"

姜地坤夫妇正说着话，一辆军用吉普车停在店铺门前。

"你就是姜地坤同志吧，我一路问过来的。我是牛均田的儿子牛抗美，受父亲委托，特来接你们一家去省城。"从吉普车上下来一个人，四十岁左右年纪，腰板挺直，一看就是经过部队严格训练过的，急急进了店铺对姜地坤说。

姜地坤心里"咯噔"一跳，喉咙像堵了一块什么硬物，好一阵说不出话来。待他缓过神来，突然想起父亲的话，恢复了平静的心态，直视来人问：

"牛司令员，还好吧？"

"父亲一直念着你，要我专程来接你们一家。"

"我父亲去世不久，母亲年纪大了，身体也不好，看管不住三个孩子。我这店铺关了门，会跑漏一些生意。谢谢牛司令的好意。你们先回去吧，我会抽空去看牛司令。"姜地坤不热不冷地回答。

"我父亲住进医院一个多月了，身体状态不很好。他身上多处枪伤，还有弹片未取出来。几个月前，他坚持要去吉安东固寻找黄公略将军的坟墓，没找到，又沿着黄将军举兵暴动的平江嘉义镇至东固六渡坳牺牲地等主要战斗过的地方重走了一遍。他认定的事，拦不住。一个多月，走的大多是山区小道，一路颠簸摇晃，年轻人都支撑不住，何况他一个七十多岁的老人。住进医院，他躺床上总叨念着要见你。"听了姜地坤的不冷不热的回复，牛抗美把内心的难过和火气压缩在一角，他尽量放缓语气平和地讲。心想，父亲如何结交了这么个不通情理的人。

姜地坤听了心里很难受，又不知如何劝慰牛抗美。没有说话，眼泪一串串掉落。过了一阵，他对牛抗美说：

"你先回省城，我自己搭车去。你告诉我地址就行。"任牛抗美如何劝说，姜地坤就是不肯上车。劝说无用，牛抗美悻悻地转身上了车，那沉闷的车门关闭声，表达了他内心的不满。吉普车屁股冒烟走了。走时双方没有打招呼。

小车开走后，姜地坤对老婆说："你快去跟妈说一声，带些鸡蛋，留的这几斤干菌都带上，我这就把店铺门关了，我们一块搭乘最后一班去省城的车。麻利点，要快。"

姜地坤夫妇提着一篮子鸡蛋，把干菌子塞进蛇皮袋，用一根红塑料带捆扎好，坐上班车直奔省城医院。在班车上，姜地坤对老婆说："父亲的话不能忘，牛司令的恩不能忘，到死都不能忘。坐上牛司令派来的车，我们会把自己真当牛司令的什么人了，忘了父亲的话，忘了牛司令的恩，忘了自己是什么人。这些忘了就会摸不着自己的门。我估摸着起了数，牛司令一时半会走不了。我们能见上，能陪上几天。你别太着急。"

牛抗美来到医院，他没有急着去病房见父亲。父亲要他专程去接姜地坤，开着车跑了几百公里，没有完成任务，他不知如何向父亲说圆这桩事。回城的车上，他检讨自己，是不是诚意不够，没有把父亲的那份情感真实表达出来，高干子弟与农民退伍士兵不在平等相视中，他有些懊丧、后悔。父亲戎马一生，走到生命终点了，交待办这件事都办不成。父亲平时总训斥他们兄弟几个待人不诚，有优越感，他内心有反感。现在觉得父亲的训斥不冤。

韩梅听说儿子没有接来姜地坤，狠狠地说了儿子一顿，又怕牛均田生气，加重病情，就要儿子在陪护室候着。牛均田打完吊针，已入睡。军区已派人从北京把部队最好的心血管专家接来，多方会诊，提出了最

第十五章

权威的治疗方案。医生没有说可以治好，也没有说治不好，只是反复交代注意牛司令的情绪，莫刺激他。牛均田要儿子去接姜地坤来，姜地坤没有来，是儿子诚意不够没有接动，还是姜地坤不愿来？牛均田醒来一问，如何应答？回复不好，那还不刺激他？情绪能稳定？韩梅焦虑地在陪护室里走着碎步。

牛均田、韩梅六个子女，四男二女，这几天已陆续回来。他们排班，两个人一班，守候在陪护室。这是韩梅亲自排定的。她白天守在病房，晚上回家休息。可今晚她有些心神不安，不只是儿子没有接来姜地坤，而是预感牛均田会发生什么意外。几十年的夫妻，跟着他南征北战，出生入死，就是她怀孕后，他去朝鲜战场面对武装到牙齿的美军，她也没有今晚这样的感觉。儿子们催促她回家睡。她没有走，也没有把内心的不安告诉他们。

夜已经深了，省城的各色霓虹灯显得那样暗淡。两个当班的儿子斜靠在沙发上有些昏昏睡意。韩梅还在踱着碎步。

"咚咚咚"。有人轻轻敲门。韩梅拉开门一看，姜地坤两口子站在门外。她脸上立刻显现出惊喜的表情，差点叫出声来，忙把他俩让进陪护室。

"地坤，老爷子派车子去接你，你怎么不坐车来。"韩梅问。

"我不配牛司令派车接，还是坐班车自在。"姜地坤回答。

"老爷子一直叨念着你，我还以为你不会来呢？"韩梅说。

"我不来，那我的良心是被狗吃了。"姜地坤有些羞涩地回答。

"还没吃饭吧？"

"吃了。"

听这话，姜地坤妻子斜眼瞟了一眼丈夫。韩梅心里有数了，她不便说破，忙使唤儿子去夜宵店买点吃的，自己递上牛奶、水果。

姜地坤下了大巴班车，天已黑了。转了几趟公交车，一路打探，才

233

寻找到牛均田住的医院。左讲好话右求情，门卫才放他俩上来。他俩的确没吃晚饭，已经很饿了。姜地坤和妻子接过牛奶、水果，也不客气，大口吃起来。

这时，值班护士推门进来，告诉韩梅：牛均田醒来了，念着要见姜地坤。

姜地坤一听，丢下正吃的牛奶、水果，冲进了病房。护士伸手想拦住他，要交代见病人的注意事项，没拦住。

"地坤，你和你媳妇来啦。"牛均田从被单里伸出手，招呼姜地坤过去，声音不大。

"媳妇说过多次，早应该来看首长。"姜地坤声音有些颤抖，眼眶里充盈着泪水，但他忍着没让泪水流出来。

"我要抗美去接你，你是坐他的车子来的吗？"牛均田疑惑地问。

"是的。"姜地坤停了一会儿，不能如实相告。

"我做了一个梦，说你不肯来。"

"梦是相反的，我不来了吗？"

"政策落实了吗？他们错关你，要赔偿呢。"牛均田关切地问。

"落实了，也赔了。不是您关心，我在里面不知要关到啥时。"姜地坤发自内心地感激。

"林子大，什么鸟都有。盘子大，下面做事难免有些走样，上面也鞭长不及。你不要记恨他们，朝好的方面看。省委刘书记正下大力气抓基层干部队伍建设。"牛均田看着姜地坤，一字一字说。

"我记住首长的话。"姜地坤哽咽地回答。

"早两个月，省委刘书记来看我，在你店铺买了两斤雁尾枞菌。他知道我爱吃。黄公略军长带我们在山上打游击时，敌人封锁严，山上断了粮食，就是采菌子度过来的。这菌子好吃。"

"我给您带来了几斤，往后隔些日子我就给您送点来。"姜地坤从他老婆手上接过蛇皮袋，伸手进去抓了几颗给牛均田看。

"好，好。"牛均田很高兴。接着又问："你父亲一同来了吗？"

"父亲身体有些不适，没有来。"姜地坤把那句"过些日子他来看您"给咽进肚里。父亲已过世的事不能告诉躺在病床上的老首长。

牛均田招手把韩梅喊到床前，要她把几个子女都叫来，他有事要交待。

韩梅让陪护的儿子打电话，没隔多久，六个子女都到齐了。

牛均田看着围在床边排着的子女，说："你们兄妹日子过得比地坤好，往后要多关心他。没有他，我就埋在朝鲜了，也就没有你们后面几个了。黄公略军长留下的军用挎包，是家里的传家宝，原来要你们兄妹六人每家轮番保管两个月，现在加上姜世坤，轮着每年让他也保存两个月。黄军长的墓我找了三次，没有找到，这辈子怕是找不到了。你们有时间，替我去找找。找到了，替我磕三个头。我的话你们听清了，记住了？"

"听清了，记住了。"六个子女一齐回复。

姜地坤两口子只是流泪不止，不知如何说话。

牛均田拉住韩梅的手，朝姜地坤努努嘴，说："你把他当成你生的。"

"嗯。"韩梅流着泪答应。

牛均田说自己累了，要休息，让子女们都去陪护室候着。他让韩梅、姜地坤守在床前。嘴里说些什么已听不清了。

天蒙蒙亮时，牛均田走了。他走得很安详。

三

韩梅和六个子女在吉安的一家宾馆住了一个晚上，第二天早餐后，他们坐着一台面包车向东固六渡坳驶去。

临出发时儿子抗美关切地问:"妈,这里去东固六渡坳还有一百多公里,不是高速,雨水季节,路况不好,您在宾馆休息,我们兄妹几个代表您和父亲去,祭拜完我们再来接您。"

"这不行,答应你爸的事一定要做到。我到了吉安,不去东固六渡坳,哪天和你爸见上面,他问我为啥不去,我怎么回答。你爸那臭脾气,他还不骂死我。三年前,我和你爸在东固住了半个月,寻找黄公略军长的坟墓,虽没找到,但对那儿的情况我有粗略的了解。"

子女们再三劝阻,韩梅仍然坚持要去。子女们原来只知道父亲固执,他认定的事,子女不容易劝阻改变。孰知母亲是一样的固执,烽火岁月已把他们这一代人的性格淬得无比的坚韧。

牛均田去世后,韩梅把丈夫名下的存款和抚恤金一共九十二万,分成三等份,一份替牛均田交了最后一次党费,一份捐给一所希望小学,一份留给姜地坤夫妻和他们的孩子。她把自己的想法告诉子女,他们都同意。韩梅欣慰的不只是儿女孝顺,更是儿媳女婿都通情达理。将军楼院里,就有几个老干部的子女为父母的遗产闹得后来互不来往了。那天,她让抗美开车去姜地坤家,把三十多万元现金和传家宝——黄公略用过的军用挎包送去。姜地坤的家境比她想象的要困难得多,三个小孩全靠这个店铺。可姜地坤长跪不起,泪水成线往下流,坚决不肯接受牛均田遗产中留给自己的那份现金,只同意接受黄公略军长遗留下来的那个挎包放他家保管。姜地坤怀抱那个挎包泣不成声。见姜地坤态度这么坚决,她便试着和他商量,把这笔钱以他的名义捐给希望小学,他坚持仍以牛均田的名义捐给希望小学。此事使她更加理解丈夫牛均田,为什么去世前交待要她把姜地坤当自己的儿子看待。

韩梅在车上回想起这些,认定自己今天坚持要来是对的。自己年纪大了,这次能来,下次还能不能来是个问号。哪天自己闭眼了,儿女们还会不会再来，也是个问号。丈夫没有等到这一天，自己要替他了却心愿。那天在姜地坤家，她本想告诉姜地坤，没有找到黄军长的坟墓，在黄公略军长诞生一百周年的清明节，全家要去东固六渡坳黄军长牺牲地祭拜，希望他一同去。牛均田留下遗言，要把姜地坤视同自己儿子。既然要把他当自己的儿子看，家里的大事就要让他参加，祭拜黄公略军长就是家里的大事。话到嘴边，她又咽进了肚里。看着姜地坤拖着那条假肢在店铺进进出出，她实在不忍心让他参加。

进入春天，山区连日暴雨，路面坑坑洼洼，凹凸不平。车子在山路上像甲壳虫一样爬行。不时有松鼠横穿山道，消失在林中。韩梅望着车窗外的山林，低沉的乌云把山峰压低了很多。她想起，三年前丈夫牛均田来东固，没能找到黄公略坟墓，带着遗憾离开了世界。自己也是一把老骨头了，按照丈夫回忆讲的继续寻找，完成丈夫的遗愿，也是心有其念而力不济了。要儿女们接着继续寻找？去哪儿找？能找到吗？她难于启齿。青山有幸埋忠骨，何必墓前磕三头。韩梅这样想着安慰自己。

车子行驶至一山坳口，被一男子伸手挡住去路。牛抗美打开车窗，还没开口，对方先说话了："师傅，前面山体滑坡，车子过不去。"

"那咋办？我们要去六渡坳，车子能绕道去吗？"牛抗美问。

"这里是白云山的西面，六渡坳在白云山的西南面，绕道能去，也就多跑二十多里路。"那男子说。

"你是东固本地人？对这儿熟悉吗？"牛抗美试探着问。

"我家就住六渡坳。"男子回答。

"那太好了，你上我们的车，请你带路。"牛抗美惊喜不已。

男子面带难色，欲言又止。

"你不回家，还有事？"牛抗美有些急。

"父亲交代我出来办两件事，今天是清明节，一是给爷爷坟上挂山，二是上白云山寻找黄将军的墓。我正要去白云山寻找黄将军的墓

237

呢。"

男子话一出口，车内人面面相觑。韩梅一听，立即下车，几个儿女也都跟着下了车。

"你在寻找哪个黄将军的墓？"韩梅着急地问。

"黄公略军长。就是蒋介石悬赏二十万大洋捉拿的红三军黄公略军长。"男子回答起来有些豪气。

"你也在寻找黄军长的墓？"韩梅感觉有些意外。

"是的。你们是什么人？"男子有些疑惑。

牛抗美连忙上前做了介绍："这是我母亲，我们兄妹六人陪母亲专程来六渡坳凭吊黄将军的。我父亲叫牛均田，给黄将军当过通讯员、警卫员。父亲生前三次来东固寻找黄将军的墓，最后一次是三年前，都没找到，终生未能了却心愿，带着遗憾走了。今年是黄公略军长诞生一百周年，今天是清明节，根据父亲的遗愿，我们特地来黄将军牺牲地六渡坳凭吊。"

"哎呀，幸会。我听父亲讲过牛司令。"男子格外惊喜。接着他告诉韩梅他们：他叫方志华。东固驻扎红军时，爷爷是当时镇上的党支部委员。第三次反"围剿"取得胜利后，黄军长率部转移，经过六渡坳时被敌人飞机扫射击中牺牲。晚上十一点多钟，就埋在红三军战地医院附近的山坡上。第五次反"围剿"失败，红军长征，敌人疯狂进攻苏区。传说张辉瓒旧部为泄私愤，要掘黄军长的坟墓戮尸。在敌人来东固前，党组织怕敌人毁坏黄军长的墓，夜里抬了三口空棺材，连同原来那口棺材上了白云山，分别埋在白云山的四个方向。爷爷当时参加了夜里的迁埋行动。国民党军队进攻东固，进行了血腥报复。爷爷为保命，远走他乡，后来脱离了党组织。新中国成立以后，爷爷回到六渡坳。他不好意思再找党组织，就一个人上白云山找黄军长的墓。他想先找到黄将军的墓，再去找党组织恢复自己的组织关系。因当时怕被敌人发现，坟墓没有堆土，都是平的。四口棺材里哪一口棺材里有黄军长的遗体，他也记不清了。他只记得都埋在半山腰里，没做什么记号，就是当时也不易被发现。多年上山寻找，没有找到。爷爷去世前交待父亲继续寻找，爷爷说寻找不到，对不起黄军长在天之灵。父亲一直在寻找，他从山脚到山顶，从东到西，从南到北，地毯式寻找，年年上山寻找，几十年了，还是没找到。父亲去年卧病在床，就让我每年的清明节这一天，既给爷爷坟上挂山扫墓，又上白云山寻找。我一直在城里打工，是父亲打电话让我回家的，我还是第一次上山寻找。"

"你讲的这座白云山，就是毛主席《渔家傲·反第二次'围剿'》词中的白云山？"牛抗美问。

"是的，黄将军率领红三军在第二次反'围剿'战斗中立下赫赫战功，毛主席填词赞赏。"方志华随即背诵"白云山头云欲立，白云山下呼声急，枯木松株齐努力，枪林逼，飞将军自重霄入。七百里驱十五日，赣水苍茫闽山碧，横扫千军如卷席。有人泣，为营步步嗟何及。"

韩梅听了泪流满面，六个儿女被眼前这位方志华一家祖孙三代的行为深深感动了。

方志华握着那把长把半月砍刀上了韩梅他们的车，他坐在副驾驶座上带路。方志华指着砍刀对韩梅说，白云山林木茂密，已没有路上山，只能靠这把砍刀开路。这把砍刀是爷爷留下的，传给父亲，现在自己接过来，一定会找到黄将军的坟墓的。

路面窄，车子不能调头，只能慢慢倒车。车子退到一个丁字路口，按照方志华指的路朝另一个山头驶去。车子沿着盘山路翻过山顶，又曲曲回回爬到山下。方志华指着前方说："那座被云雾罩着半个山峰的大山就是白云山，我们的车子要经过白云山的南面，没多久就到六渡坳了。"

车子经过白云山南面时，突然停下来。

"继续往前开，那还有一段路。"方志华说。

乌云把天空压得很低，风推着厚厚的云团像钱塘江的潮水般向白云山方向滚去。云团的尽头泛白，电闪雷鸣，一场暴雨正朝六渡坳袭来。车子停在公略亭的旁边，韩梅领着大家来到坳口，转述丈夫给她讲的黄军长当年牺牲的情景。正讲着，她感到右边山上树林里一股冷风钻进她的衣服内，顿时全身颤抖，面色发白，她稳住双脚，不让自己跌倒。儿子牛抗美就在她身后，见状连忙伸手扶住。

豌豆大的雨点砸在路面，就像大战之前的前锋部队。牛抗美扶着韩梅迅即回到公略亭，一行人跟着走了进来。

公略亭原是明清时期茶马古道上的驿站，供商贩行人歇脚、避雨。亭子南北通透，墙是青石板垒建的，亭顶盖的是青瓦，亭内靠墙两边有木凳。整个亭子为长方形，约二十平方米。黄公略军长在坳口中弹后，在抬往医院的路上苏醒过来，在这个亭子里停了一会儿，他下达了最后一个命令，要参谋长代行他的职务，率部队继续前进。黄军长牺牲后，东固苏区政府就把这个亭改名为公略亭。

"全国解放以后，经常有军人、记者、作家以及学生来亭里吊唁。"方志华说。

亭外，暴雨像被打开了闸门往下倾泻。亭子顶上的青瓦像是被沙石砸着。外面的一条小河，水呈黄泥色，看着涨了起来。

韩梅让抗美取出黄公略的像挂在墙上，摆上供品，在供品前献上一束鲜花。十个人站列一排，韩梅在中间，她双手端着精制的小木盒，领的像，她充满深情地说：

"黄军长，我是您的警卫员牛均田的妻子，叫韩梅。今年是您诞生一百周年，今天是清明节，遵照丈夫遗言，我领着六个子女，还有无比怀念你的方志华以及姜地坤夫妇，陪护着牛均田，特地来六渡坳凭吊。南宋诗人陆游有《示儿》诗云：

> 死去元知万事空，
>
> 但悲不见九州同。
>
> 王师北定中原日，
>
> 家祭无忘告乃翁。

"中国共产党领导中国人民经过二十八年艰苦卓绝的奋斗，用鲜血和生命，终于在一九四九年成立了中华人民共和国，中国人民从此站起来了。中国正朝着富起来、强起来的宏伟目标奋进奔跑。今天我们在这里举行家庭式祭拜，特地向您报告，告慰您的在天之灵。"

韩梅有些哽咽，停顿了片刻，稍平静后她面对黄公略像说：

"黄将军，牛均田三次来东固，寻找您安息的地方。他想在坟前掊把黄土，给您磕三个响头，一生未能如愿，他带着遗憾走了。今天，我们陪护他来到这里，他要去您那里，他要当面向您汇报他的成长历程，当面汇报他是如何日夜想念您的。东固是革命老区，不管您是躺在白云山，还是躺在张背山、岩石峰，抑或在东固的其他山上，您安心歇息，这里青山绿水、风清气爽，您在这里时刻能听到祖国前进的步伐。"

埋骨何须桑梓地，山河处处安忠魂。暴雨过后，风停云散，天空晴朗万里。洗礼过的林木，格外的黛绿。天空划出一道彩虹，那是清明节献给英烈的一束鲜花。

拜祭仪式结束后，韩梅把手里的木盒交给儿子牛抗美，对他说："这是你父亲的一抔骨灰，他留下遗言，要把他的这抔骨灰撒在张背山上。黄军长是在张背山下的坳口牺牲的，你父亲要从这里去追寻黄军长的足迹，去寻找黄军长长眠的地方。"

牛抗美接过小木盒，在众人的目送下，爬上张背山坡，钻进树林里。

"黄军长，警卫员牛均田追寻您来啦——"

嘶哑中夹着伤感的声音，穿透茂密的枝叶，在森林里，在这块红土圣地的上空久久回荡，响彻云天。

本作品中文简体版权由湖南人民出版社所有。
未经许可，不得翻印。

图书在版编目（CIP）数据

红土地上的寻找 / 徐秋良著. —长沙：湖南人民出版社，2021.6
ISBN 978-7-5561-2710-8

Ⅰ．①红… Ⅱ．①徐… Ⅲ．①革命故事—作品集—中国—当代 Ⅳ．①I247.81

中国版本图书馆CIP数据核字（2021）第116407号

HONG TUDI SHANG DE XUNZHAO

红土地上的寻找

著　　者	徐秋良
责任编辑	曹伟明
装帧设计	罗盛高
责任校对	谢　喆

出版发行　湖南人民出版社〔http://www.hnppp.com〕
地　　址　长沙市营盘东路3号
邮　　编　410005
经　　销　湖南省新华书店

印　　刷　长沙鸿发印务实业有限公司
版　　次　2021年6月第1版
　　　　　2021年6月第1次印刷
开　　本　710 mm × 1000 mm　1/16
印　　张　15.5
字　　数　200千字
书　　号　ISBN 978-7-5561-2710-8
定　　价　68.00元

营销电话：0731-82683348　（如发现印装质量问题请与出版社调换）